Northern Lights
Der Wolf vom Eagle Mountain

Christopher Ross

Northern Lights

Der Wolf vom Eagle Mountain

ueberreuter

1. Auflage 2018

ISBN 978-3-7641-7087-5

Dieser Vertrag entstand durch die Vermittlung
der Verlagsagentur Lianne Kolf.

Lektorat: Kathleen Neumann
Umschlaggestaltung: Alexander Kopainski
unter der Verwendung von Fotos von Shutterstock
© M. Cornelius; © sharps; © Yuriy Seleznev; © Vasya Kobelev
Vor- und Nachsatzgestaltung: Jaqueline Kropmanns

Druck und Bindung: GGP Media GmbH, Pößneck
Gedruckt auf Papier aus geprüfter nachhaltiger Forstwirtschaft.
www.ueberreuter.de

1

Schon von Weitem erkannte Carla die Gefahr. Ein Schwarzbär trottete über den Highway, ein kräftiger Bursche, der sich eine Fettschicht während des Sommers angefressen hatte und sicher auf der Suche nach einem geeigneten Platz für seine Winterruhe war. Ein gewohnter Anblick für Carla, die in Alaska aufgewachsen war, und eine Attraktion für die Urlauber, die auf der Gegenfahrbahn hielten und aus ihrem Wagen stiegen. Es handelte sich um ein junges Paar – der Mann war mit einem Smartphone bewaffnet, begierig darauf, den Bären zu fotografieren.

Carla fuhr rechts ran und ließ das Fenster runter. »Steigen Sie wieder ein!«, rief sie den beiden zu. »Das ist zu gefährlich! Steigen Sie in den Wagen!«

Die Frau blickte nur kurz zu ihr hinüber, war zu fasziniert von dem mächtigen Tier. Wahrscheinlich hatte sie noch nie einen Bären in freier Wildbahn gesehen. »Der sieht doch ganz harmlos aus«, rief sie zurück. »Sehen Sie nur, wie tollpatschig der sich bewegt. Geh noch ein bisschen näher ran, Kevin!«

Der Bär hatte sie längst gewittert, wandte aber erst jetzt den Kopf. An der Art, wie sich seine Muskeln spannten, erkannte Carla, dass er gleich zum Angriff übergehen würde. Wahrscheinlich nur zu einem Scheinangriff wie die meisten Bären, wenn sie ihre Ruhe haben wollten, der aber meist zu einer gefährlichen Attacke wurde, wenn die Betroffenen sich falsch verhielten.

»In den Wagen!«, rief Carla. »Keine hastige Bewegung!«

Zu spät, der Bär griff bereits an. Schneller, als man es ihm zugetraut hätte, rannte er los und hetzte in weiten Sprüngen auf die Urlauber zu. Ein Bär war schneller als ein Mensch, auch wenn man es dem massigen Tier nicht ansah.

Für einen Augenblick erstarrten die beiden, dann rannten sie in panischer Angst zurück. In seiner Hast ließ der Mann sein Smartphone fallen. Er ließ es liegen und sprang in den Wagen. Noch bevor seine Frau die Tür geschlossen hatte, startete er den Motor und trat das Gaspedal durch. Der Wagen machte einen Satz nach vorn und prallte gegen einen Begrenzungspfosten. Der Motor verstummte, und man hörte nur noch das hysterische Schluchzen der Frau.

Vor Angst zitternd sank der Mann mit dem Oberkörper aufs Lenkrad. Selbst aus der Ferne erkannte Carla, wie blass er war. Seine Begleiterin schlug beide Hände vors Gesicht. Sie merkten nicht, dass der Bär seinen Angriff abgebrochen hatte und längst verschwunden war, und fuhren schreiend zusammen, als Carla ans Fahrerfenster klopfte. Sie bedeutete ihnen, es zu öffnen, doch der Mann schüttelte den Kopf, und es erforderte einige Überredungskunst und ein aufmunterndes Lächeln, ihn dazu zu bringen, seine Meinung zu ändern.

»Ist er … ist er weg?«, fragte er noch blasser als schon zuvor.

»Auf und davon«, versicherte Carla ihm. Sie kamen bestimmt aus New York, vermutete sie, aus irgendeiner Stadt, in der man Bären nur aus dem Zoo kannte, wenn überhaupt. »Bären sind unberechenbar, auch wenn sie auf den ersten Blick so friedlich aussehen wie der Bursche gerade eben. Fotografieren Sie wilde Tiere nur aus sicherer Entfernung oder durch das Autofenster.« Sie reichte ihm sein Smartphone zurück. »Nur ein guter Rat. Ich habe beruflich mit wilden Tieren zu tun und weiß, was alles passieren kann, wenn man sich nicht vorsieht.« Sie deutete auf den umgeknickten Begrenzungspfosten. »Weder Sie noch der Wagen haben etwas abbekommen. Sie haben Glück gehabt.«

»Danke … vielen Dank, Miss.«

Die beiden fuhren weiter nach Norden, und Carla stieg kopfschüttelnd in ihren Wagen, einen japanischen oder koreanischen SUV, genau wusste sie das noch immer nicht. Hauptsache, die Räder griffen auf Schnee und die Heizung funktionierte. Von dem elektronischen Schnickschnack interessierte sie lediglich der Anschluss für ihr iPhone, der ihr das Telefonieren und Emailen während einer Tour erleichterte. Als angehende Biologin und Expertin bei »Wolf Aid« war sie oft tagelang unterwegs, hielt Vorträge an Schulen, beriet Behörden im Umgang mit Wölfen und überwachte den Abtransport von verletzten Tieren, die in den Gehegen der Hilfsorganisation eine neue Heimat fanden.

Nachdenklich fuhr sie weiter. Sie hatte die letzten Tage an der Universität in Fairbanks verbracht und an mehreren Vorlesungen über die Lebensweise von wilden Tieren in Nationalparks teilgenommen und dort auch über das leichtsinnige Verhalten von Urlaubern diskutiert. Die Begegnung mit dem jungen Paar war das beste Beispiel dafür, wie unvorsichtig manche Besucher waren und wie leicht es zu einer bedrohlichen Situation kommen konnte. Noch auf dem schmalen Highway nach Copperville schüttelte sie ungläubig den Kopf.

Die Straße war einigermaßen geräumt, doch zu beiden Seiten bogen sich die Fichten unter dem Schnee, der während der letzten Tage gefallen war und dem Land seinen Frieden zurückgebracht hatte. So empfand es Carla, wenn der kurze Sommer zu Ende ging und sich der Winter mit Schneestürmen und eisigen Temperaturen zurückmeldete. Der Schnee schien die alltägliche Hektik zu dämpfen und den Rhythmus zu verlangsamen. Alles wirkte ruhiger und aufgeräumter, als würde der Schnee auch die Sorgen und Probleme der Menschen verschwinden lassen. Ein Irrglaube, wie nicht nur Carla längst wusste.

Copperville lag südlich von Paxson am Gulkana River, eine winzige Siedlung abseits des Richardson Highway, die ihren Namen den riesigen Kupferfunden im 20. Jahrhundert verdankte. Inzwischen profitierte die Stadt vor allem von abenteuerlustigen Urlaubern, die in Schlauchbooten durch die nahen Stromschnellen fahren wollten, den Outdoor-Läden am Stadtrand und den Gehegen von »Wolf Aid«, in denen man Wölfe aus allernächster Nähe bestaunen konnte.

»Wolf Aid« stand auch auf dem Schild über dem Eingang des zweistöckigen Blockhauses, das vor den Gehegen an der Hauptstraße lag und ein Besucherzentrum, die Büros der Mitarbeiter, ein kleines Museum und einen Filmraum beheimatete. Auch im Winter hatte das Wolfcenter fast jeden Tag geöffnet.

Carla parkte auf einem der Parkplätze, die für Mitarbeiter reserviert waren, und winkte C.J. Fletcher zu, dem schlaksigen Tierarzt, der gerade mit einem Eimer aus der Gittertür neben dem Gebäude trat. Ganz gegen seine Art zeigte er einen besorgten Gesichtsausdruck.

»Hey, C.J. Was ist denn los?«

»Hey, Carla.« C.J. trug einen Overall, Gummistiefel und eine rote Wollmütze mit dem Logo der San Francisco 49ers, obwohl er mit Football nichts am Hut hatte. »Cody hat sich den Magen verdorben. Er liegt schon seit gestern Abend flach. Muss sich einen Virus oder so was eingefangen haben.«

»Kriegst du ihn wieder hin?«

»Was denkst du denn?« Er grinste. »Wie war's an der Uni?«

»Das Übliche. Wir sehen uns, okay?«

Cody war ein junger Wolf, der sein Rudel verlassen hatte, um eine Gefährtin zu finden und ein eigenes Rudel zu gründen, aber unterwegs in eine Falle getreten war. Seitdem humpelte er so stark, dass er nicht mehr jagen und sich nicht mehr selbst ernähren konnte. Ein Wanderer hatte ihn gefunden und die State Troopers alarmiert, die wiederum »Wolf Aid« um Hilfe gebeten hatten.

Carla betrat das Gebäude und winkte Amy Morton zu. Amy Morton war eine ehemalige Sportlerin, die als »Mädchen für alles« für »Wolf Aid« arbeitete und gerade damit beschäftigt war, einige Besucher abzukassieren und sie in den Filmraum zu führen. Bevor die Besucher einen Blick in die Gehege werfen durften, stand ein Dokumentarfilm des Discovery Channel auf dem Programm, in dem mit Klischees aufgeräumt wurde, die Wölfe leider auch heute noch umgaben.

Nachdem Amy den Film gestartet hatte, kehrte sie zurück. Sie war um die sechzig, sah aber zehn Jahre jünger aus und war wesentlich fitter als die meisten Besucher ihres Alters, die das Wolfcenter betraten. Ihre dunklen Haare waren zu einem Pferdeschwanz gebunden.

»Carla! Du kommst gerade richtig.«

»Haben wir so viel Andrang?«

»Nein, aber Linda braucht ein wenig Zuspruch. Ich hab's schon versucht, aber wer hört schon auf eine alte Jungfer, der kein Mann gut genug war?« Sie trat grinsend hinter ihren Tresen. »Auf dich hört sie eher, wenn es um Männer geht. Sie ist drüben bei Ma Barker und ertränkt ihren Kummer in Caffè Latte.«

»Einer ihrer beiden Ex-Männer?«

»Beide, soviel ich weiß.«

Carla hatte ihren Anorak geöffnet und die Handschuhe ausgezogen. Selbst mit der einfachen Wollmütze, die nur ihren blonden Pferdeschwanz hervorblitzen ließ, und mit nur wenig Make-up wirkte sie attraktiv. Das lag vor allem an ihren leuchtend blauen Augen und ihrer sportlichen Figur. Als sie Schülerin an der Highschool gewesen war, hatte sie mehrere Hundeschlittenrennen gewonnen, damals noch mit den Hunden ihrer Eltern. Und bei einem Snowmobil-Rennen hatte sie sogar etliche Jungen hinter sich gelassen. Inzwischen versuchte sie sich auch im Skifahren und Snowboarden, obwohl ihr wenig Freizeit blieb.

»Und du meinst, ich bin die Richtige dafür?«, fragte sie. Es klang sarkastisch »Eigentlich bräuchte ich selber jemanden, der mir bei Männern auf die Sprünge hilft. Entweder erwische ich einen Kontrollfreak wie Robin, der mich schon schräg ansieht, wenn meine Mütze schief sitzt, oder einen Traumtänzer wie Benjy, der mir jeden Tag rote Rosen oder Schokolade schickt und mich wie eine Prinzessin verehrt. Ich hab selbst kein Händchen für Männer.«

»Oder man könnte sagen, du hast den Blick für das Besondere«, antwortete Amy lachend.

»Okay«, gab Carla nach, »dann werde ich wohl in den sauren Apfel beißen müssen. Ich wollte mir sowieso noch einen Cheeseburger gönnen, bevor ich mich an die Arbeit mache. Ich nehme mal an, du hast dein Grünzeug dabei.«

»Dinkelbrot mit Sprossen, Tomaten und Avocado.«

»Nie mehr Cheeseburger?«

»Nie mehr Cheeseburger.«

Carla grinste. »Wenigstens bei Fisch solltest du eine

Ausnahme machen. Frisch geangelt, über einem Lagerfeuer gebraten … es gibt nichts Besseres.«

»Fische sind für Bären.«

»Ich sehe schon, dich kann man nicht mehr überzeugen«, erwiderte Carla. »Wir sehen uns nach der Mittagspause. Ruf mich an, falls du dir's anders überlegst und doch was Anständiges essen willst. Eine Tafel Schokolade?«

»Zu viele Kalorien.«

»Manchmal mache ich mir echte Sorgen um dich«, erwiderte Carla. »Hast du denn gar keine Laster? Kein Fleisch, keine Männer, keine Süßigkeiten …«

»Mir geht's gut, Carla. Das weißt du doch.«

Carla verließ das Wolfcenter und überquerte die Straße. Kalter Wind blies ihr entgegen, wirbelte den Neuschnee von der kaum geräumten Straße auf und trieb ihr eisige Flocken ins Gesicht. Sie bewunderte Amy. Sie stammte aus Wasilla nördlich von Anchorage und hatte eine beeindruckende Karriere als Musherin hinter sich. Beim Iditarod-Rennen hatte sie es zweimal unter die Top Ten geschafft und war auch als Leichtathletin erfolgreich gewesen. Ihren gesunden Lebensstil hatte sie beibehalten, auch zum Krafttraining ging sie noch. Hundert Jahre wolle sie schaffen, und das ginge nur auf diese Weise.

Warum sie niemals geheiratet hatte, tat sie mit müden Scherzen ab. Carla nahm an, dass die Scheidung ihrer Eltern und ihre Karriere als Leistungssportlerin damit zu tun hatten. Es gab vermutlich Wichtigeres für Amy, und als Familie waren ihr die beiden Huskys Romeo und Juliet und ihre Kollegen bei »Wolf Aid« genug.

Carla ließ einen Pick-up vorbei, winkte dem Fahrer zu, als sie den Besitzer einer Autowerkstatt erkannte, und betrat das Roadhouse, eines der besten Lokale am Richardson Highway, wenn man das Hinweisschild am Straßenrand beachtete und sich in die Ausläufer der Berge wagte. Das Äußere des verwitterten Blockhauses täuschte. Innen wartete eine rustikale, aber sehr gemütliche Atmosphäre auf die Besucher. Es gab runde Tische mit rot-weiß karierten Plastikdecken, einen langen Tresen wie in einem Saloon, und an den Wänden hingen historische Schneeschuhe, Bärenfallen, eine Axt und Hundegeschirre.

Hinter dem Tresen regierte Ma Barker, die rothaarige Besitzerin aus Russland, die schon vor vielen Jahren nach Amerika gekommen war, aber immer noch mit starkem Akzent sprach. Sie hatte einen komplizierteren Namen, der kaum für Amerikaner auszusprechen war, deshalb hatte sie sich nach einer bekannten Kriminellen aus den 1930ern genannt, einer älteren Dame, die mit ihrer Bande zahlreiche Raubüberfälle unternommen hatte. Sie hatte eine Doku im Fernsehen über Ma Barker gesehen und war begeistert von der kriminellen Lady gewesen: »Endlich mal 'ne Frau, die sich durchzusetzen weiß.«

Die neue Ma Barker war alles andere als kriminell und als hervorragende Köchin bekannt. Ihre Eintöpfe, mit russischem Einschlag, wie sie jedes Mal betonte, waren ebenso beliebt wie ihre »Wolfburger«, schmackhafte Doppelcheeseburger mit dicken Speckscheiben.

»*Privjet*, Carla!«, begrüßte die Wirtin sie wie immer mit einem russischen »Hallo«. »Eintopf oder Wolfburger?«

»Wolfburger«, erwiderte Carla. »Ohne Pommes, mit Diet Coke.«

»Schon unterwegs.«

Wie immer um diese Zeit war das Roadhouse gut besucht. Aus den Lautsprechern tönte schräge Musik aus den 1930er-Jahren, die mit den teilweise lauten Unterhaltungen der Gäste konkurrierte. Es roch nach nasser Kleidung und Schweiß, der typische Wintergeruch in dem meist überheizten Lokal.

Linda saß allein am Tresen und löffelte gedankenverloren ihren Eintopf. Sie war um die fünfzig, hatte ihre Haare blond gefärbt und trug auch heute wieder zu viel Make-up. Beruflich lag sie als studierte Biologin weit vorn, sie hatte sogar ein Buch über das Verhalten arktischer Wölfe geschrieben und war damit mehrmals im Fernsehen gewesen, doch wenn es um ihre beiden Ex-Männer ging, benahm sie sich wie ein enttäuschter Teenager, dem gerade sein Highschool-Sweetheart weggelaufen war. Beide Ex-Männer hatten sie verlassen, aus Angst vor ihren beruflichen Erfolgen, wie Carla vermutete.

»Hey, Linda.« Carla deutete auf den Platz neben ihr. »Darf ich?«

Linda hob den Kopf. »Sicher. Alles klar bei dir?«

»Alles gut. Amy sagt, du hättest wieder Kummer?«

»Eric«, antwortete Linda. So hieß der Professor, den sie gleich nach der Uni geheiratet hatte. Viel zu alt für sie und in seiner Ehre gekränkt, als sie mit ihrem Buch im Fernsehen aufgetreten war. Ein eingebildeter Angeber, wenn man Carla fragte. »Stell dir vor, er hat wieder geheiratet. Die Besitzerin einer Boutique in Fairbanks.«

»Eric?«, staunte Carla. »Der muss doch schon über …«

»Achtundsechzig«, ließ Linda sie nicht zu Wort kommen, »aber er ist immer noch ein stattlicher Mann.« Sie klang wehmütig, aber auch trotzig, als müsste sie ihn verteidigen. »Seine Braut ist dreißig. Stand in der Zeitung.«

»Er kann's nicht lassen.«

»Du kennst ihn nicht«, sagte Linda. »Er ist kein Sugar Daddy, der unbedingt eine Jüngere im Bett haben will. Im Gegenteil, er ist ein intelligenter und verständnisvoller Mann, dem es auch um die inneren Werte einer Frau geht.« Sie blickte in ihren Kaffeebecher und betrachtete wohl ihr Spiegelbild. »Ich hätte mehr auf ihn zugehen sollen, dann wären wir vielleicht noch zusammen. So einen Mann findet man nur einmal … manchmal auch zweimal.«

»Larry?«

Linda begann lautlos zu weinen. Carla legte ihr einen Arm um die Schultern und wartete geduldig, bis sie sich wieder in der Gewalt hatte. Wenn Linda um ihre Ex-Männer trauerte, reichte es, wenn man ihr zuhörte. Linda hatte das Gefühl, ihr ganzes Leben ruiniert zu haben, und wollte sich an der Schulter einer Freundin ausweinen. Zu Carla hatte sie am meisten Vertrauen. Obwohl Linda fast doppelt so alt wie sie war, kam es Carla manchmal vor, eine wesentlich jüngere Frau vor sich zu haben, wenn es um ihre Ex-Männer ging.

»Ich hab mit ihm gesprochen«, sagte Linda. »Gestern Abend.« Während sie wieder zu weinen begann und mühsam um Haltung rang, brachte die Kellnerin Carlas Wolfburger und die Cola, aber Carla wartete noch mit dem Essen. »Er zieht nach Chicago.«

Zwei Nackenschläge von zwei Ex-Männern, die sich längst anderweitig orientiert hatten, waren offensichtlich zu viel für Linda. Sie stellte den Becher auf den Tresen und begann, leise zu schniefen. »Ich hab ihn angerufen«, gestand sie, »er hatte Geburtstag, und ich gratuliere ihm jedes Jahr, das weißt du doch. Man kann auch nach einer Scheidung befreundet sein, oder nicht?« Wieder klang Trotz durch. »Er sagt, er hätte ein tolles Angebot aus Chicago bekommen und würde noch vor Weihnachten umziehen. Ist das nicht furchtbar?«

»Wieso denn?«, hielt es Carla nicht länger aus. Aus ihrer Absicht, Linda nur zuhören zu wollen, wurde nichts. »Du musst dich langsam daran gewöhnen, dass diese Männer ihr eigenes Leben führen. Ich weiß, ich bin ein paar Jährchen jünger als du, hab aber genug erlebt, um zu wissen, dass es keinen Zweck hat, jemandem hinterherzuweinen. Wie heißt es so schön? Andere Mütter haben auch schöne Söhne. Klingt ein bisschen abgedroschen, aber so ist es nun mal. Du bist noch jung genug, um dir jemand anderen zu suchen.«

»Achtundvierzig!«

»Sag ich doch! Such dir einen Jüngeren, wenn's gar nicht anders geht.«

»Leichter gesagt, als getan.«

»Das wird schon«, sagte Carla mit einem hoffnungsvollen Lächeln. Sie winkte Ma Barker heran. »Einen Wodka für meine Freundin, Ma!«

»Einen Wodka? Um zwölf Uhr mittags?«, erschrak Linda.

»Der bringt dich wieder auf Kurs. Stimmt's, Ma?«

Ma Barker schenkte ein. »Millionen Russen können nicht irren.«

Linda stürzte den Wodka hinunter und schüttelte sich wie ein nasser Hund. Sie schnappte nach Luft. »Und danach soll man sich besser fühlen, Ma?«

»Und ob. *Sa Sdarowje*!« Ma Barker hatte sich selbst einen Wodka eingeschenkt und trank ihn genüsslich. »Du glaubst nicht, wie schnell das Zeug wirkt.« Sie verschraubte die Flasche. »Aber nicht mehr als ein Glas. Sonst werden die Probleme schlimmer, und du bist erst recht am Ende. Besser?«

»Viel besser«, räumte Linda ein.

Carla biss in ihren Wolfburger und kaute zufrieden, spülte den ersten Bissen mit Diet Coke hinunter und konnte ebenfalls nicht klagen. Lediglich aus den Augenwinkeln beobachtete sie eine junge Frau, eigentlich noch ein Mädchen um die achtzehn, die betrübt und auch trotzig wie eben noch Linda ihren Eintopf löffelte, sich öfter umdrehte und nach jemandem zu suchen schien.

Muss wohl am Wetter liegen, dachte Carla.

2

»Leider schmeckt ein Wolfburger ohne Fleisch nicht, sonst hätte ich dir einen mitgebracht«, rief Carla, als sie das Wolfcenter betrat und Amy hinter dem Tresen stehen sah, »die Dinger sind einfach großartig. Hast du wenigstens Mayo auf deinen Sandwiches?«

»Ein bisschen. Ovo-Lacto-Vegetarier dürfen das.«

»Ovo-Lacto?«

»Milch und Eier sind okay.«

Carla stellte sich absichtlich dumm. Sie hatte genug über Vegetarier gelesen, um zu wissen, dass es unterschiedliche Arten gab, und wollte Amy nur aus der Reserve locken. Ihre Diskussionen über gesunde Ernährung waren mehr Spaß als Auseinandersetzung und gehörten zu ihren täglichen Ritualen.

Tatsächlich achtete auch Carla sehr auf gesunde Ernährung, nur war sie dabei nicht ganz so streng. Auch ein Wolfburger oder ein Schokoriegel durften mal sein. Sie aß jedoch weniger Fleisch als früher, verzichtete auf Pommes und stark frittierte Speisen und trank Alkohol nur, wenn es unbedingt sein musste.

»Linda ist wieder einigermaßen okay«, beruhigte sie die Kollegin. »Ma Barker hat ihr ein Gläschen von ihrer Spezialmedizin spendiert.« Sie öffnete die Glastür neben dem Museumseingang und drehte sich noch einmal zu

Amy um. »Ich bin draußen bei C.J. Linda soll sich melden, falls sie Hilfe braucht.«

Amy hatte den Mund voll und nickte nur.

Neben dem Gebäude schlängelte sich ein schmaler Weg zu den Gehegen, die sich bis in den nahen Wald hineinzogen und durch stabile Zäune gesichert waren. In zwei Arealen tummelten sich dreizehn Wölfe, die sich zu kleinen Rudeln zusammengeschlossen hatten und sich in den weitläufigen Gehegen beinahe wie zu Hause in der Wildnis fühlen durften. Sieben Wölfe waren verletzt aufgegriffen worden und wurden von »Wolf Aid« gesund gepflegt, die restlichen sechs waren im Wolfcenter aufgewachsen. Zutrauliche Tiere, die sich an die Menschen gewöhnt hatten und in jeder Hinsicht von ihnen abhängig waren.

C.J. war im Gehege und kümmerte sich um Cody, der entkräftet auf einem Strohlager vor seiner Unterkunft lag und die Augen geschlossen hatte. Ein stattliches Tier mit weichem Fell, das gräulich silbern im winterlichen Zwielicht glänzte. Nur wenn er lief, erkannte man, dass sein linker Hinterlauf nach einem Bruch schlecht verheilt war.

»Nicht so schlimm«, sagte C.J. zuversichtlich, als Carla ihn erreicht hatte, »er hat sich nur den Magen verdorben. Irgendjemand muss ihn mit Brot gefüttert haben. Wir müssen bei den Führungen noch besser aufpassen.«

»Bitte nicht füttern!«, erwiderte Carla. »Das sind die ersten Worte, die ich den Besuchern vor einer Führung einbläue. Ich sage ihnen auch, dass sich Wölfe stärker von Hunden unterscheiden, als die meisten denken. Man-

che wollen mir nicht glauben, dass sie Getreideprodukte nur schlecht verdauen können. Keine Ahnung, wie einige Leute es schaffen, ihnen heimlich was zuzustecken.« Sie betrat das Gehege und kniete neben Cody nieder. Er gehörte zu ihren Lieblingswölfen, weil er niemals aufgegeben hatte, schon vor einigen Monaten in den Bergen nicht, als ihn der Wanderer gefunden hatte. Sie war bei der Bergung dabei gewesen, hatte geholfen, ihn in die Transportkiste zu verladen und ins Wolfcenter zu bringen. »Das ist ein zäher Bursche«, hatte C.J. schon damals erkannt, »der gibt erst auf, wenn es gar nicht mehr geht.«

»Das wird schon wieder, Cody«, ermunterte sie den Wolf.

»In zwei, drei Tagen ist er wieder fit«, sagte C.J.

Die Tür zum Blockhaus ging auf, und Amy streckte ihren Kopf heraus. »Da ist jemand für dich, Carla«, rief sie. »Eine Reporterin … sie will dich sprechen.«

»Eine Reporterin? Ich komme.«

Carla kehrte ins Blockhaus zurück und sah die Besucherin auf einem der Stühle neben dem Eingang sitzen. Das Mädchen aus dem Roadhouse, erkannte sie überrascht. Ungewöhnlich jung für eine Reporterin. Ihr Gesicht mit den braunen Augen und der leichten Stupsnase war leicht gerötet, wahrscheinlich von dem eisigen Wind, der ihr auf der Hauptstraße ins Gesicht geblasen hatte, und ihre dunklen Haare waren lang genug, um unter der weißen Pudelmütze hervorzuragen. Sie trug einen weinroten Anorak und dunkle Hosen und wirkte in dieser Aufmachung eher wie ein angehendes College Girl.

Was sie auch bald sein würde, wie sich gleich darauf herausstellte. Sie stand auf und kam Carla einige Schritte entgegen. »Miss Carla Gorman?«

»Ja«, erwiderte Carla verwundert. »Sie sind Reporterin?«

Die Besucherin lächelte schüchtern. »Angehende Reporterin«, stellte sie richtig. »Mein Name ist Sophia Kinney. Ich habe gerade meinen Highschool-Abschluss gemacht und volontiere ein Jahr bei der *Canterbury Gazette*. Mein Vater ist dort Chefredakteur. Danach gehe ich aufs College.« Sie drehte sich zur Tür um, als einige Besucher hereinkamen, und betrachtete sie neugierig. Sie brauchte erstaunlich lange, um sich wieder auf Carla zu konzentrieren.

»Und wie kann ich Ihnen helfen?«, fragte Carla.

»Oh Entschuldigung!«, antwortete sie rasch. »Ich habe Ihren Namen aus dem *Fairbanks News-Miner*. Ein Bericht über Ihren Vortrag an der Highschool in Delta Junction.« Sie legte wieder eine kurze Pause ein und schien sich ihre Worte genau überlegen zu müssen. »In Canterbury, wo ich herkomme, sind die meisten Leute gegen Wölfe eingestellt. Wegen der Kälber und Schafe, die sie im Sommer gerissen haben, wissen Sie. Mein Vater möchte, dass ich einen Bericht schreibe. Dass die Wölfe zu einer Plage geworden sind, dass sie einem Farmer wie Roger Halterman unermesslichen Schaden zufügen … Nun ja, ich war gerade zwei Wochen in San Francisco bei meiner Tante und meinem Onkel und habe im *San Francisco Chronicle* über die Wölfe im amerikanischen Westen gelesen, vor allem in Montana. Dort ist es zu hitzigen Auseinandersetzungen zwischen Tierschützern und solchen Leuten gekommen ist, die am liebsten alle Wölfe erschießen würden. Ich würde gern neutral berichten und dachte, Sie könnten mir vielleicht mehr dazu sagen.«

Man sah ihr an, wie schwer ihr diese Worte gefallen waren. Anscheinend hinterfragte sie die Meinung ihres Vaters, der wahrscheinlich annahm, sie würde nur mit dem Farmer sprechen, sich gegen die Wölfe wenden und der Öffentlichkeit mit ihrem Artikel nach dem Mund reden.

»Aber es ist nicht garantiert, ob Ihr Vater unser Interview auch drucken wird, habe ich recht?«

»Das stimmt leider«, räumte sie ein. »Er ist der Chefredakteur und hat das letzte Wort. Und ich muss leider zugeben, dass er nicht besonders gut auf Wölfe zu sprechen ist, obwohl er noch nie einen gesehen hat. Vielleicht will er auch vermeiden, dass aufgebrachte Leser die Zeitung abbestellen. Wir sind nicht die *Washington Post* oder die *New York Times*. Wir brauchen jeden einzelnen Leser. Ich möchte dennoch versuchen, fair zu berichten. Wären Sie bereit, mir einiges über Wölfe zu erzählen? Ob sie wirklich so grausam sind?«

Carla konnte sich ein leichtes Lächeln nicht verkneifen. Die Öffentlichkeit darüber aufzuklären, wie Wölfe wirklich waren, hatten sich alle Mitarbeiter von »Wolf Aid« auf die Fahnen geschrieben. C.J. hatte sogar einige Monate unter Wölfen gelebt und wusste mehr über diese Tiere als die meisten anderen Wissenschaftler. Von seinem Wissen profitierten alle Mitarbeiter von »Wolf Aid«, auch Carla, die immer noch überrascht war, wie schlecht das Image von Wölfen war.

»Dann komm mal mit«, sagte sie, »und nenn mich Carla, okay?«

»Sophia«, antwortete sie erfreut.

Carla führte die junge Reporterin zu den Gehegen und deutete auf einen Wolf, der zögernd näher kam und in einiger Entfernung stehen blieb. Er war ungefähr zwei Jahre alt und wirkte besonders muskulös und kräftig.

»Das ist Ghost«, erklärte sie. »Er bewegt sich so leise wie ein Geist und taucht immer dann auf, wenn man ihn am wenigsten erwartet. Ein geborener Anführer, aber er kam schon als Welpe zu uns und würde in der Wildnis nicht überleben.«

»Ihr schickt die Wölfe nicht in die Wälder zurück?«

»Dort hätten sie keine Chance. Die bei uns geboren werden, sowieso nicht, und die Tiere, die mit einer Verletzung zu uns kommen, sind nach ihrer Genesung auch nicht mehr fähig, in freier Wildbahn zu bestehen. Aber sollen wir sie deshalb sterben lassen? Wir sind so eine Art Waisenhaus für Wölfe.«

Ghost war Zweibeiner gewöhnt und kam noch etwas näher. Jetzt sah man auch seine gelben Augen, die in diesem Augenblick gar nicht so streng wirkten, wie es in Märchen und Romanen immer hieß. Sein graues, auf dem Rücken weißes Fell glänzte im fahlen Nachmittagslicht. Als wartete er darauf, dass Sophia ihre Kamera hervorzog und ihn fotografierte. Man sah ihm nicht an, dass er vor und auch während seiner Rettung beinahe gestorben wäre.

»Ghost hatte schwere innere Verletzungen, als er zu uns kam«, erinnerte sich Carla. »Ohne C.J., unseren Tierarzt, hätte er nicht überlebt. C.J. Fletcher.« Carla wartete, bis Sophia mit ihren Notizen nachkam. »Wir haben den Verdacht, dass sich jemand den Welpen als Haustier zulegen wollte und es sich dann anders überlegte und das arme Tiere vergiftete und im Wald entsorgte. Wann kapieren die Leute endlich, dass Wölfe keine Haustiere sind?«

»Roger Halterman hält sie für wilde Bestien, die man ausrotten sollte«, berichtete Sophia. »Er besitzt eine große Schaffarm in unserer Gegend und sagt, dass ihn die Wölfe ruinieren, und ich kenne kaum jemanden, der ihm widerspricht. Auch kleine Farmer haben unter Verlusten zu leiden. Mein Vater hat darüber geschrieben. Die Verluste sind tatsächlich ein wenig erschreckend.«

»Und dennoch kommst du zu mir.«

Sophia blickte den Wolf an, der sie noch immer neugierig betrachtete und keine Anstalten machte, sich zurückzuziehen. Er schien ihr mitteilen zu wollen, dass er nicht die grausame Bestie war, für die ihn viele hielten.

»Ich mag Tiere und kann mir nicht vorstellen, dass Wölfe nur darauf aus sind, Kälber und Schafe zu reißen und uns Menschen auf den Leib zu rücken. Von erfahrenen Journalisten habe ich gelernt, dass man gerade bei einem so heiklen Thema immer über beide Seiten berichten soll. Ich bin keine militante Tierschützerin. Mein Vater sagt, in einer Kleinstadt wie Canterbury bliebe einem manchmal gar nichts anderes übrig, als mit den Wölfen zu heulen.« Sie lachte über den Vergleich. »Sonst würden der Zeitung die Abonnenten abspringen, und er könnte zumachen. Mag sein, aber ich will trotzdem wissen, wie Wölfe wirklich sind, auch wenn mir Dad dann die Hälfte meines Artikels streicht.«

Carla führte sie langsam an dem Gehege entlang. Der Wind hatte nachgelassen, aber es schneite jetzt in dicken Flocken.

»Wölfe sind keine Bestien«, erklärte sie Sophia. »Ihr schlechter Ruf kommt vor allem daher, dass sie in den Märchen und Legenden immer die Bösewichte waren, sogar in den Comics. ›Der Große Böse Wolf und die drei kleinen Schweinchen‹ kennst du doch, oder?«

Sophia lächelte schwach. »Ich hab immer zu den Schweinchen gehalten.«

»Jeder hat zu den Schweinchen gehalten, so wie sich jeder vor dem bösen Wolf in ›Rotkäppchen‹ fürchtet oder unter die Bettdecke kriecht, wenn ein Werwolf im Fernsehen auftaucht. Was schreiben denn viele Zeitungen über Wölfe? Dass sie blutgierige Bestien sind und alles reißen, was ihnen in den Weg kommt. Dass man sie ausrotten sollte, weil sie mit dem Teufel im Bund sind. Dass sie sich über kurz oder lang auf unsere Kinder stürzen würden.«

Sophias Miene verriet, dass ihr solche Sätze nicht unbekannt waren. Auch die *Canterbury Gazette* hatte sicher schon solche Behauptungen aufgestellt.

»Natürlich reißen Wölfe auch Nutztiere wie Kälber oder Schafe«, fuhr Carla fort. »Aber sie stürzen sich meist auf schwache oder kranke Tiere, die sowieso nicht überlebt hätten, und auch das nur, wenn sie kein Wild in den Wäldern finden. Weißt du, welchen Anteil Wölfe am vorzeitigen Tod von Schafen haben? Gerade mal ein Prozent! Für mehr als die Hälfte aller toten Schafe sind das Wetter und Kojoten verantwortlich. Kojoten, ganz recht.«

»Das wusste ich nicht.«

»Und du darfst auch nicht vergessen, dass die Rancher und Farmer für jedes von Wölfen getötete Tier eine Entschädigung erhalten. Und manchmal sogar Zuschüsse beim Bau von Zäunen oder anderen Vorsichtsmaßnahmen.«

»Halterman schickt Männer los«, sagte Sophia, »die schießen sofort, wenn sie einen Wolf beim Wildern erwischen. ›Range Riders‹ nennen die sich.«

»Vielleicht sollte ich mal mit Halterman reden.«

Sophia lachte. »Den stimmen Sie nicht um. Der ist wie diese sturen Rancher in den Westernfilmen, die manchmal im Fernsehen kommen. Die glauben, ihnen gehört die Welt, und sie können über Leben und Tod entscheiden.«

»Hat er keine Frau, die ihn ein bisschen … besänftigt?«

»Ella Halterman? Die ist genauso störrisch wie er. Angeblich soll sie sogar besser schießen können als er und schon mal einen Wolf im vollen Lauf erwischt haben. Ich hab mal was über eine Calamity Jane gelesen. Eine Banditin im Wilden Westen, die besser schießen, lauter fluchen und mehr Whiskey trinken konnte als jeder Mann. So eine ist die ... bis auf den Whiskey.«

»Hört sich nach einem glücklichen Paar an.«

»Oh, die beiden sind sehr angesehen in Canterbury«, sagte Sophia. »Sie sind in jedem Komitee, das man sich vorstellen kann, unterstützen alle gemeinnützigen Einrichtungen mit großzügigen Spenden und laden alle Kinder der Stadt an Halloween zu einer riesigen Party ein. Sie sind sehr beliebt, und wahrscheinlich wäre Halterman auch zum Bürgermeister gewählt worden, wenn er gewollt hätte. Eigentlich sind sie gute Leute, da kann man nichts sagen. Nur wenn es um ihre Schafe geht, da lassen sie sich nicht dreinreden.«

Carla kannte die Sorte Menschen. Sie war solchen Leuten schon oft begegnet, wenn sie einen Vortrag auf dem Land gehalten hatte. Rancher und Farmer dachten anders über Wölfe, sie betrachteten die vierbeinigen Eindringlinge als erbitterte Feinde, denen man nur mit Gewalt begegnen konnte. Sie hatte sogar Verständnis für diese Haltung. Wenn man von seinen Rindern oder Schafen lebte, musste man sie beschützen, und es interessierte einen kein bisschen, was mit den Wölfen geschah. Auf Tierschützer blickte man spöttisch hinab.

Carla wollte etwas sagen und hielt überrascht inne, als Sophia sich verstohlen zu einem der Besucher umdrehte, die vor wenigen Minuten aus dem Kino gekommen waren, und sich rasch wieder ihr zuwandte. Der Mann, ein unscheinbarer Typ in den Dreißigern, der in seinen Jeans und dem modischen Anorak von L.L. Bean eher in der

Masse unterging, stand mit einigen anderen Besuchern am Zaun und ließ sich von Linda erklären, woran Cody erkrankt war.

»Können wir ins Haus zurück?«, fragte Sophia leise. Es schien ihr Mühe zu bereiten, sich nicht mehr nach dem Fremden umzudrehen. Offensichtlich hatte sie Angst vor ihm. »Wenn es geht, durch eine andere Tür. Ich will nicht an den Leuten dort vorbei. Auf der anderen Seite gibt's doch sicher eine Tür.«

»Sicher, aber warum …«

»Ich muss nach Hause«, sagte Sophia. »Ich bin spät dran.«

»Darum geht's doch nicht. Wer ist der Mann?«

»Welcher Mann?«

»Du weißt ganz genau, wen ich meine. Warum hast du Angst vor ihm?«

Sophia zögerte mit der Antwort. »Ich weiß nicht, wer das ist.« Sie flüsterte immer noch. »Er folgt mir schon seit heute Morgen. Keine Ahnung, was der Kerl von mir will. Ich hab das Gefühl, er lässt mich nicht aus den Augen.«

»Ein Stalker?«

»Vielleicht nur einer, der mich anmachen will und sich nicht traut. Aber so was passiert mir eigentlich nur im Sommer, wenn ich einen Minirock trage und vom Friseur komme. Ich bin nicht der Typ, auf den die Männer fliegen.«

»Du bist jung und siehst gut aus, das reicht.«

»In Wollhosen und dem dicken Anorak?«

»Warum fragst du ihn nicht einfach?«

»Ich bin doch nicht verrückt«, flüsterte Sophia entsetzt. »Am Ende ist das ein ganz normaler Tourist, der zufällig in die gleiche Richtung fuhr und gar nichts von mir will. Ich würde mich doch zum Gespött der Leute machen.«

»Du hast recht, du bildest dir das alles sicher nur ein.«

»Können wir trotzdem hintenrum gehen?«, fragte Sophia.

»Sicher«, antwortete Carla und führte sie durch den rückwärtigen Seiteneingang ins Blockhaus zurück. »Wie wär's, wenn wir in mein Büro gehen und warten, bis der geheimnisvolle Fremde verschwunden ist? Ich sage meiner Kollegin, dass sie uns Bescheid geben soll, sobald er gegangen ist.« Sie öffnete die Tür zu ihrem kleinen Büro und deutete auf den Besucherstuhl. »Kaffee?«

»Nein, danke.«

Vom Empfang brachte Carla zwei Dosen Diet Coke und stellte eine vor ihrer Besucherin auf den Tisch. »Das hilft manchmal ungemein.« Sie setzte sich und nahm einen Schluck von ihrer Cola. »Du könntest dir unseren Film ansehen.«

»Danke, ich hab keine Zeit mehr. Meine Eltern warten sicher schon.«

Carla stützte sich auf ihren Schreibtisch. Sie hatte plötzlich einen Verdacht. »Du glaubst doch nicht, dass dir dieser Halterman einen Spion auf den Hals geschickt hat? Dass ihm jemand geflüstert hat, du könntest kritisch über ihn berichten? Wenn dieser Rancher so verbohrt ist, wie du sagst, ist ihm sicher alles zuzutrauen.«

»Nein, das glaube ich nicht. Aber …« Sie stockte.

»Aber was?«

Das Telefon klingelte und bewahrte Sophia davor, eine Antwort geben zu müssen. Amy war dran. Der Fremde hatte das Wolfcenter verlassen und war in seinem Wagen weggefahren, berichtete sie. Und nein, er hätte sich nicht nach Sophia erkundigt.

»Du hast freie Bahn«, sagte Carla, nachdem sie aufgelegt hatte.

»Dann gehe ich jetzt. Vielen Dank für alles, Carla.«

Sophia verließ das Wolfcenter, und Carla und Amy beobachteten gemeinsam, wie sie in ihren Chevy stieg und hastig zum nahen Highway fuhr.

»In dem Alter kann man es sich noch leisten, vor einem Mann wegzulaufen«, sagte Amy grinsend.

3

Carla war schon auf dem Weg zu den Gehegen, als Amy sie zurückrief und aufgeregt nach draußen zeigte. »Da ist er wieder, der Kerl, den ich im Auge behalten sollte. Er muss sich irgendwo versteckt haben! Zufall kann das nicht sein.«

»Dann hat Sophia recht«, erwiderte Carla. Sie blickte dem schwarzen Geländewagen nach, einem Lexus, der wahrscheinlich mehr als ihr Jahresgehalt kostete und zügig in Richtung Highway fuhr. »Der Kerl ist hinter ihr her.«

»Wir müssen sie warnen! Hast du ihre Handy-Nummer?«

»Nein, ich dachte, ich sehe sie nie wieder.«

»Vielleicht solltest du ihr nachfahren. Für alle Fälle.«

Carla nickte nur. »Okay, ich melde mich von unterwegs.«

Sie ging zu ihrem Wagen und folgte dem Fremden in weitem Abstand. Aus Copperville führte nur diese Straße zum dreizehn Meilen entfernten Richardson Highway, und es bestand keine Gefahr, dass sie ihn aus den Augen verlor. Sie kam sich reichlich albern vor, wie eine Detektivin, die einem gefährlichen Verbrecher folgte, und räumte ein, dass sich Sophie auch geirrt haben konnte, aber die Wahrscheinlichkeit, dass der junge Mann das gleiche

Ziel gehabt und sich rein zufällig nur wenige Minuten nach ihr zum Highway aufgemacht hatte, war wesentlich geringer. Der Kerl wollte etwas von ihr.

Obwohl die Zufahrtsstraße kaum geräumt war, legte er ein flottes Tempo vor. Sein Geländewagen hatte doppelt so viele PS wie Carlas asiatischer SUV. Im Osten zog bereits die Dämmerung herauf und warf düstere Schatten auf die Fichten, ließ den Schnee noch kälter und unwirtlicher erscheinen. Die Rücklichter des Lexus leuchteten dunkelrot in der düsteren Umgebung und wiesen ihr den Weg. Unter den Rädern ihres Wagens knirschte der Schnee.

Nach einer knappen halben Stunde erreichten sie den Richardson Highway, die breite asphaltierte Straße von Fairbanks nach Valdez. Nachdem der Fremde einige Wagen vorbeigelassen hatte, bog er nach Norden in Richtung Fairbanks ab, dieselbe Richtung wie Sophia. Der Weg nach Canterbury führte über die größte Stadt des Nordens. Bis dorthin waren es ungefähr drei Stunden, bis nach Canterbury eine Stunde mehr. Carla hatte nicht die Absicht, Sophia bis nach Hause zu begleiten. Sie hoffte darauf, dass der Fremde bald irgendetwas unternehmen würde, was seine wahren Absichten verriet, und würde ihn dann überholen und versuchen, Sophia einzuholen und zu warnen. Viel mehr konnte sie nicht tun. Die Polizei würde sich bei einem bloßen Verdacht nicht rühren.

Auf dem Highway herrschte einigermaßen reger Verkehr, wie immer um diese Zeit, selbst außerhalb größerer Städte wie Delta Junction. Carla hatte Mühe, den jungen Mann nicht aus den Augen zu verlieren. Er fuhr jetzt noch rasanter als auf der verschneiten Zufahrtsstraße, schien es darauf angelegt zu haben, so schnell wie möglich wieder Tuchfühlung mit Sophia aufzunehmen. Es sei denn, sie bildete sich doch alles nur ein. Was für eine Blamage, wenn es sich bei dem Fremden um einen unbescholtenen jungen Mann handelte, und sie ihren James-Bond-Fantasien erlegen und einem Phantom nachgejagt war!

Was suchte sie überhaupt hier draußen? Hatte sie bei »Wolf Aid« und im Wolfcenter nicht genug zu tun? C.J., Linda, Amy und die paar Helfer, die sie sonst noch hatten, konnten die Arbeit nicht allein bewältigen. Außer Cody und Ghost gab es noch andere Wölfe, die ihrer Pflege bedurften, und in einem kleineren Gehege lebten zwei Wolfshunde, ehemalige Haustiere, die von ihren überforderten Besitzern am Straßenrand ausgesetzt worden waren. Die Tiere, eine Mischung aus Wölfen und Hunden, waren sehr launisch. Sie würde an den anderen Tagen einige Stunden ranhängen müssen, um wieder auf die volle Stundenzahl zu kommen.

Die Fahrt führte durch eine eindrucksvolle Landschaft. Zu beiden Seiten des Highways dehnten sich Fichten- und Mischwälder bis zu den Bergen aus, gigantische Massive, die mit ihren schneebedeckten Gipfeln und Hängen und scharfkantigen Felsen bis in die Wolken ragten. Die einsetzende Dämmerung verlieh ihnen einen geheimnisvollen Glanz und verschmolz mit den Schatten, die sich immer dunkler auf den Schnee legten.

Die dicken Flocken waren verkümmert und trieben mit dem auffrischenden Wind gegen die nasse Frontscheibe. Ohne die warme Luft aus dem Gebläse wäre sie verloren gewesen.

Nach ungefähr einer Stunde zweifelte Carla so sehr an ihrem Vorhaben, dass sie nahe dran war, umzukehren. Anscheinend hatte Sophia ein so starkes Tempo vorgelegt, dass der Fremde nicht in der Lage war, sie einzuholen. Eine vergebliche Hoffnung, wie sich jedoch schon bald herausstellte.

Zuerst vermutete Carla nur, dass es sich bei dem Wagen in einiger Entfernung um den Chevy der jungen Reporterin handelte, doch als der Fremde sein Tempo verlangsamte und gleichbleibenden Abstand hielt, bestand kein Zweifel mehr. Er verfolgte Sophia. Dass er ausgerechnet jetzt langsamer fuhr, war kein Zufall mehr.

Als sie Delta Junction erreichten, war es bereits dunkel, und die umliegenden Berge waren zu unheilvollen Schatten geworden. Auf dem nahen Delta River schimmerte Eis. Carla brauchte kein Fernglas, um zu erkennen, wie Sophia an einer hell erleuchteten Tankstelle abbog und vor einer der Zapfsäulen hielt. Sie schien ihren Verfolger noch nicht entdeckt zu haben, reckte sich müde, bevor sie eine Kreditkarte in den Schlitz steckte und zu tanken begann.

Der Fremde bremste so plötzlich, dass Carla ihm beinahe zu nahe gekommen wäre, und hielt am Straßenrand. Er schaltete seine Warnblinkanlage an. Anscheinend hatte er nicht die Absicht, sich Sophia zu erkennen zu geben.

Er stand weit genug von der Tankstelle entfernt, um keinen Verdacht zu erregen.

Carla hielt nur wenige Schritte hinter ihm und stieg aus. Sie hatte genug von dem Katz-und-Maus-Spiel und auch keine Lust, dem Fremden bis nach Canterbury zu folgen. Entschlossen trat sie vor sein Fahrerfenster und wartete, bis er es geöffnet hatte. Er sah nicht einmal übel aus und wirkte selbst in seinen Jeans und seinem Pullover wie ein Geschäftsreisender. Auf dem Beifahrersitz lagen ein Sakko und ein Laptop, beide sündhaft teuer.

»Alles okay«, sagte er, »ich brauche nur mal eine Pause.«

»Ach ja?«

»Ach ja? Was soll das heißen?« Sein Lächeln schwand.

»Sie brauchen keine Pause«, ging Carla ihn direkt an. »Sie warten, bis die junge Dame mit dem Chevy getankt hat, damit Sie ihr weiter auf den Pelz rücken können. Warum tun Sie das? Warum belästigen Sie die junge Dame?«

»Ich weiß nicht, wovon Sie sprechen.«

»Oh, das wissen Sie ganz genau. Sie fahren doch schon den ganzen Tag hinter ihr her. Oder glauben Sie vielleicht, sie hätte sie nicht bemerkt? Sogar ins Wolfcenter sind Sie ihr nachgeschlichen. Sind Sie ein Stalker, Mister?«

»Ich verbitte mir solche Anschuldigungen!«, wehrte er sich entrüstet.

Aber Carla hatte sich bereits in Rage geredet. Hinter ihr lag ein langer Tag, und die Verfolgung des jungen Mannes hatte ihr den Rest gegeben. »Wollen Sie mir etwa weismachen, dass es sich lediglich um einen Zufall handelt? Dass Sie auch ohne die junge Dame über den Richardson Highway gefahren und ausgerechnet nach Copperville abgebogen wären? Um unser Wolfcenter zu besuchen? Und dass Sie der jungen Dame auch jetzt wieder nachfahren und ausgerechnet dann am Straßenrand eine Pause einlegen, wenn sie zum Tanken hält?«

»Was denn sonst?« Seine Verwunderung war gut gespielt. »Natürlich ist das nur Zufall. Ich habe mich schon als kleiner Junge für Wölfe interessiert und wollte mir endlich mal das Wolfcenter ansehen. Heute ist mein freier Tag. Was kann ich dafür, wenn die Dame im Chevy die gleiche Idee hatte?«

Carla wurde unsicher. Es war immerhin möglich, dass er recht hatte, auch wenn es nicht sehr wahrscheinlich war. »So viele Zufälle kann es nicht geben. Die junge Dame hat Angst vor Ihnen.« Sie verschwieg Sophias Namen bewusst, wollte ihn nicht mit der Nase auf etwas stoßen, das er vielleicht gar nicht wusste. »Sie hat sich mir im Wolfcenter anvertraut. Ich arbeite dort. Ich habe selbst gesehen, wie Sie ständig in ihre Richtung geblickt haben.«

»Ist das vielleicht verboten? Ist es mit dem Feminismus schon so weit gekommen, dass man sich nicht mehr nach einem hübschen Mädchen umdrehen darf? Geht es vielleicht darum? Wollen Sie mich als sexistischen Trottel hinstellen, der einer attraktiven Lady quer durch Alaska folgt?« Er lachte trocken. »Das ist doch nicht Ihr Ernst. Was haben Sie überhaupt mit der ganzen Sache zu tun?

Sind Sie Bat-Woman oder Supergirl? Ziehen Sie für die Gleichberechtigung der Geschlechter ins Feld und klagen dabei Unschuldige an?«

Carla überhörte die Häme in seinen Worten. »Ich hab was gegen Stalker, das ist alles. Und das, was Sie tun, ist davon nicht weit entfernt. Lassen Sie das Mädchen in Ruhe! Falls ich erfahre, dass Sie ihr weiter folgen, rufe ich die Polizei. Melden Sie sich bei einer Dating-Agentur an, wenn Sie so dringend eine Frau suchen.« Sie wusste selbst, dass sie ungerecht war. Auch in Alaska galt die Unschuldsvermutung: Ein Mensch war so lange unschuldig, bis seine Schuld bewiesen war. Etwas sanfter sagte sie: »Sie hat das nicht verdient!«

Auch er hatte sich scheinbar wieder etwas beruhigt. »Okay«, sagte er, »Sie fühlen sich der jungen Dame verbunden und lassen Ihren Emotionen freien Lauf. Da kann man schon mal übers Ziel hinausschießen. Aber Sie brauchen sich nicht länger zu empören. Ich bin kein Stalker, im Gegenteil, ich bin verheiratet und habe einen Sohn.« Er zog seine Brieftasche aus dem gefalteten Sakko und zeigte ihr ein Familienfoto. »Ich habe es nicht nötig, Frauen durch halb Alaska zu verfolgen. Und ob Sie's glauben oder nicht: Ich bin hundemüde und werde mir in Delta Junction ein Motelzimmer nehmen. Ich habe morgen einen wichtigen Termin und muss ausgeschlafen sein. Sie können Ihrer Freundin sagen, dass sie sich keine Gedanken zu machen braucht. In spätestens einer Stunde bin ich in meinem Zimmer und sehe mir irgendeinen blöden Film im Fernsehen an.« Sein Lächeln war zurückgekehrt. »Zufrieden? Ich bin kein Stalker. Oder brauchen Sie eine eidesstattliche Erklärung?«

Während Carla noch nach einer Antwort suchte, fuhr ein schwerer Truck an ihnen vorbei. Die Lichtkegel seiner Scheinwerfer strichen über die Fenster des Geländewagens. Mehr aus Verlegenheit, weil sie sich vielleicht lächerlich gemacht hatte, blickte sie an dem Fremden vorbei und sah einige Akten auf dem Rücksitz liegen. Im Scheinwerferlicht des Trucks waren für einen winzigen Moment die Logos einer Firma auf den Aktendeckeln zu erkennen. Ein großes C und ein R in einem grünen Kreis. Sie registrierte es nur unbewusst.

»Wenn es so ist, bitte ich um Entschuldigung«, erwiderte sie kleinlaut.

»Schon gut, Miss.« Er ließ das Fenster hoch und lenkte seinen Wagen auf den Highway zurück. Ohne abzubremsen, fuhr er an der Tankstelle vorbei. Als ginge ihn Sophia nichts an, als hätte er sich nie für sie interessiert. Weg von der Verrückten, die ihn irrtümlicherweise für einen Stalker gehalten hatte.

Carla wartete, bis die Rücklichter des Lexus in der Dunkelheit verschwunden waren, und fuhr zur Tankstelle. Sie hielt neben dem Chevy und wartete auf Sophia, die bereits getankt hatte und mit einem Schokoriegel aus dem Laden kam.

»Hey«, rief Carla, »ich hab vergessen, dich nach deiner Nummer zu fragen.« Sie gab ihr eine Visitenkarte. »Schick mir eine Mail, dann hab ich sie.«

Sophie starrte sie überrascht an. »Und deswegen fährst

du mir bis Delta Junction nach? Du hättest mich doch in der Redaktion anrufen können. Die Nummer der *Canterbury Gazette* …« Sie stockte. »Ist irgendwas nicht okay?«

Carla berichtete ihr von der Begegnung mit dem Fremden und wusste plötzlich nicht mehr, was sie davon halten sollte. »Ich weiß selbst nicht mehr, wie ich darüber denken soll, Sophia. Es ist immerhin möglich, dass er die Wahrheit sagt. Obwohl es nur schwer zu glauben ist. Aber selbst wenn er dir nachgefahren ist, gibt er jetzt sicher Ruhe. Ich hab ihm ordentlich die Meinung gesagt. Er weiß, dass er sich nichts mehr erlauben darf.« Sie erzählte ihr von seiner Entscheidung, in einem Motel zu übernachten. »Ich glaube, du bist sicher.«

»Wollen wir's hoffen.«

»Er hat Familie, Sophia. Vielleicht haben wir uns wirklich geirrt.«

»Er ist mir nachgefahren. Das war kein Zufall.«

»Vergiss ihn einfach«, sagte Carla. »Typen wie er sind es nicht wert, dass man länger über sie nachdenkt. Schuldig oder nicht schuldig, die halten sich für unwiderstehlich und rechnen damit, dass ihnen jede Frau zu Füßen liegt.«

»Er sieht gut aus, das muss man ihm lassen.« Es klang eher abfällig.

»Der Teufel soll angeblich auch nicht in Gestalt eines Monsters daherkommen. Manche Leute behaupten sogar, er würde bei uns Frauen als attraktiver Sixpacker und bei den Männern als verführerische Sexbombe auftauchen.« Sie hielt für einen Moment inne. »Da fällt mir ein, der Kerl hatte einen Schwung Akten auf der Rückbank liegen. Ich hab das Firmenlogo gesehen, ein C und R in einem grünen Kreis. Sagt dir das was? Vielleicht ist er einer dieser Sales Manager, die durch die Lande fahren und sich einen Spaß daraus machen, attraktive Mädels aufzureißen?«

»Ein C und ein R in einem grünen Kreis?« Sophia war blass geworden.

»Du kennst das Logo?«

»Community Recycling«, antwortete sie, »die bereiten Abfall auf und stellen alles Mögliche daraus her. Verpackungen, Kleidung, aus organischen Abfällen auch Brennstoff. Ihre Trucks hab ich schon öfter in Canterbury gesehen. Die Willerbys entsorgen ihren Abfall über die.« Sie sah, dass Carla der Name nichts sagte. »Willerby Corporation, die Papierfabrik in Canterbury. Ihr Besitzer ist ein großes Tier, nicht nur in Canterbury.«

»Vielleicht gibt's da irgendeine Verbindung.«

»Das klingt gar nicht gut.«

»Was willst du damit sagen?« Carla sah, dass ein Pickup vom Highway abfuhr und an eine der Zapfsäulen rollte. »Wir fahren besser zur Seite, sonst kriegen wir noch Ärger. Dort drüben, neben der Waschanlage, okay?«

Sie parkten an dem verabredeten Platz, und Carla stieg zu Sophia in den Wagen. »Du hast doch irgendeinen Verdacht?« Ihre Neugier war geweckt. »Bist du irgendeiner Story auf der Spur? Ich dachte, dir geht es um Wölfe.«

»Tut es auch.«

»Aber …«

Sophia zierte sich lange. »Es ist nur ein Verdacht, Carla. Eine Vermutung. Nichts Konkretes. Ich habe nicht die Spur eines Beweises. Wenn mein Vater davon wüsste, würde er mich sofort rauswerfen oder zu einem Praktikum nach Ohio oder Nebraska schicken. Oder als Kassiererin in den Supermarkt.«

»Warum, Sophia? Ich sag's bestimmt nicht weiter.«

Sophia stützte sich mit beiden Händen aufs Lenkrad und holte tief Luft. »Ich hab auf der Website der *New York Times* über einen Skandal gelesen. Irgendwo in New Jersey hat ein Unternehmer die Abfälle seiner Papierfabrik, den sogenannten Papierschlamm, an eine Recycling-Firma abgegeben. Diese hat ihn wiederum als Kompost an Farmer verkauft. In dem Papierschlamm sind jedoch giftige Chemikalien enthalten, die ins Grundwasser sinken und sogar zu Krebs führen können, wenn man jahrelang das Wasser trinkt. Beide, der Inhaber der Papierfabrik und der Chef der Recycling-Firma, wurden angezeigt, aber später freigesprochen, aus Mangel an stichhaltigen Beweisen.«

»Und du glaubst, Community Recycling macht es genauso?«

»Ich bin ihren Trucks mehrmals gefolgt und habe gesehen, wie sie Dünger zu mehreren Farmen in der Umgebung von Fairbanks gebracht haben. Auch zu Roger Halterman, dem Farmer, von dem ich dir erzählt habe. Der seine Weidereiter auf Wölfe hetzt. Das heißt noch lange nicht, dass Papierschlamm in dem Dünger enthalten ist, aber falls ja, werde ich es herausbekommen.« Sie blinzelte in die Scheinwerfer eines vorbeifahrenden Wagens. »Stell dir vor, was das für eine Story gäbe ... aber das wäre noch nicht mal der größte Skandal.«

»Sondern?«

»Community Recycling gehört Lucas Willerby. Das kann zwar jeder in der Handelskammer nachschlagen, aber niemand hängt es an die große Glocke. Das würde bedeuten, dass Willerby selbst hinter der Schweinerei steckt.«

»Aber du hast keine Beweise.«

»Nicht die geringsten.«

»Dann würde ich schön die Klappe halten.«

Sophia hörte nur mit halbem Ohr hin. »Außer dass mich ein Angestellter von Community Recycling beschattet. Es sieht jedenfalls so aus. Vielleicht haben sie gemerkt, dass ich ihnen auf der Spur bin, und wollen mir Angst machen?«

»Könnten sie dich denn gesehen haben?«

»Eigentlich nicht. Ich habe sie immer nur aus großer Entfernung beobachtet und bin kein unnötiges Risiko eingegangen. Ich hab ja noch nicht mal richtig angefangen mit meinen Recherchen. Die Sache mit dem Papierschlamm war nur so eine fixe Idee, der ich mal nachgehen wollte. Weil mir mächtige Männer wie Willerby schon immer verdächtig waren. Erst als ich herausfand, dass er Dünger an etliche Farmen liefert, wurde ich misstrauisch.« Sie blickte Carla an. »Was soll's? Mit der Wolfsstory hab ich sowieso genug am Hals, und wer weiß, ob ich danach überhaupt noch schreiben darf? Wenn ich dich so höre, ist die Wolfsstory mindestens genauso brisant wie ein Umweltskandal.« Sie lächelte. »Ich halte dich auf dem Laufenden, okay? Und ich rufe dich an, wenn es Ärger wegen der Wölfe gibt. Vielleicht brauche ich deine Hilfe. Wir beide gegen den Rest der Welt.«

»Eine gute Schlagzeile, oder?«

4

Weil sie dem Fremden nicht traute und um ganz sicherzugehen, fuhr Carla langsam durch Delta Junction und suchte vor den wenigen Motels der Stadt nach seinem Wagen. Sie brauchte nicht lange zu suchen. Er parkte vor dem »Last Chance«-Motel, gut sichtbar für jeden Autofahrer auf der Hauptstraße. Sie nahm an, dass der Fremde seinen Lexus ganz bewusst so geparkt hatte. Wahrscheinlich rechnete er damit, dass Carla seinem Versprechen misstraute und sich selbst davon überzeugte, dass er Sophia nicht mehr auf den Pelz rücken würde.

Doch Carla war das nicht genug. Um nicht auf einen billigen Trick des Fremden hereinzufallen, fuhr sie auf den Parkplatz eines Ladens gegenüber und behielt den Eingang des Motels im Auge. Ohne in ihrer Aufmerksamkeit nachzulassen, öffnete sie den Browser ihres Smartphones und suchte nach der Website von Community Recycling. Sofort stach ihr das grüne Logo der Firma in Fairbanks ins Auge. Die Website lieferte einen Überblick über die vielfältigen Dienste der Firma, garniert mit den Lobeshymnen zahlreicher Umweltorganisationen, und stellte auch die leitenden Mitarbeiter mit Fotos und Kurzbiografien vor.

Sophias Verfolger erkannte Carla sofort wieder. Jeffrey W. Stark war Area Sales Manager, einer der Außendienstmitarbeiter, die wohl die Aufgabe hatten, den Profit der Firma zu steigern. Ein wichtiger Mann in der Hierarchie, der ursprünglich aus Kalifornien kam, dort ebenfalls in einer Recycling-Firma gearbeitet und auf seinem Fachgebiet viele Erfolge vorzuweisen hatte, wie es in seiner Biografie hieß. Er lebte mit seiner Familie in Fairbanks.

»Jeffrey W. Stark«, flüsterte Carla, »jetzt wissen wir wenigstens, wie Sie heißen. Ein Mann in Ihrer Position sollte sich besser benehmen, nicht wahr?«

Sie hatte ihr Smartphone gerade wieder verstaut, als die Tür des Motelzimmers aufging, und Stark herauskam. Er blickte prüfend in die Runde und stieg dann rasch in seinen Wagen. Er hatte niemals die Absicht gehabt, in dem Motel zu übernachten, und nicht mal seinen Koffer oder seine Tasche aus dem Kofferraum genommen. Den Preis für das Zimmer, das man wie in jedem Motel im Voraus bezahlen musste, würde er wohl seiner Firma aufhalsen.

»Dachte ich mir's doch!«, schimpfte Carla wenig überrascht.

Die Scheinwerfer des Lexus flammten auf und schwenkten nach rechts. Im gleichen Augenblick passierte Carla die Einfahrt und versperrte ihm mit ihrem Wagen die Ausfahrt. Ungeachtet der bitteren Kälte stieg sie aus und ging zu ihm. Widerwillig ließ er sein Fenster herunter. Er blickte sie wütend an.

»Sieh an«, sagte sie, »ich hatte wohl doch recht mit meinem Verdacht.«

»Ich weiß nicht, was Sie meinen.«

»Das wissen Sie ganz genau«, sagte Carla. Sie hatte weder Angst, noch machte ihr die Kälte etwas aus. Sie war einfach nur wütend, weil ihr nicht einleuchten wollte, warum ein Familienvater wie er eine Achtzehnjährige bedrängen sollte. Egal, aus welchen Gründen. »Was wollen Sie von Sophia?«

»Sophia?«

Carla erkannte ihren Fehler. »Was wollen Sie von ihr?«

»Gar nichts.«

»Sind Sie scharf auf sie, oder ging es um ganz was anderes?«

»Ich habe nichts mit dieser Sophia im Sinn«, sagte Stark. Er war sichtlich genervt und wäre wohl am liebsten weitergefahren. »Ich kenne sie nicht mal.«

Carla glaubte, es besser zu wissen. »Vorhin vor der Tankstelle hätte ich Ihnen das beinahe abgenommen, aber jetzt nicht mehr. Oder warum haben Sie mich sonst belogen? Warum erzählen Sie mir, dass Sie die Nacht in Delta Junction bleiben wollen, und schleichen sich jetzt heimlich aus dem Haus?«

»Sind Sie bei der Polizei?« Er verlor allmählich die Geduld. »Ich bin Ihnen keine Rechenschaft schuldig, Miss! Und jetzt lassen Sie mich endlich durch!«

»Damit Sie Sophia belästigen können?«

»Ich habe es mir anders überlegt«, erwiderte Stark. Er beherrschte sich nur noch mühsam. »Wenn Sie's genau wissen wollen: Ich wollte in dem Motel übernachten, aber der Laden hat kein Kabelfernsehen, und ich habe mich anders entschieden. Jetzt fahre ich eben doch nach Hause. Was dagegen, Miss?«

Spätestens jetzt hätte sie den Mund halten und ihm den Weg freimachen sollen. Er hatte nichts verbrochen, und sie konnte ihm nichts beweisen, auch wenn es für sie inzwischen klar und deutlich auf der Hand lag, dass er etwas im Schilde führte. Seine Ausreden waren an den Haaren herbeigezogen. »Und ob ich was dagegen habe!«, platzte es aus ihr heraus. »Wie können Sie ihr solche Angst einjagen?«

Stark verlor die Nerven und stieg wütend aus seinem Wagen. Er baute sich drohend vor ihr auf und war ihr so nahe, dass ihr der Duft seines Rasierwassers in die Nase stieg.

»Jetzt reicht's mir aber!«, fuhr er sie an. »Fahren Sie endlich Ihre Schrottkiste aus dem Weg und machen Sie mir den Weg frei!«

Carla blieb nichts anderes übrig, als ihm zu gehorchen, ließ sich aber viel Zeit beim Einsteigen und hatte noch nicht mal die Tür zugeschlagen, als ein Streifenwagen der *Alaska State Troopers* neben ihnen hielt. Ein weiblicher Officer stieg aus und wandte sich an den wütenden Stark.

»Jeffrey W. Stark?«, fragte sie streng.

»Ja?«, fragte Stark verunsichert.

»Ihre Papiere bitte.«

Stark gehorchte und riss sich mühsam zusammen, während die Trooperin in ihren Streifenwagen stieg und die Papiere an ihrem Bordcomputer überprüfte. Nach einer Weile stieg sie wieder aus und reichte sie ihm zurück. »Eine Sophia Kinney hat uns angerufen, Mister. Kennen Sie die junge Dame?«

»Nicht wirklich«, wich er aus.

»Sie behauptet, Sie würden ihr seit heute Morgen nachfahren und sie belästigen.« Die Trooperin hatte kein bisschen Angst vor ihm. »Stimmt das?«

»Wir sind uns öfter begegnet, aber das war Zufall.«

»Das stimmt nicht, Officer!«, mischte sich Carla ein. Sie erzählte ihre Version der Geschichte, und dass sie Stark gerade dabei ertappt habe, wie er sich heimlich aus seinem Motelzimmer stehlen und sich erneut an ihre Fersen heften wollte. »Er ist ein Stalker, Officer! Ich habe ihn dabei erwischt, wie er Sophia heimlich beobachtet hat. An der Tankstelle ein paar Meilen südlich.«

»Selbst wenn«, wehrte er sich, »ist es jetzt schon verboten, einem hübschen Mädchen nachzublicken? Ich bin unschuldig, Officer, und Sie haben kein Recht, mich festzuhalten. Wenn doch, muss ich meinen Anwalt rufen.«

Die Trooperin blieb gelassen. »Schon gut. Fahren Sie weiter!«

Stark stieg wortlos in seinen Wagen.

»Aber …«, wollte Carla protestieren.

»Wir behalten ihn im Auge«, versprach die Trooperin.

Wenig später waren die Trooperin und Stark weggefahren, beide in dieselbe Richtung, sodass er es sich zweimal überlegen würde, bevor er Sophia zu nahe rücken würde. Wenn er einigermaßen seine Ruhe haben wollte, würde er sie zügig überholen müssen. Die Trooperin würde bestimmt dicht hinter ihm bleiben. So kühl und streng, wie sie sich gab, verstand sie sicher keinen Spaß.

Carla fuhr nach Süden zurück. Sobald sie an der Tankstelle vorbei war, rief sie Sophia an, die ihr bereits ihre Nummer geschickt hatte. Sie war sofort dran.

»Sophia? Ich bin's, Carla. Könnte sein, dass du gleich einen Streifenwagen im Rückspiegel siehst.« Sie berichtete ihr, was geschehen war. »Ich glaube nicht, dass du heute noch was von Stark zu befürchten hast. Die Trooperin war nicht besonders gut auf ihn zu sprechen. Sie gibt dir Geleitschutz.«

»Du hast doch nichts von meinem Verdacht erzählt? Dass Community Recycling den Papierschlamm als Dünger verkauft, meine ich. Es darf auf keinen Fall herauskommen, dass ich wegen eines möglichen Umweltskandals recherchiere, und schon gar nicht, dass Lucas Willerby darin verwickelt sein könnte. Solange ich keine Beweise habe, würde mich das in Teufels Küche bringen. Und mein Vater würde mich ins hinterste Kasachstan schicken!«

»Keine Angst«, beruhigte Carla sie, »ich hab Community Recycling gar nicht erwähnt. Nur, dass Stark sich wie ein Stalker aufführt. Ich hoffe, die Trooperin hat ihm einen so großen Schrecken eingejagt, dass er sich ein anderes Opfer sucht. Fahr nach Hause und gönn dir ein bisschen Schlaf, bevor du wieder loslegst. Und lass den Umweltskandal erst mal liegen und kümmere dich um die Wölfe. Wir können jede Hilfe gebrauchen. Wir sehen uns, okay?«

»Bis bald, Carla. Und danke.«

Carla legte auf und konzentrierte sich auf die Straße. Sie hatte die Stadt hinter sich gelassen und fuhr durch den verschneiten Fichtenwald nach Süden. Sie war die Strecke schon unzählige Male gefahren und kannte jeden Stein, dennoch war bei diesen Straßenverhältnissen höchste Vorsicht geboten. Die Lichtkegel der Scheinwerfer strichen über den Highway und den aufgehäuften Schnee zu beiden Seiten und flackerten über die dicht stehenden Bäume.

Um diese Zeit war nur wenig Verkehr. Auch in Alaska ging man bei eisigen Temperaturen nur vor die Tür, wenn es unbedingt sein musste. Carla war froh, ihrer neuen Freundin gefolgt zu sein. Dieser Stark war ein gefährlicher Bursche, zumindest aufdringlich und nervig und genau die Sorte Mann, die sie verabscheute. Ihr war schon Benjy auf die Nerven gegangen, mit dem sie es immerhin fünf Monate ausgehalten hatte, bevor ihr seine übertriebene Nähe zu viel geworden war. Bei einem Mann, der einem kein bisschen Freiraum gönnte, bekam sie Platzangst. Er hatte sie schon auf dem Handy angerufen, wenn sie länger als eine Stunde weg gewesen war. Wo bist du? Wann kommst du wieder? Liebst du mich noch? Das hatte mit Liebe nichts zu tun.

Dass Stark keine ehrlichen Absichten verfolgte, war klar und machte ihr Angst. Die Vorstellung, er könnte Sophia tatsächlich nur verfolgen, um sie in die Enge zu treiben und sie davon abzubringen, einen Umweltskandal aufzudecken, war unvorstellbar und passte eigentlich eher in einen Fernsehkrimi. Sie hatte noch nie von der Möglichkeit gehört, die Abfälle einer Papierfabrik als Dünger zu verkaufen und damit das Trinkwasser zu vergiften, würde sich aber nicht wundern, wenn so etwas tatsächlich gemacht wurde.

Ohne Vorwarnung spielte plötzlich ihr Wagen verrückt. Sie verlor die Kontrolle, griff mit beiden Händen nach dem Lenkrad und hatte immer noch Schwierigkeiten, in der Spur zu bleiben. Erst als sie vorsichtig auf die Bremse trat und langsamer wurde, gelang es ihr, an den Straßenrand zu fahren und anzuhalten. Noch bevor sie die Tür öffnete, wusste sie, was geschehen war.

»Mist!«, schimpfte sie, als sie ausgestiegen war und auf den platten rechten Vorderreifen blickte. »Als ob ich um diese Zeit nichts Besseres zu tun hätte.«

Sie beeilte sich, die Stelle abzusichern, klappte die Motorhaube auf, um anderen Fahrern zu signalisieren, dass sie eine Panne hatte, und wuchtete ein Ersatzrad und den Wagenheber aus dem Wagen. Sie war körperliche Arbeit gewöhnt, hatte während der Highschool mal in einer Werkstatt gearbeitet, nur um den Jungen zu zeigen, dass auch ein Mädchen mit Hammer und Nägeln umgehen konnte, und packte auch im Wolfcenter kräftig mit an. In einem dünn besiedelten Land wie Alaska war es wichtig, einen Reifen wechseln zu können, sonst geriet man irgendwann in ernste Schwierigkeiten.

Dennoch fluchte sie beinahe unaufhörlich und nicht gerade *ladylike*, als sie die Radmuttern lockerte und den Wagenheber ansetzte. Ein Radwechsel im knöcheltiefen

Schnee und bei niedrigen Temperaturen war kein Vergnügen, auch wenn sie die Anstrengung schon bald ins Schwitzen brachte. Leider hatte der Wind aufgefrischt und wehte eisige Schneeschauer von den Bäumen. Sie zog die Kapuze ihres Anoraks über den Kopf und schimpfte wie ein Kutscher, als eine besonders kräftige Böe sie unter einer kleinen Lawine begrub.

Auf der Gegenfahrbahn näherten sich Scheinwerfer. Ein Pick-up hielt ihr gegenüber am Straßenrand, und ein junger Mann stieg aus. Er trug einen dunklen Anorak und eine dunkle Mütze, die genaue Farbe konnte Carla in dem schwachen Licht abseits der Scheinwerfer nicht erkennen.

»Guten Abend, Miss«, begrüßte er sie. »Keine gute Idee, hier eine Panne zu haben. Ein platter Reifen, nehme ich an.« Er überquerte die Straße und lächelte sie an. »Jason Harper aus Darby, Montana, Miss. Reifenwechseln ist mein zweiter Beruf.«

Sie musste unwillkürlich lächeln. »Und Ihr erster?«

»Cowboy.« Er sah auch so aus, groß, schlank und breitschultrig wie die Helden in den Fernsehwestern, die Haut straff über den leicht hervorstehenden Wangenknochen, leicht gebräunt wie bei Menschen, die viel Zeit im Freien verbringen, nur sein Blick war sanfter, beinahe ein wenig verträumt und mit einem leichten Funkeln, ohne verführerisch zu wirken. Er vergeudete auch keine Zeit mit einer blöden Anmache. »Warten Sie, ich helfe Ihnen.«

Sie fand den jungen Mann sympathisch, die reinste Erholung nach dem arroganten Stark, und ließ ihn gewähren. »Carla Gorman«, stellte sie sich vor.

Er half ihr, das Ersatzrad auf die Achse zu schieben, zog die Schrauben fest und lud den platten Reifen in den Kofferraum. »Meine Eltern haben eine Ranch in der Nähe von Darby, im Bitterroot Valley südlich von Missoula«, erklärte er. »Ich hab ihnen einige Jahre mit den Rindern geholfen, aber mit Rindern kannst du heute kaum noch Geld verdienen, und es blieb ihnen nichts anderes übrig, als unsere Double H-Ranch in eine Guest Ranch zu verwandeln. Jetzt kommen die Stadtfräcke zu uns und freuen sich diebisch, wenn sie auf einem Gaul reiten und ein paar Rinder treiben dürfen.« Er grinste schelmisch. »Nichts für mich, Miss. Ganz und gar nicht. Also hab ich meine Sachen gepackt und bin nach Alaska. Jetzt arbeite ich als Guide und Jäger. Ich hab's immer verstanden, Wild aufzuspüren, und ein guter Schütze bin ich auch.«

»Und? Gefällt es Ihnen bei uns?«, fragte sie.

»Und ob«, antwortete er. »Alaska ist genauso, wie ich es mir vorgestellt habe. Ein bisschen wie Montana, nur alles viel größer und riesiger. Die Berge, die Gletscher, die Wälder, die Flüsse und Täler.« Er geriet regelrecht ins Schwärmen. »Vor einem Monat war ich am Yukon River. Westlich von Tanana. Was für ein Fluss! Was für eine Gegend! So viel Platz hast du nirgendwo sonst. Als ob dich jemand in die Vergangenheit geschickt hätte, in den Wilden Westen, bevor die ersten Siedler mit ihrer Zivilisation kamen.«

»Das klingt wie eine Liebeserklärung«, sagte sie.

»Genau, eine Liebeserklärung. Spätestens, als ich den Yukon sah, wusste ich, dass ich hierbleiben würde. Hier kannst du noch jagen und angeln, ohne dass dir tausend Touristen über die Schulter blicken.« Er schien in die Wirklichkeit zurückzukehren. »Aber ich will Sie nicht mit meiner Begeisterung langweilen, vor allem nicht bei der Kälte.« Er betrachtete sie länger, schien an irgendetwas zu erkennen, dass sie eine Einheimische war. »Sie wohnen hier?«

»In Copperville, einem kleinen Nest südlich von Paxson.«

»Da war ich noch nie.«

Der Cowboy war ihr sympathisch, und es machte ihr nichts aus, länger als unbedingt nötig in der Kälte zu stehen, im Gegenteil. »Dann wird's aber höchste Zeit. Im Roadhouse gibt es die größten Cheeseburger der Welt.«

»Meine Leibspeise, nach Porterhouse Steak.«

»Dreistöckig, mit allem Drum und Dran.«

»Klingt verlockend, dann sehen wir uns sicher bald.«

Eigentlich wäre es spätestens jetzt an der Zeit gewesen, in den Wagen zu steigen und weiterzufahren, doch sie blieb stehen und fragte: »Und wie war das so als Cowboy? Haben Sie wilde Pferde eingeritten wie die harten Burschen in den Filmen? Wie hieß der Schauspieler noch, der Westernheld?«

»John Wayne.«

»Richtig, John Wayne.«

»Mein Dad hat alle Filme von ihm auf DVD, nun ja, fast alle. Über hundert. Er schafft es heute noch in die Top Twenty der berühmtesten Stars.« Er grinste wieder.

»Reiten konnte er nicht besonders und schießen noch weniger, aber das merkt niemand, der sich damit nicht auskennt. Beim Wettreiten hätte ich ihn um mehrere Längen geschlagen, und beim Schießen hätte er keine Chance gegen mich gehabt. Mit der Wirklichkeit haben diese Filme so wenig zu tun wie die Zauberschule von Harry Potter mit einer gewöhnlichen Highschool. Auf einer Ranch musst du arbeiten, von frühmorgens bis spätabends.«

»Rinder mit dem Lasso einfangen?«

»Zum Beispiel, aber auch Rinder bränden und von einer Weide auf die andere treiben, kranke Tiere versorgen, Heuballen verladen, Futtereimer schleppen, Zäune ausbessern, Windräder ölen, Scheunen und Ställe abdichten und, stimmt schon, Miss, auch Wildpferde hab ich eingeritten, nicht nur eines.«

»John Wayne, hm?«

»Beim Rodeo auf jeden Fall.« Er klang fast ein wenig stolz. »Okay, zur World Championship nach Las Vegas hab ich's nie geschafft, aber in unserem County gehörte ich zu den Besten. Beim Wildpferdreiten und beim Kälbereinfangen.« Er hing für einen Augenblick seinen Gedanken nach. »In Fairbanks soll es auch ein Rodeo geben. Vielleicht mache ich mal mit, aber nur, wenn Sie zusehen. Jeder Champion hat eine Rodeo Queen auf der Tribüne sitzen, sagen sie in Montana, und Sie wären eine perfekte Rodeo Queen.«

»Müssen die nicht auch reiten können?«

»Ein bisschen schon.«

»Dann muss ich wohl noch ein wenig üben, Cowboy. Fragen Sie mal in zwei Jahren nach, bis dahin hab ich's hoffentlich geschafft, im Sattel zu bleiben.«

»Ich melde mich sicher schon früher ... wenn ich darf.«

»Warum nicht?«

»Geben Sie mir Ihre Nummer?«

»Fragen Sie in Copperville nach mir. Da kennt mich jeder.«

Sie verabschiedeten sich voneinander, und jeder stieg in seinen Wagen. Jason hupte einmal kurz, bevor er weiter nach Norden fuhr. Carla verfolgte ihn im Rückspiegel und fuhr nur widerwillig weiter. »Wow!«, sagte sie nur.

5

Am nächsten Morgen arbeitete Carla mit C.J. zusammen. Der schlaksige Tierarzt hatte allerbeste Laune und empfing sie mit einem breiten Grinsen.

»Hey, C.J. Hast du deine Traumfrau getroffen?«

»Hey, Carla.« Er war gerade dabei, die Tür zum Gehege aufzuschließen. »Besser! Ich hab mir das Super Bowl-Endspiel von 1995 auf DVD angesehen. Die 49ers gegen San Diego. 49:26. Damals wäre ich gerne dabei gewesen, aber Miami war ein bisschen weit, und ich ging damals noch aufs College.«

»Vielleicht nächstes Jahr.«

»Wenn ein Wunder geschieht, klar.«

Carla interessierte sich kein bisschen für Football, aber am Super Bowl kam man auch als Laie nicht vorbei, und sie konnte sich nicht daran erinnern, die 49ers während der letzten Jahre im Endspiel gesehen zu haben. Sie wusste, wer die letzten Iditarods gewonnen hatte. Das härteste Hundeschlittenrennen der Welt hatte in Alaska einen ähnlichen Stellenwert wie der Super Bowl oder das Endspiel der Fußball-Weltmeisterschaft. C.J. gehörte zu den vielen Männern in Alaska, die Football und Hunderennen gleichermaßen schätzten.

Sie stiegen einen Hang hinauf und sahen Cody mit zwei anderen Wölfen am Waldrand auftauchen. Er machte einen munteren und lebhaften Eindruck und deutete allein durch seine Haltung an, wieder im Vollbesitz seiner Kräfte zu sein. Er prahlte sogar ein wenig und ging spielerisch den jüngeren Begleiter an. Kawa war keine sieben Monate alt und relativ grün hinter den Ohren.

»Sieh dir Cody an«, sagte C.J. zufrieden, »gestern lag er noch flach, und ich dachte schon, er würde sich ein paar Tage von uns verwöhnen lassen. Aber so leicht geht er nicht in die Knie. Seitdem wir ihn aus der Falle befreit haben, kann ihn so leicht nichts mehr aus der Bahn werfen.«

»Was hast du ihm gegeben?«

»Nur was gegen die Schmerzen und ein Mittel, das die Magensäure eindämmt. Amy hat ihm Hühnerbrühe mit Reis gegeben. Er hatte kein Fieber. Er muss irgendwas gefressen haben, das jemand ins Gehege geworfen hat. Die Dummen sterben nicht aus. Wir können nicht überall an den Zäunen sein.«

»Die Schilder sind doch groß genug.«

»Und ich beginne jeden Rundgang mit der Warnung, die Wölfe auf keinen Fall zu füttern«, erwiderte C.J. »Aber du weißt ja, wie die Leute sind. Manche sind einfach zu dumm, um sich an unsere Ratschläge zu halten. Die bringen sogar ihre eigenen Hunde in Schwierigkeiten! Neulich hatte ich eine ältere Dame dabei, die sich wunderte, dass ihr Schoßhündchen starke Krämpfe und Fieber bekam. Bis ich erfuhr, dass sie ihn regelmäßig an ihrer Schokolade knabbern ließ. Schokolade ist Gift für Hunde, besonders für kleine Schoßhündchen. Die Lady wollte das einfach nicht kapieren. Ich wäre beinahe laut geworden.«

Um in dem verschneiten Gehege besser vorwärtszukommen, schnallten Carla und C.J. ihre Schneeschuhe an. Beide waren es gewohnt, auf Schneeschuhen zu laufen, ohne das Gleichgewicht zu verlieren und im teilweise hüfttiefen Schnee einzusinken. Eines der kleinen Rudel hatte sich seit einigen Tagen nicht mehr blicken lassen, und es gehörte zu ihren Aufgaben, nach ihm zu suchen und nachzusehen, ob alles in Ordnung war. Anders als in der Wildnis bekam man die Wölfe im Wolfcenter öfter zu Gesicht, und man musste sich nicht tagelang auf die Lauer legen, um ein Rudel aufzuspüren.

Dafür sorgten schon die Zäune, die das drei Footballfelder große Gebiet eingrenzten, und das Futter, das sich die Wölfe an bestimmten Orten abholen konnten. Die vierbeinigen Bewohner des Wolfcenters waren nicht auf die Jagd angewiesen wie ihre in der Wildnis lebenden Verwandten und waren deshalb etwas zutraulicher und versteckten sich nicht vor den Menschen. Umso seltsamer war es, dass drei Wölfe nicht zur Fütterung erschienen waren. Wölfe hatten eigentlich immer Hunger und ließen kein Fressen stehen.

Um in die Senke jenseits des kleinen Wäldchens zu kommen, hätte ihnen ein Snowmobil wenig genützt, und es wäre viel zu aufwendig gewesen, für die Inspektion den Hundeschlitten anzuspannen. Den hatten sie nur noch für Notfälle, wenn sie zum Beispiel nach einem verletzten Wolf in der Wildnis suchen mussten. Meist war Amy mit dem Hundeschlitten unterwegs, weil die Huskys viel Bewegung brauchten, und natürlich auch zum eigenen Vergnügen. Als ehemalige Iditarod-Teilnehmerin konnte sie am besten mit einem Hundeschlitten umgehen.

Durch den Wald kamen sie schneller voran. Sie folgten der Schneise, auf der die meisten Wolfsspuren zu sehen waren, und erreichten die Senke, ohne einen der Wölfe zu Gesicht zu bekommen. Erst als sie sich durch den Tiefschnee bis in die Senke hinabgekämpft hatten, entdeckten sie Merlin und seine beiden Begleiter, eine Wölfin und einen ihrer gemeinsamen Nachkommen.

Merlin war vor schon vor zwei Jahren zu ihnen gestoßen. Er war von einem wütenden Farmer angeschossen und von seinem Rudel verstoßen worden. In der Gefangenschaft hatte er zu seiner alten Selbstsicherheit zurückgefunden, ohne für ein Leben in der Wildnis gewappnet zu sein. Er brauchte die Sicherheit des Geheges, um überleben zu können. Doch seine angeborenen Instinkte hatte er nicht vergessen. Als erfahrener Jäger stöberte er jede mögliche Beute auf, die sich in sein Gehege verirrte, und wenn es nur ein Kaninchen, ein Erdhörnchen oder eine Maus war. Jede unnatürliche Bewegung, jede Witterung, die nicht in seine neue Umgebung passte, ließ ihn auf die Pirsch gehen.

Durch ihre Feldstecher, die zur Grundausrüstung auf einer Inspektion gehörten, beobachteten sie, wie sich die Wölfe an einem gerissenen Hasen labten. Er schien ihnen besser zu schmecken als das Fleisch, das ihnen die Angestellten des Wolfcenters vorwarfen. Oder war es die Zufriedenheit, ihn selbst gejagt, es wieder einmal ihren wilden Verwandten nachgemacht zu haben?

»Eigentlich schade, dass wir sie nicht auswildern können«, sagte C.J., der seine vierbeinigen Freunde wie immer sehr genau betrachtete und nach möglichen Hinweisen auf eine Krankheit suchte. Als Tierarzt hatte er sich jahrelang um Hunde gekümmert und galt inzwischen als anerkannter Wolfsexperte. Vor einigen Jahren hatte er einen ganzen Sommer bei einem Wolfsrudel verbracht und dabei wichtige Erkenntnisse über ihr Verhalten gewonnen. »Mir wäre es lieber, wir könnten sie wieder in ihre alte Heimat entlassen.«

»Merlin war sicher ein erfolgreicher Jäger«, sagte Carla. Sie nahm den Feldstecher von den Augen. »Der Farmer hätte ruhig ein wenig nachdenken können, bevor er losballerte. So schlimm wird sein Verlust nicht gewesen sein, und mit der Entschädigung hätte er sich ein neues Schaf kaufen können. Aber nein, er musste ja wie ein Revolverheld zur Knarre greifen.« Sie blickte wieder durch den Feldstecher und beobachtete, wie ausgelassen sich die Wölfe nach ihrem bescheidenen Mahl benahmen. »Warum kapieren Männer wie er nicht, dass der Nutzen, den Wölfe für das Gleichgewicht der Natur bringen, den Schaden bei Weitem übertrifft? Warum hören die meisten gar nicht auf uns?«

»Weil sie nur ihr Profit interessiert«, antwortete C.J., »und weil das ganze Gerede über blutgierige Bestien und grausame Werwölfe auf fruchtbaren Boden fällt. Die haben doch mehr Angst vor Wölfen als vor Grizzly-Bären.«

Auf dem Rückweg überlegte Carla, ob Sophia bereits mit ihrem Vater über das Wolfsthema gesprochen hatte und ob er bereit war, auch die andere Sicht darauf in seiner Zeitung abzudrucken. Die Chance war eher gering, machte sie sich wenig Hoffnung. Ein Großfarmer wie dieser Halterman hatte sicher großen Einfluss und genug Geld, um die Stimmung in seinem Sinne zu beeinflussen. Mit seinen Range Riders erinnerte er an einen Rancher aus dem Wilden Westen.

Inzwischen war es Mittag geworden, und Carla kehrte erneut bei Ma Barker ein, nicht nur, weil sie ihren schmackhaften Eintopf schätzte, sondern auch wegen Linda, die wieder mal allein losgezogen war. C.J. blieb bei Amy und aß sein mitgebrachtes Roastbeef-Sandwich. Mit dem gesunden »Grünzeugs«, wie er Amys Proviant nannte, wollte auch er nichts zu tun haben.

»Linda hat beste Laune«, gab Amy Carla mit auf den Weg, »aber wenn du mich fragst, ist das genauso verdächtig, als wenn sie ihren Blues schiebt.«

»Zur Not spendiere ich ihr einen Wodka«, sagte Carla.

Sie überquerte die Straße zum Roadhouse und erntete im Lokal das übliche Hallo der Einheimischen und die neugierigen Blicke eines jungen Ehepaars, das nach dem Essen sicher im Wolfcenter auftauchen würde. Eine Tafel über dem Tresen kündigte das »Special« an, einen russischen Eintopf, den angeblich schon Katharina die Große zu ihren Lieblingsspeisen gezählt hatte.

»Hey, Ma. Gib mir was von dem Eintopf. Und ’ne Diet Coke.«

Sie setzte sich neben Linda, die wieder am Tresen hockte und ebenfalls den Eintopf bestellt hatte. Die Laune ihrer Kollegin war so gut, dass Carla regelrecht erschrak. »Was ist denn mit dir los? Hast du einen neuen Lover?«

»Wer braucht schon einen Lover, wenn er einen lukrativen Vertrag von einem großen Publikumsverlag bekommt«, erwiderte Linda. Sie trank Tee zum Essen, mit viel Milch und Zucker wie angeblich Katharina die Große. »Stell dir vor, ich soll ein Buch über die Beziehung zwischen Wolf und Mensch schreiben, aber keine dieser trockenen Abhandlungen wie meine ersten beiden Bücher, sondern was Unterhaltsames, das auch bei der Masse ankommt.«

»Du schreibst einen Bestseller?«

»Auf jeden Fall ein Buch, das voraussichtlich in jeder Buchhandlung liegen wird«, sagte sie. Die Zufriedenheit stand ihr in die Augen geschrieben. »Ich bekomme sogar einen Vorschuss. Jetzt kann ich mir den neuen Computer kaufen.«

Carla setzte sich und nickte dankbar, als Ma Barker ihr den Teller Eintopf und die Diet Coke hinstellte. »Herzlichen Glückwunsch, das ist riesig, weißt du das? Und nebenbei eine gute Werbung für »Wolf Aid« und unser Center.«

»Sie wollen sogar die Fotos in unseren Gehegen schießen.«

»Hast du schon mit Big John gesprochen?« Big John Hennessy war der Gründer und Besitzer des Wolfcenters, ein Industrieller aus Anchorage, der sein Herz für Wölfe entdeckt und viel Geld in »Wolf Aid« und das Center gepumpt hatte. Er lebte in Anchorage und ließ sich nur alle paar Monate in Copperville blicken. C.J. vertrat ihn als Manager. »Er hat doch nichts dagegen?«

»Im Gegenteil, er ist ganz begeistert!«, antwortete Linda. Sie griff nach ihrem Teebecher und stieß mit Carla an. »Auf einen erfolgreichen Bestseller!«

»Viel Glück!«, wünschte Carla.

»*Sa Sdorowje!*«, revanchierte sich Linda.

»Weißt du, auf welches Kapitel ich besonders gespannt bin?«, sagte Carla, während sie ihren Eintopf löffelte. »Auf das über die Ähnlichkeiten im Liebesleben. Da kannst du Eric und Larry endlich mal eins auf die Ohren geben.«

»Wie das?«, fragte Linda neugierig.

Carla trank einen Schluck. »Nehmen wir mal Eric, den alten Knacker, der sich das junge Gemüse aus der Boutique geangelt hat. Das würde ein Wolf niemals tun. Wenn er zu alt wäre, um für Nachwuchs zu sorgen, würde er sich aus dem Staub machen und seine Wunden lecken. Oder das Rudel würde ihn pflegen. Auf keinen Fall könnte er sich eine heiße junge Wölfin schnappen.«

»Du bist ungerecht!«, erwiderte Linda. »So schlimm ist er nicht.«

»Mit Larry gäbe es schon mehr Ähnlichkeiten«, ließ Carla nicht locker. »Wie war das noch? Wollte er nicht nach Chicago ziehen? Einer neuen Flamme in die Windy City folgen? Was war er noch mal? Unternehmer?«

»Restaurantbesitzer«, stellte Linda richtig. »Er übernimmt drei McDonald's-Filialen in der Innenstadt. Und spar dir deine Witze über schlechte Hamburger, es gehört eine ganze Menge dazu, damit erfolgreich zu sein.«

»Ein Wanderwolf.«

»Wie bitte?«

»Larry«, erklärte Carla, »ist wie einer von diesen Wanderwölfen, die ihr Rudel verlassen, um irgendwo in weiter Ferne eine Gefährtin zu finden und ein neues Rudel zu gründen. Du hast doch ausführlich in deinem zweiten Buch darüber geschrieben. Unter den Menschen gibt es auch Wanderwölfe. Unruhegeister wie dein Larry, die Tausende Meilen reisen, um dort ihr Glück zu finden. Gib's zu, eigentlich bist du doch froh, dass er endlich verschwindet.«

Linda blickte sie aufgebracht an. »Wie kommst du denn darauf? Ich wäre froh, wenn er bleiben würde. Mag sein, dass seine Liebe zu mir erloschen ist, aber wir sind doch immer noch Freunde. Du wirst sehen, er kommt zurück!«

»Würde ein Wanderwolf zurückkommen?«

»Natürlich nicht.«

»Und sagen wir nicht immer, wie ähnlich Wölfe den Menschen sind?«

»Sicher, aber ...«

»Nichts aber«, erwiderte Carla. »Vergiss die beiden endlich! Schreib deinen Bestseller, geh damit auf Tour und lass dich von einem reichen Fan verführen. Du bist noch keine Fünfzig, da steht einem die Welt noch offen.«

»Du hast gut reden, du halbe Portion.«

Sie neckten sich nicht zum ersten Mal. Linda war ein Gefühlsmensch, freute sich überschwänglicher als jeder andere, wenn es was zu feiern gab, und weinte wie ein Schlosshund, wenn sie schlechte Nachrichten bekam. Beiden machte es riesigen Spaß, sich gegenseitig auf die Schippe zu nehmen.

»Was ist mit deinem Liebesleben?«, fragte Linda. »Da hört man nie was drüber. Manchmal glaube ich, du verheimlichst mir was. Also, raus damit!«

Carla sah ein, dass sie ihrer Kollegin eine Überraschung schuldig war. »Kannst du ein Geheimnis für dich behalten?«, fragte sie verschwörerisch.

»Ich liebe Geheimnisse.«

»Ich habe jemanden kennengelernt.«

»Ehrlich?« Linda freute sich. »Das ist toll, das ist wahnsinnig toll!«

Carla wusste selbst nicht, warum sie über einen jungen Mann erzählte, den sie wahrscheinlich nie mehr wiedersehen würde. »Er heißt Jason.« Sie berichtete von ihrer Panne und ihrer nächtlichen Begegnung. »Ein Cowboy.«

»Einer von diesen verrückten Rodeo-Reitern?«

»Das auch … er hat auf der Ranch seiner Eltern in Montana gearbeitet und lebt seit einigen Monaten in Alaska. Als Guide und Jäger oder so was. Er ist …« Sie musste überlegen. »Er ist so anders als die jungen Männer, die ich bisher kennengelernt habe. So höflich. Old School. Ein echter Gentleman …«

»Hat er einen älteren Bruder?«

»Schreib du erst mal dein Buch«, konterte Carla.

»Wann siehst du ihn denn wieder?«

»Keine Ahnung. Ich hab ihm gesagt, er soll vorbeikommen.«

»Hast du seine Nummer?«

»Nein, er wird schon kommen, wenn ihm was an mir liegt.«

»Darauf würde ich nicht wetten, Carla.«

»Du meinst, es gibt auch einsame Wölfe?«

Linda nickte. »Selten, aber es gibt sie.«

Nach dem Essen führte Carla das Ehepaar, das im Roadhouse gegessen hatte, durch das Wolfcenter und zeigte ihnen Ghost, der wieder mal überraschend am Zaun aufgetaucht war und keinerlei Scheu zeigte. Die Besucher kamen aus Europa und erzählten ihr, dass es auch dort wieder Wölfe in freier Wildbahn gab, und es die gleichen Probleme mit den Farmern gab. Auch in der Bevölkerung regte sich Widerstand gegen die Wölfe, und die Boulevardpresse berichtete in großer Aufmachung über angebliche Angriffe auf Wanderer. Angeblich arbeitete man an einem Gesetz, das den Abschuss gefährlicher Wölfe ausdrücklich genehmigte. Weil man auch dort keine Ahnung vom wahren Charakter der angeblichen Bestien hatte, einige Fachleute und Tierfreunde mal ausgenommen, und sich die Medien am Nervenkitzel weideten.

Nachdenklich kehrte Carla am Abend in ihr Apartment zurück. Von ihrem Fenster konnte sie über den

Fluss zum Waldrand blicken, der jetzt am Abend nur als dunkle Wand zu erkennen war. In der Ferne schimmerten die verschneiten Gipfel der Alaska Range. Die Wolken hatten sich verzogen, sogar der Mond und die Sterne ließen sich blicken, und Nordlichter in den verwaschenen Farben des Regenbogens flackerten über den Himmel. Ein Phänomen, das während der Wintermonate überall im Hohen Norden zu beobachten war und sie noch immer staunen ließ. Obwohl ihr Fenster fest verschlossen war, glaubte sie das unruhige Knistern der zuckenden Lichter zu hören.

Ihre Gedanken waren bei Jason, der vielleicht gerade in diesem Augenblick an sie dachte und beschloss, sie bei nächstbester Gelegenheit aufzusuchen. Weil er ebenso wie sie empfand und hoffte, dass aus ihrer kurzen und zufälligen Begegnung etwas Dauerhaftes entstand. Unsinn, schalt sie sich gleich darauf, wahrscheinlich siehst du den Kerl nie wieder.

Ihr Smartphone klingelte. Sophias Nummer.

»Sophia! Wie geht's dir? Was gibt's?«

»Ich bin immer noch an der Sache dran.«

»Der Umweltskandal? Du wolltest doch …«

»Ich habe eine heiße Spur, Carla.«

»Sei bloß vorsichtig! Bau keinen Mist, hörst du?«

»Ich passe auf mich auf«, versicherte ihr Sophia. »Ich wollte dir sagen, dass wir die Wolfsstory verschieben müssen. Die Sache wäre nicht mehr so aktuell, sagt mein Vater, und was ich über dich geschrieben habe, nun ja …«

»Hält er für liberales Getue.«

»So ähnlich. Aber ich arbeite dran, Carla. Du bist mir doch nicht böse?«

»Wie denn? Du kannst doch nichts dafür.«

»Ich bin auf deiner Seite, Carla.«

»Ich weiß«, sagte Carla. »Wir hören voneinander, okay?«

6

Die nächsten Tage begann sie wie immer mit ihrem typischen Morgenritual: Nachdem sie aus den Federn gekrochen war und die Kaffeemaschine eingeschaltet hatte, trat sie ans Fenster und blickte auf die Hauptstraße hinab. Nur widerwillig gestand sie sich ein, inzwischen auch nach Jason zu suchen, aber zu dieser frühen Stunde waren nur Einheimische zu sehen, und sein Pick-up war nicht unter den parkenden Wagen. In einem Nest wie Copperville wäre ihr jeder Fremde sofort aufgefallen.

Sie erschrak vor sich selbst und beeilte sich, ins Bad zu kommen. Sie glaubte nicht an Liebe auf den ersten Blick und hatte im Augenblick wahrhaftig andere Sorgen als einen jungen Mann, der sie wahrscheinlich längst vergessen hatte. Sophias Anruf hatte sie beunruhigt. Die junge Reporterin ging ein großes Risiko ein, einem mächtigen Firmenbesitzer wie Lucas Willerby auf den Pelz zu rücken. Sie unterschätzte vielleicht die Gefahr, die von einem Unternehmer wie ihm ausging. Wenn er tatsächlich etwas zu verbergen hatte, würde er nicht zögern, sich eine lästige Reporterin wie sie vom Hals zu schaffen. Indem er ihrem Vater einredete, sie zurückzupfeifen, oder aber, indem er ihr einen schmerzhaften Denkzettel verpasste. Wer wusste schon, warum dieser Jeffrey Stark hinter ihr her war. Um ihr Angst einzujagen? Um ihr zu drohen wie die Gangster in den Krimis, die jeden Abend im Fernsehen liefen?

Als Carla an diesem Morgen das Wolfcenter betrat, wartete Amy schon auf sie. Sie war immer die Erste, obwohl das Center erst um zehn Uhr öffnete. Frühmorgens fiel ihr der Bürokram am leichtesten, behauptete sie.

»Hey, Carla«, grüßte sie, »für dich hat jemand angerufen. Ein Lieutenant der State Troopers.« Sie reichte ihr das Telefon und einen Zettel mit der Nummer.

»Hat er gesagt, worum es geht?«

»Nein, nur dass er mit dir sprechen wollte.«

Ein Anruf der State Troopers oder einer anderen Polizeidienststelle war nichts Ungewöhnliches. Carla wurde öfter um Hilfe gebeten, wenn es Ärger mit Wölfen gab oder es um eine Gewalttat ging, an der Wölfe beteiligt waren. Sie nahm das Telefon und wählte die Nummer.

»Lieutenant Joseph Moore.« Eine strenge, befehlsgewohnte Stimme.

»Carla Gorman von ›Wolf Aid‹. Sie wollten mich sprechen?«

»Ja«, erwiderte er. »Danke, dass Sie gleich zurückrufen. Ich rufe aus Canterbury an. Wir haben hier ein Gewaltverbrechen oder einen Unfall, an dem höchstwahrscheinlich ein Wolf beteiligt war, und brauchen dringend Ihre Hilfe. Ich bin noch relativ neu bei den Troopers, aber soweit ich weiß, haben Sie uns schon einige Male geholfen, wenn wir es mit Wölfen zu tun hatten.«

»Das stimmt«, erwiderte Carla. »Canterbury, sagen Sie?«

»Ein kleiner Ort nordöstlich von …«

»Ich weiß, wo Canterbury liegt. Was ist denn passiert?«

»Erzähle ich Ihnen alles, wenn Sie hier sind, Miss. Sie wohnen südlich von Paxson, nicht wahr? Dann könnten Sie in drei Stunden hier sein. Es ist wirklich sehr dringend, Miss. Ich warte im *Wilderness Café* auf Sie, einem kleinen Lokal am Ortseingang. Dort haben sie auch ein Gästezimmer für Sie.«

»Ich bin schon unterwegs, Lieutenant.«

»Okay. Gute Fahrt!«

Sie reichte Amy das Telefon zurück und blieb einen Augenblick stehen. »Canterbury«, wiederholte sie nachdenklich. »Ein Gewaltverbrechen oder ein Unfall. Sophia wohnt in Canterbury, das Mädchen, das vor ein paar Tagen hier war.«

»Die Reporterin? Was hat der Lieutenant denn gesagt?«

»Das Übliche. Dass ich alle Informationen bekomme, wenn ich in Canterbury bin. Ich fahre gleich los, Amy. Könnte sein, dass es einige Tage dauert. Ich melde mich, sobald ich mehr weiß. Iss einen Wolfburger für mich mit.«

»Heute gibt's Gurkensalat mit Sesamdressing.«

»Dann eine Diet Coke oder einen Milchkaffee.«

»Früchtetee ohne alles.«

»Okay, dann nichts.«

Carla verabschiedete sich, sagte Linda und C.J. Bescheid und packte ihre Winterausrüstung und einen Koffer mit Kleidung für mehrere Tage in den Wagen, bevor sie im Eiltempo zum Highway und weiter nach Norden fuhr. Unterwegs rief sie Sophia auf ihrem Handy an. Es klingelte sechsmal, dann erklang Sophias Stimme mit den Worten »Hi, Sophia Kinney von der *Canterbury Gazette*. Sorry, ich hab mein Handy gerade nicht bei mir. Bitte hinterlassen Sie mir eine Nachricht nach dem Piepton. Ich rufe Sie sobald wie möglich zurück.« Carla bat sie dringend um ihren Rückruf und legte genervt auf.

Es fiel ihr schwer, sich während der Fahrt zu konzentrieren. Klar konnte es sich bei dem Vorfall in Canterbury um einen ganz gewöhnlichen Unfall handeln. Dennoch – die Möglichkeit, dass Sophia in das Verbrechen oder den Unfall verwickelt sein könnte, war zu groß. Ein Unfall ausgerechnet in Canterbury – einer Kleinstadt, in der Sophia an zwei Storys arbeitete, die unweigerlich militante und aufgebrachte Gegner auf den Plan rief. Die eine Story über einen angeblichen Umweltskandal, die sich gegen den größten Arbeitgeber der Region richtete, und die andere gegen einen Großfarmer und die vielen anderen Bewohner, die in ländlichen Gegenden gegen Wölfe hetzten. Leichter konnte man sich in einer Stadt wie Canterbury keine Feinde machen. Hatte man Sophia einen Denkzettel verpasst? Hatte Sophia ihr nicht gerade erst gesagt, dass sie auf eine heiße Spur gestoßen war? War ihr dieser Jeffrey Stark etwa doch nachgefahren?

Und was hatte ausgerechnet ein Wolf damit zu tun?

Oder sah sie schon Gespenster?

Das Wetter zeigte sich von seiner besseren Seite. Der Richardson Highway war geräumt, und Carla kam zügig voran. Unterwegs ließ sie ihre Lieblingssongs vom Smartphone laufen, um sich abzulenken, aber der Trick brachte nichts, und ihre Gedanken kehrten immer wieder zu dem Verbrechen oder Unfall in Canterbury zurück. Meist ging es bei einem solchen Einsatz darum, Wolfsspuren zu finden, Bisswunden zu deuten und die Spurensicherung bei der Arbeit zu unterstützen. Dass ein Lieutenant und kein Trooper angerufen hatte, verriet ihr, dass es sich um keinen gewöhnlichen Einsatz handelte.

Je näher sie Canterbury kam, desto mulmiger wurde ihr zumute. »Ich bin auf eine heiße Spur gestoßen«, hatte Sophia ihr am Telefon gesagt. Das konnte nur bedeuten, dass sie einige Mitarbeiter von Community Recycling beschattet und sich damit in große Gefahr gebracht hatte. Eine Anfängerin wie sie schoss gerne übers Ziel hinaus. Wo es um so viel Geld wie bei dem Konzern von diesem Willerby ging, wurde mit harten Bandagen gekämpft. Dort nahm man auch auf eine Reporterin keine Rücksicht, und wenn sie noch so jung und hübsch war.

Carla versuchte sich damit zu trösten, dass sie die Dinge oftmals zu schwarz sah und bei ihren Einsätzen meist bloße Routine gefragt war. Was sie nicht davon abhielt, Sophia noch ein paarmal anzurufen und jedes Mal besorgt aufzulegen, wenn sich erneut der Anrufbeantworter meldete. In Fairbanks deckte sie sich mit einigen Schokoriegeln ein, die sie während solcher Einsätze, die nur allzu oft in abgelegene Gegenden führten, gern als eiserne Wegzehrung mitnahm. Dazu eine Diet Coke, die sie auf dem letzten Teilstück nach Canterbury trank.

Das *Wilderness Café* war leicht zu finden, ein rustikales Blockhaus mit schmaler Veranda und künstlichen Blumen vor den Fenstern. Sie parkte neben dem Streifenwagen der *Alaska State Troopers* vor dem Eingang und fand den Lieutenant an einem der runden Tische neben dem Fenster.

»Carla Gorman«, stellte sie sich höflich vor. »Schneller ging es leider nicht, Lieutenant.«

»Moore«, erwiderte er. »Ich hab mir gerade einen Cheeseburger bestellt, die schmecken hier einigermaßen. Auch einen? Nehmen Sie doppelt Käse.«

Carla befolgte seinen Rat und bestellte Kaffee dazu.

»Ich dachte, Sie wären älter«, sagte Moore.

»Das höre ich öfter«, erwiderte sie. »Ich hab früh angefangen.« Sie nickte, als die Bedienung ihr Kaffee einschenkte. »Wie kann ich helfen, Lieutenant?«

»Zeige ich Ihnen nach dem Essen an der Unfallstelle. Ein Mädchen um die achtzehn. Die Arme wurde von einem Wolf gebissen, darauf deutet jedenfalls alles hin, und stürzte über eine Klippe. Glücklicherweise landete sie auf einem Felsvorsprung, aber sie ist schwer verletzt, und die Ärzte mussten sie in ein künstliches Koma versetzen. Sie wissen nicht, ob sie durchkommt. Uns interessiert, ob tatsächlich ein Wolf beteiligt war. Ob er daran schuld ist, dass sie in die Tiefe stürzte, oder ob wir es mit einem versuchten Mord zu tun haben.«

Sie hörte nur noch halb hin. »Ein Mädchen? Sophia Kinney?«

»Woher wissen Sie das?«

»Ich hatte es befürchtet«, gestand sie. Sie verschwieg die Absicht der Reporterin, über einen möglichen Umweltskandal zu berichten, brachte aber die geplante Story über die Wölfe ins Spiel. »Sie hat mich vor einigen Tagen im Wolfcenter besucht. Sie wollte etwas über das Verhalten der Wölfe wissen. Sie war sehr nervös, weil die Mehrheit der Leute hier gegen Wölfe ist, vor allem die Farmer, und sie nicht wusste, wie ihr Artikel ankommen würde.«

»Sie glauben doch nicht, dass ihr jemand eins auswischen wollte?«

»Sie sind der Polizist, Lieutenant.«

Der Cheeseburger schmeckte nicht mal halb so gut wie der Wolfburger in Copperville, zudem hatte Carla auf einmal kaum noch Hunger. Seit sie erfahren hatte, dass Sophia schwer verletzt war, war ihr der Appetit vergangen. »Ich muss unbedingt im Krankenhaus vorbeischauen«, sagte sie.

»Sophia liegt im Fairbanks Memorial«, erwiderte der Lieutenant. »Ihr Vater ist bei ihr. Ihre Mutter ist vor einem Jahr bei einem Verkehrsunfall ums Leben gekommen. Lassen Sie uns zu der Unfallstelle fahren, solange es hell ist.«

Der Felsvorsprung, auf dem Sophia beinahe gestorben war, lag unterhalb einer schmalen Bergstraße, die zum Lookout Mountain hinaufführte. So hieß der Hausberg von Canterbury in den Ausläufern der White Mountains, auf den Landkarten kaum vermerkt und vor allem für Liebespaare interessant, die an warmen Sommerabenden auf dem Parkplatz schmusten. Nur weil der Pilot einer Cessna zufällig auf den Berghang geblickt und Sophia entdeckt hatte, waren die Rettungskräfte vielleicht gerade noch rechtzeitig an der Unglücksstelle erschienen und hatten sie mit dem Hubschrauber ins Krankenhaus gebracht.

Die Straße war nur notdürftig geräumt. Carla musste den Geländegang einschalten, als sie dem Lieutenant zu dem Parkplatz folgte. Die Fichten zu beiden Seiten schienen unter dem Schnee zu ächzen, der die Äste weit nach unten drückte und das Unterholz verschwinden ließ. Gelegentliche Windböen wehten zitternde Schleier von den Ästen und zwangen Carla, die Scheibenwischer einzuschalten. Der Himmel wölbte sich grau und verwaschen über ihr.

Ein Teil des Parkplatzes war mit gelbem Polizeiband abgesperrt. Außerhalb der Absperrung parkten ein Van der Crime Scene Unit und ein Streifenwagen der State Troopers, ebenfalls ein Geländewagen. Ein Mann und eine Frau in Zivil sowie ein Trooper in Uniform kamen ihnen entgegen. Die Spurensicherung und ein Trooper aus der Umgebung, erfuhr Carla, als sie sich vorstellten.

»Was haben wir bisher?«, fragte der Lieutenant. Er trug einen dunkelblauen Anorak und eine Wollmütze. »Ich hoffe, etwas mehr als heute Morgen.«

»Leider nein«, erwiderte Roy Huggins von der Spurensicherung. »Der starke Schneefall letzte Nacht hat die meisten Spuren zunichte gemacht. Wir wissen lediglich, dass zwei Geländewagen hier oben waren, wahrscheinlich spätabends, aber mit den Reifenabdrücken ist nichts anzufangen. Mit solchen Reifen fahren Tausende in Alaska durch die Gegend.«

»Sophia war mit einem Geländewagen hier?«, wunderte sich Carla. »Bei mir im Wolfcenter war sie in einem Chevy, einem dieser Mini-SUVs. Meinen Sie den?«

»Nein, das waren zwei größere Wagen«, sagte Huggins.

Moore wusste mehr. »Sophia war im Geländewagen ihres Vaters hier, einem Ford Explorer. Matt Kinney hat ihn abgeholt, nachdem Roy und Ellen damit durch waren.« Ellen war die Assistentin von Roy Huggins. »Leider hat auch die Überprüfung des Wagens nichts ergeben. Keine Panne, kein Unfall. Die Fahrertür stand offen, was nur bedeuten kann, dass sie offensichtlich vorhatte, nur kurz auszusteigen, wahrscheinlich, um mit dem Fahrer des anderen Geländewagens zu sprechen. Um wen es sich handelt und ob er was mit ihrem Sturz zu tun hat, können wir nicht sagen. Wie gesagt, Fußspuren sind leider keine zu erkennen.«

»Wusste ihr Vater denn nicht, was sie hier wollte?«

»Nein, er hat keine Ahnung.«

»Zeugen gibt es auch keine?«

»Keine«, ergriff der Trooper das Wort. »Im Winter wagt sich kaum jemand auf den Lookout Mountain. Die Leute haben Angst vor Wölfen. Es gibt einen Horrorfilm, in dem sich blutgierige Werwölfe auf dem Lookout Mountain treffen und Angst und Schrecken in einer nahe gelegenen Kleinstadt verbreiten.«

Carla kannte ihn. »Nicht der einzige Film, in dem hirnverbrannter Blödsinn über Wölfe verbreitet wird. Wir haben uns das Machwerk angesehen. Von Canterbury ist darin aber nicht die Rede. Der Berg könnte überall sein.«

»Das stimmt«, erklärte der Trooper, der selbst in Canterbury wohnte, »aber die *Gazette* brachte einen Bericht über die Legende, und seitdem glauben viele hier, dass es dort im Winter spukt. Im Sommer verschwinden die Werwölfe nach Norden, aus Angst vor der Sonne.« Sein Grinsen deutete an, wie wenig er selbst von der Legende hielt. »Freiwillig fährt keiner im Winter hier hoch.«

»Sie haben mich doch nicht wegen Werwölfen gerufen?«, fragte Carla den Lieutenant. »Oder glauben Sie, dass bei dem Unfall oder Verbrechen übernatürliche Wesen im Spiel waren? Darüber weiß ich genau so wenig wie Sie.«

Moore grinste schwach. »Natürlich nicht. Kommen Sie!«

Carla folgte dem Lieutenant zum Klippenrand und blickte auf den Felsvorsprung hinab, auf dem Sophia gelegen hatte, eigentlich eher den Teil eines Pfades, der an der steilen Felswand entlang ins Tal hinabführte. Im Schnee waren zahlreiche Fußspuren zu sehen. Der Pfad war ebenfalls abgesperrt.

»Die Fußspuren …«, begann Carla.

»… stammen von uns und den Sanitätern, die sie nach oben getragen und ins Krankenhaus gebracht haben«, ergänzte Huggins. »Auf dem Pfad haben wir nichts gefunden. Bei dem Wind haben nur die Wagenspuren überlebt. Die Verletzte lag auf dem Felsvorsprung, hatte eine Platzwunde an der Schläfe und Bisswunden am rechten Unterarm. Alles deutet auf einen großen Hund oder einen Wolf hin, aber das werden Sie sicher noch genauer bestimmen.«

»Was glauben Sie?«, fragte Carla den Lieutenant. »Was ist passiert?«

Moore wirkte unsicher. »Das werden wir wohl erst sicher wissen, wenn Sie sich die Bisswunden des Mädchens angesehen haben. Eigentlich gibt es nur wenige Möglichkeiten: Entweder hat sie der Fahrer des anderen Geländewagens über die Klippe gestoßen und den Wölfen überlassen, oder sie ist gestürzt, und er hat sie liegen gelassen, beides wären schwere Vergehen. Oder sie ist gestürzt, nachdem der andere Fahrer verschwunden war, oder …«, er zögerte einen Moment, »… oder ein Wolf hat sie angegriffen und verletzt.«

»Die letzte Möglichkeit halte ich für unwahrscheinlich«, antwortete Carla. »Wölfe sind eher scheu und gehen den Menschen aus dem Weg. Angreifen würden sie nur in einem äußerst strengen Winter, wenn sie vor Hunger verzweifelt sind.« Sie deutete nach unten. »Darf ich mir die Stelle mal ansehen?«

»Sicher, deswegen sind wir hier. Seien Sie vorsichtig!«

Carla hatte feste und rutschfeste Stiefel an und verstand es, sich in der winterlichen Natur zu bewegen. Ohne zu überlegen, duckte sie sich unter dem Absperrband hindurch und stieg den Pfad hinab. Im tiefen

Schnee fand sie festen Halt. Auf dem Felsvorsprung hatten Huggins und seine Assistentin gründlich nach Spuren gesucht, teilweise war der Schnee noch rot gefärbt.

»Das Blut stammt von Sophia?«, rief sie nach oben.

»Zweifelsfrei«, antwortete Huggins.

»Wie lange hat sie hier gelegen?«

»Ein paar Stunden«, meldete sich der Lieutenant, »zum Glück war sie warm angezogen. Sie kann froh sein, dass der Cessna-Pilot sie schon früh am Morgen entdeckte. Sehen Sie irgendetwas, das auf einen Wolf hindeutet?«

»Nein … glauben Sie wirklich, ein Wolf ist ihr nachgeklettert?«

»Das werden Sie für uns herausfinden.«

Sie stieg nach oben und stampfte ein paarmal auf, um den Schnee von ihren Stiefeln abzuschütteln. »Tut mir leid, bis jetzt kann ich nichts erkennen. Außer dem Blut gibt es keinerlei Spuren dort unten. Haben Sie ein Foto?«

Moore schüttelte den Kopf. »Keine Zeit, der Notarzt war noch vor uns hier und hat sie sofort mit dem Hubschrauber nach Fairbanks bringen lassen. Soweit wir wissen, lag sie ausgestreckt auf dem Felsvorsprung. Wie man eben aufkommt, wenn man über eine Klippe stürzt. Ihr rechter Arm ragte auf den Pfad, als hätte sie versucht, aus eigener Kraft nach oben zu kriechen.«

»Bisswunden am Hals? Im Gesicht?«

»Nur an dem ausgestreckten Arm.«

»Das muss ich mir näher ansehen. Fahren wir?«

»Sicher«, antwortete Moore, sichtbar erleichtert darüber, dass sie so nüchtern und zielweisend reagierte. »Am besten nehmen wir meinen Wagen. Ihren können Sie vor dem *Wilderness Café* parken.« Er wandte sich an Huggins, seine Assistentin und den Trooper. »Ich melde mich, sobald ich zurück bin.«

Carla verabschiedete sich ebenfalls und stieg in ihren Wagen.

7

Lieutenant Joseph Moore war Mitte dreißig, aber keiner dieser geschwätzigen Männer, die eine junge Frau mit endlosen Aufzählungen ihrer Heldentaten beeindrucken wollten. Erst vor wenigen Monaten hatte Carla mit einem Trooper zu tun gehabt, der selbst am meisten darüber begeistert war, wie er geholfen hatte, eine vierköpfige Familie aus einem verunglückten SUV zu befreien. Später hatte sie herausbekommen, dass er zwar dabei gewesen war, die eigentliche Arbeit aber zwei Feuerwehrleute mit einem Brecheisen geleistet hatten.

Der Lieutenant verhielt sich eher wie ein erfahrener Offizier, der gelernt hatte, sich auf die aktuellen Probleme zu konzentrieren und bei seiner Arbeit durch nichts ablenken zu lassen. Später sollte Carla erfahren, dass er tatsächlich Offizier bei den Marines gewesen war und einige gefährliche Einsätze im Nahen Osten geleitet hatte. Warum er seine Karriere bei der Elite-Einheit aufgegeben hatte und zu den *Alaska State Troopers* gewechselt war, wusste niemand. Es sei eine persönliche Entscheidung gewesen und sein Privatleben gehe niemanden etwas an, behauptete er angeblich.

Nur eine private Frage erlaubte er sich: »Wölfe, hm?«

»Von Wölfen können wir viel lernen«, antwortete sie.

Das Fairbanks Memorial war in mehreren Gebäuden

im Süden der Stadt untergebracht. Die gesichtslosen Betonklötze wirkten unter dem grauen Winterhimmel besonders trostlos, aber die Ärzte des Krankenhauses hatten einen so guten Ruf, dass sich sogar Patienten aus Anchorage dort behandeln ließen.

Moore parkte den Streifenwagen im Halteverbot vor dem Eingang, und sie betraten gemeinsam die Eingangshalle. Der Lieutenant kannte sich aus und führte sie, ohne sich an der Rezeption zu melden, bis zur Intensivstation. Die resolute Schwester, die auf sein Klingeln öffnete, war nicht gerade freundlich.

»Ja?«

Moore deutete auf sein Abzeichen. »Wir möchten zu Sophia Kinney.«

»Sind Sie mit der Patientin verwandt?«

»Wir ermitteln möglicherweise in einem Mordfall«, sagte Moore. Er sagte es, ohne aufzubrausen oder seine Stimme zu erheben. »Wir wissen, was mit ihr passiert ist und dass sie im Koma liegt. Miss Gorman will sich lediglich ihren Arm ansehen, um festzustellen, wie die Verletzung zustande kam. Außerdem würden wir gern mit dem behandelnden Arzt sprechen.« Seine Beherrschung wich wachsender Ungeduld. »Wir sind keine Klatschreporter, Schwester.«

Die Schwester erkannte wohl, dass ihr eine Widerrede großen Ärger einbringen würde, und öffnete die Tür. »Den Gang runter, vorletztes Bett links.«

Die Betten der Intensivstation waren lediglich durch Vorhänge getrennt und lagen hinter Glaswänden, um den

Ärzten und Pflegekräften die Kontrolle zu vereinfachen. Von den Patienten war wenig zu sehen, auch Sophia war von blinkenden Geräten umgeben. Ihr Gesicht war durch eine Sauerstoffmaske verdeckt, und zahlreiche Schläuche und Kabel vermittelten den Eindruck, als wäre sie nur dank ihnen noch am Leben. Die Anzeigen flackerten nervös.

»Arme Sophia!«, erschrak Carla.

Neben dem Bett des kranken Mädchens stand ein nachlässig gekleideter Mann und blickte so angestrengt auf die scheinbar schlafende Sophia hinab, dass er Carla und den Lieutenant nicht bemerkte. Offensichtlich aus Respekt vor der Kranken hatte er seine Wollmütze abgenommen und zerknüllte sie in den Händen. Selbst durch die Glasscheibe erkannte man, dass er geweint hatte.

Moore klopfte verhalten und betrat das Krankenabteil. Carla folgte ihm so leise wie möglich, aus Angst, sie könnte die andächtige Stille durch ihre Schritte stören. Doch dafür sorgten bereits die Geräusche des Beatmungsgeräts und der anderen Maschinen.

»Mister Kinney?«, vermutete der Lieutenant.

Der Mann blickte erschrocken auf. »Was wollen Sie?«, brauste er auf. »Ich hab gesagt, ich will niemanden sehen. Ich will mit meiner Tochter allein sein.«

»Lieutenant Joseph Moore«, stellte der Trooper sich selbst und dann auch Carla vor. »Tut mir leid, dass wir hier so hereinplatzen, aber es geht leider nicht anders. Wir bedauern wirklich sehr, was mit Ihrer Tochter passiert ist.«

»Davon kann ich mir auch nichts kaufen«, erwiderte Kinney grimmig.

»Wir hoffen sehr, dass sie wieder gesund wird. Ich …«

»Verschonen Sie mich mit Ihren guten Wünschen, Lieutenant!« Wie viele Menschen in seiner oder einer ähnlichen Situation reagierte er aufbrausend und ungerecht. »Sagen Sie mir lieber, welcher Schweinehund dafür verantwortlich ist.« Er blickte auf seine Tochter, deren Brustkorb sich unter dem Beatmungsgerät hob und senkte. »Ich hoffe doch, Sie haben ihn gefunden.«

»Wir stehen leider erst am Anfang unserer Ermittlungen«, flüchtete der Lieutenant in eine Floskel, »aber ich versichere Ihnen, dass wir alles tun werden, um den bedauernswerten Vorfall so schnell wie möglich aufzuklären.«

»Und was tun Sie dann hier? Ich brauche kein Mitleid.«

Moore versuchte seiner Stimme einen möglichst ruhigen Klang zu geben. »Ich möchte, dass sich Miss Gorman die Verletzung am rechten Unterarm Ihrer Tochter ansieht. Sie ist eine anerkannte Wolfsexpertin.« Er zögerte einen Moment. »Es könnte sein, dass die Schrammen von einem Wolf stammen.«

»Von einem Wolf?«, rief Kinney ungläubig. »Sie meinen, eine dieser verfluchten Bestien hat meine Sophia auf dem Gewissen?« Es dauerte eine Weile, bis er die Nachricht verarbeitet hatte. »Wenn das so ist, knöpfe ich mir die Bestie vor. Oder noch besser, ich knalle alle Rudel im weiten Umkreis ab.«

Carla war solche Drohungen gewohnt und verzieh sie einem Mann wie Kinney sogar. Wenn die eigene Tochter schwer verletzt im Koma lag, sagte man vieles, was man sonst nicht gesagt hätte. »Es dauert nicht lange«, sagte sie, als ob die Dauer ihrer Untersuchung einen Unterschied machen würde.

Sie trat neben das Bett des Mädchens und beugte sich über ihren rechten Unterarm. Es waren blutige Schrammen und eine oberflächliche Bisswunde zu sehen. Ein Arzt oder eine Schwester hatten die Wunden gesäubert, aber sie brauchte weder teure Instrumente noch ein Vergrößerungsglas, um zu einem Ergebnis zu kommen.

»Ein Wolf, ohne jeden Zweifel«, sagte sie, »aber er ist nicht für den Sturz und die anderen Verletzungen von Sophia verantwortlich.«

»Woher wollen Sie das wissen?«, fragte der Lieutenant.

»Sehen Sie hier«, forderte Carla ihn auf. Sie deutete auf die Bisswunde. »Die Wunde ist keinen Viertelzoll tief. So leicht beißt ein Wolf nur zu, wenn er nicht die Absicht hat, sein Opfer zu töten. Es sieht beinahe so aus, als hätte Sophia schon auf dem Felsvorsprung gelegen, als der Wolf auftauchte. Und als hätte er versucht, sie zu retten und aus der Gefahrenzone zu bringen.«

Kinney lachte irre. »Ein Wolf wollte sie retten? Sie wollen mir tatsächlich erzählen, dass die verdammte Bestie sie retten wollte? Das glauben Sie doch selbst nicht. Das Mistvieh wollte ihr den Rest geben, sie in den Abgrund zerren! Ich hab gesehen, was Wölfe mit Kälbern und Schafen anstellen. Die denken nicht daran, jemanden vor dem Tod zu retten. Die gehen eiskalt vor.«

»Wölfe sind keine Killer«, hielt Carla dagegen. »Sie sind Raubtiere, die es manchmal auch auf Kälber und Schafe abgesehen haben, das ist richtig, aber sie töten lediglich, um etwas zu fressen zu haben und ihr Überleben zu sichern. Und bevor sie einen Menschen angreifen, muss schon einiges passieren. Ich will nicht ausschließen, dass der Wolf böse Absichten hatte, aber ...«

»Da haben Sie's!«, fiel Kinney ihr laut ins Wort. Er schien vergessen zu haben, dass sie sich nicht im Wartezimmer, sondern vor dem Krankenbett seiner Tochter auf der Intensivstation befanden. »Die Bestie wollte ihr den Rest geben! Es wird höchste Zeit, dass wir diesen Wölfen den Krieg erklären und sie einen nach dem anderen ins Jenseits befördern. Ich werde einen Leitartikel schreiben, der sich gewaschen hat.« Er blickte auf seine Tochter. »Die Schweinerei bleibt nicht ungesühnt.«

»... aber es ist eher unwahrscheinlich«, konnte Carla endlich ihren Satz vollenden. »Ich glaube eher, dass der Wolf sie in Sicherheit bringen wollte.«

»Ein Wolf wollte sie retten? Dass ich nicht lache!«

»Ich kann es nicht beweisen«, räumte Carla ein, »aber es erscheint mir am plausibelsten. Mit Sicherheit kann ich jedoch sagen, dass der Wolf Ihre Tochter nicht auf den Felsvorsprung getrieben hat. Mit dem eigentlichen Unfall oder Verbrechen hat er nichts zu tun. Reicht das, Lieutenant?«

Moore nickte. »Ich denke schon. Ich hatte mir schon

so was gedacht, wollte aber auf Nummer sicher gehen, bevor ich eine andere Möglichkeit in Betracht ziehe. Sophia ist hier aufgewachsen und kennt die Gegend, das schließt einen Unfall beinahe aus. Zumindest hat der Unbekannte, der mit ihr in den Bergen war, nichts unternommen, um sie zu retten. Wenn wir nur wüssten, wie der zweite Geländewagen aussieht.«

»Hier fährt fast jeder so einen Wagen«, sagte Carla.

»Wem soll er schon gehören?«, hatte sich Kinney noch immer nicht beruhigt. »Einem von diesen jungen Schnöseln natürlich, die neuerdings um sie herumtanzen. Halbwüchsige Taugenichtse, die ihr an die Wäsche wollen! Ich wette, einer von denen hat sie auf den Lookout Mountain gelockt und ist ihr auf die Pelle gerückt, und als sie weglaufen wollte, ist er ihr nach und hat sie in den Abgrund gestoßen. Er hat nicht mal nach ihr gesehen, ist in seinen Wagen gestiegen und abgehauen. Aufhängen sollte man den verfluchten Schweinehund! Oder noch besser: ihn an den Marterpfahl binden wie die Indianer!«

»Wir haben keinerlei Beweise, dass es sich so abgespielt hat«, gab Moore zu bedenken. »Es könnte auch ein Unfall gewesen sein. Sie ist gestürzt, und wer immer bei ihr war, hat sich in seiner Panik aus dem Staub gemacht«, versuchte er Sophias Vater zu beruhigen. »Haben Sie denn einen bestimmten Verdacht?«

»Ob ich einen Verdacht habe?«, brauste Kinney auf. »Na, klar habe ich den! Da kommen doch nur zwei Typen infrage. Mitch Rooney, die halbe Portion, die mit ihr auf dem Abschlussball der Highschool war, und Bud Lowe, der Schönling, der alle Nase lang mit dem Sportwagen seines Vaters bei ihr auftaucht und sie zu einer Spritztour einladen will. Beides Dreckskerle, die nur eines von ihr wollen … Sie wissen schon. Pubertäre Pickelärsche, die schmutzige Spiele mit ihr treiben wollen.«

»Denen trauen Sie einen Mord zu?«

»Denen traue ich alles zu«, erwiderte Kinney aufgebracht. »Die haben ihre Hormone nicht im Griff und sind zu allem fähig, wenn es um unschuldige Mädchen wie meine Sophia geht. Am besten nehmen Sie beide fest! Früher oder später drehen die sowieso durch. Ich hab ihnen schon mehrmals die Leviten gelesen, aber die kapieren es doch erst, wenn sie hinter Gittern sitzen.«

»Sie wissen, dass wir das nicht können.«

»Dann unternehmen Sie irgendwas! Verhören Sie die Burschen! Machen Sie ihnen die Hölle heiß, bis einer von ihnen gesteht! Stehen Sie hier nicht rum und reden Sie klug daher. Gehen Sie und unternehmen Sie endlich was!«

Die Tür ging auf, und ein Arzt betrat den Raum. Sein weißer Kittel stand offen. »Was ist denn hier los?«, fragte er verwundert. »Wenn Sie Meinungsverschiedenheiten haben, tragen Sie die gefälligst woanders aus. Auf der Intensivstation liegen ausschließlich Schwerkranke, die ihre Ruhe brauchen.«

Moore entschuldigte sich und setzte zu einer Erklärung an, die der Arzt aber nicht hören wollte.

»Tut mir leid«, setzte Moore noch einmal an und sagte dann: »Wir sind leider auf die Aussage von Sophia Kinney angewiesen, wenn wir die Schuldfrage zweifelsfrei klären wollen. Wann, glauben Sie, können Sie das Mädchen aus dem Koma wecken? Wann können wir mit ihr sprechen?«

»Das kann ich Ihnen nicht sagen«, antwortete der Arzt sichtlich genervt. Er geleitete Moore, Carla und Matt Kinney aus dem Krankenabteil. »Ein paar Tage? Eine Woche? Länger? Das hängt davon ab, wie schnell sie sich von ihren Verletzungen erholt. Die Operation war nicht einfach, und es wäre riskant, sie zu früh zu wecken. Die Schmerzen wären unerträglich.« Er schob sie förmlich zum Ausgang, auch Sophias Vater. »Und jetzt gehen Sie bitte, tun Sie mir den Gefallen! Die Patientin braucht absolute Ruhe, wenn sie sich erholen soll.«

Moore ließ nicht locker. »Konnten Sie denn irgendwelche Anzeichen dafür feststellen, dass man ihr Gewalt angetan hat? Ich meine, dass man sie hart angefasst oder gestoßen hat? Wir haben es möglicherweise mit einem Mordversuch zu tun, und dann wäre eine solche Aussage von höchster Wichtigkeit.«

»Das weiß ich und nein, wir haben keine Anzeichen dafür gefunden. Ein harmloser Schubser, der wahrscheinlich schon ausreicht, um ein ahnungsloses Mädchen über eine Klippe zu stoßen, hinterlässt auch keine bleibenden Spuren. Wir haben lediglich schwere Prellungen und innere Blutungen festgestellt, die durch den Sturz ausgelöst wurden, aber …« Er unterbrach sich mitten im Satz. »Ich bin leider nicht befugt, Ihnen nähere Auskünfte zu geben. Die Schweigepflicht gilt auch gegenüber den State Troopers.«

»Aber mir können Sie's sagen. Ich bin schließlich ihr Vater.«

Der Arzt fühlte sich alles andere als wohl in seiner Haut. »Wir tun alles, was in unserer Macht steht, um Ihre Tochter gesund zu bekommen«, versprach er, »aber die nächsten zwei Tage wird sich an ihrem Zustand sicher nichts ändern. Sie haben Ihre Telefonnummer im Krankenhaus hinterlassen?«

»Klar hab ich das.«

»Dann melden wir uns, sobald sich ihr Zustand ändert.«

»Ich sehe morgen früh nach ihr«, widersprach Kinney.

Carla folgte dem Lieutenant und Kinney ins Freie und dachte gerade darüber nach, ob ihre Aufgabe bei diesem Fall mit der flüchtigen Untersuchung schon beendet war, als Kinney stehen blieb und mit ausgestrecktem Arm auf einen jungen Mann am Straßenrand zeigte. »Da ist ja einer der beiden Schweinehunde!«

Carla und der Lieutenant blieben ebenfalls stehen.

»Einer der Jungen, die Sie erwähnt haben?«, hakte Moore nach.

»Mitch Rooney«, erklärte Kinney, »der Typ, der sie zum Abschlussball geführt hat. Was fällt dem ein, hier aufzutauchen? Der glaubt doch nicht im Ernst, dass ich ihn zu Sophia lasse. Das kann er sich abschminken. Ich sag ihm besser gleich, was Sache ist, bevor er irgendwelche Dummheiten macht.«

Er wollte losrennen, doch Moore hielt ihn zurück. »Lassen Sie den Unsinn, Kinney! Wenn Sie den Jungen verprügeln, klagen seine Eltern, und sie zahlen eine saftige Geldstrafe oder landen im Knast. Sie wissen doch gar nicht, ob der Junge was mit der Sache zu tun hat. Ich kümmere mich um ihn, okay?«

»Meinetwegen«, gab Kinney nach, »aber ich gehe jede Wette ein, dass er meine Tochter über die Klippe gestoßen hat. Unscheinbar, blasse Haut, Nickelbrille und schüchtern wie ein Chorknabe, das sind manchmal die Schlimmsten. Sobald sie mit einem Mädchen allein sind, lassen sie ihre Maske fallen. Wir hatten auch so einen in der Highschool. Wenn wir den nicht rechtzeitig zur Räson gebracht hätten, wäre er sicher einer an die Wäsche.«

»Halten Sie sich zurück, Kinney, oder ich muss Sie festnehmen!«

»Schon gut, Lieutenant. Ich tue ihm nichts, okay?«

Der Junge stand vor einem schwarzen SUV und lächelte verlegen, als er den Vater seiner Highschool-Freundin und einen Trooper auf sich zukommen sah. Carla nahm an, dass er sich am liebsten in einem dunklen Loch verkrochen hätte. Er machte tatsächlich einen etwas schüchternen Eindruck, wirkte aber lange nicht so albern, wie Kinney ihn geschildert hatte. Eigentlich undenkbar, dass ein so harmloser Bursche ein Mädchen verletzt haben könnte.

Aber Kinney hatte recht, manchmal täuschte der erste Eindruck, und ein scheinbar harmloser Bursche entpuppte sich als Ekel. Gut möglich, dass er dort oben die Nerven verloren hatte, als sie sich ihm verweigert hatte.

»Mitch Rooney?«, wurde der Lieutenant amtlich.

Der Junge wurde noch blasser, als er ohnehin schon war. »Ja?«, fragte er vorsichtig. »Hab ich irgendwas verbrochen?« Er blickte Kinney an und sah die Röte in seinem Gesicht. »Sie glauben doch nicht, dass ich Ihre Tochter …«

»Woher wissen Sie, was Sophia passiert ist?«, fragte Kinney.

»Das weiß die ganze Stadt, Mister Kinney! Ich hab's über Twitter erfahren, und über Facebook und im Fernsehen kam es auch schon. Die ganze Stadt redet darüber. Einfach … einfach furchtbar! Ich weiß, dass Sie mich nicht leiden können, Mister Kinney, aber ich könnte Ihrer Tochter niemals etwas antun. Ich liebe Sie doch! Ich wollte ihr Blumen und bunte Luftballons bringen. Irgendwas, was sie aufheitert und ihr hilft, gesund zu werden.«

»Du hältst dich von ihr fern, verstanden?«

»Aber …« In seinen Augen standen Tränen. »Ich wollte doch nur …«

»Den Teufel wolltest du!«

»Niemand beschuldigt Sie«, beruhigte ihn Moore, »aber ich muss Sie das fragen: Wo waren Sie gestern Nacht, sagen wir, zwischen zweiundzwanzig und dreiundzwanzig Uhr?« Während dieser Zeit musste Sophia gestürzt sein, wie die Spurensicherung und die Ärzte herausgefunden hatten. Der Cessna-Pilot hatte sie am frühen Morgen gegen fünf Uhr gefunden.

»Gestern Abend? Zwischen zehn und elf?« Mitch

Rooney brauchte nicht lange zu überlegen. »Da war ich beim Karatetraining. Meine zweite Stunde. Wir haben sogar eine Viertelstunde länger gemacht. Das können alle bezeugen, die dort waren.«

Carla war erleichtert. Sie hatte Mitleid mit dem Jungen und hätte es schade gefunden, wenn er sich sein Leben durch ein Verbrechen versaut hätte. Kinney war eher erschrocken. Er merkte wohl erst jetzt, dass ihn die Sorge um seine Tochter und die Wut auf den unbekannten Täter aus dem Gleichgewicht gebracht hatte. Carla verurteilte ihn nicht. Ihr war es schon häufiger zu Ohren gekommen, dass die Angehörigen der Opfer ab und zu durchdrehten und dann jeden beschuldigten, der ihnen in den Sinn kam. Besonders wenn ein Vater, der bereits vor einem Jahr seine Frau verloren hatte, um das Leben seiner einzigen Tochter fürchtete.

Moore ließ sich den Namen des Karatelehrers geben und empfahl dem Jungen, nach Hause zu fahren. »Sophia ist nicht ansprechbar, und Sie können im Augenblick sowieso nichts für sie tun. Fahren Sie nach Hause, Mitch.«

Der Junge verschwand, und Kinney brummte etwas Unverständliches. »Okay, ich hab mich geirrt«, sagte er, »dann war es eben ein anderer. Finden Sie den Kerl, Lieutenant. Um den verdammten Wolf, der sich an meiner Tochter vergriffen hat, kümmern wir uns selbst. Wir sehen uns, Lieutenant.«

Jetzt wusste auch Carla, dass ihr Job noch nicht erledigt war.

8

»Was dagegen, wenn wir noch bei dem anderen Jungen, den Mr Kinney im Verdacht hatte, vorbeifahren? Diesem Bud Lowe?«, fragte Moore, als sie Fairbanks hinter sich gelassen hatten. Die Adresse des Jungen hatte er über Funk erfahren. »Er wohnt bei seinen Eltern in Fox. Umso schneller ich herausbekomme, ob er ein stichhaltiges Alibi hat, desto besser.«

Carla war natürlich einverstanden. Fox, ein winziger Vorort von Fairbanks, lag auf dem Weg nach Canterbury, und die Befragung würde nur ein paar Minuten dauern. Moore wollte anscheinend für klare Fronten sorgen, bevor Kinney sich zu einem unüberlegten Racheakt hinreißen ließ. In seiner Wut und Verzweiflung war ihm alles zuzutrauen.

Die Eltern des Jungen besaßen eine Tankstelle an der Kreuzung mit dem Steese Highway und wohnten in einem zweistöckigen Blockhaus weiter westlich. Eine schmale, nur notdürftig geräumte Schotterstraße führte zu dem versteckt liegenden Haus zwischen den Bäumen. Moore hatte es seinem Navi zu verdanken, dass er die Abzweigung auf Anhieb fand, trat aber so heftig auf die Bremse, dass sein Geländewagen ins Rutschen geriet, als er einen dunklen SUV aus der Einfahrt kommen sah. Im orangefarbenen Licht der Armaturenbeleuchtung erkannte auch Carla das Gesicht eines halbwüchsigen Jungen.

»Wo will der denn um die Zeit hin?«, wunderte sich der Lieutenant.

Im Rückspiegel beobachtete Carla, wie der Junge an der Tankstelle seiner Eltern vorbeifuhr und die Kreuzung überquerte. »Er fährt in Richtung Canterbury«, sagte sie. »Ob er noch nicht weiß, was mit Sophia passiert ist?«

»Hier draußen gibt's auch Fernsehen. Und Internet.«

»Sind Sie sicher, dass es Bud ist?«

»Ganz sicher. Die Zentrale hat mir sein Foto gemailt.«

»Dann beschatten wir ihn jetzt? Wie im Kino?«

Der Lieutenant ersparte sich eine Antwort, wendete stattdessen den Wagen und nahm die Verfolgung auf. Anders als seine Kollegen aus den Fernsehkrimis hielt er großen Abstand. Der Junge sollte nicht bemerken, dass er verfolgt wurde.

»Vielleicht ist es nur eine fixe Idee«, überlegte Moore. »Es ist auch gut möglich, dass Bud schon längst das Interesse an Sophia verloren hat oder er einfach nur zu seinen Großeltern fährt. Aber sicher ist sicher, und einen Umweg müssen wir deswegen auch nicht machen.«

Obwohl Bud ungefähr eine halbe Meile vor ihnen fuhr und es bereits dämmerte, verloren sie ihn nicht aus den Augen. Der Highway verlief fast schnurgerade nach Nordwesten, und der Schnee, der zu beiden Seiten der Straße lag, leuchtete im Licht der Scheinwerfer und zeigte an, wo Bud sich gerade befand. Außer ihm war kaum jemand unterwegs, nur gelegentlich rauschte ein Truck an ihnen vorbei. Auf einem der Trucks war das Logo von Community Recycling zu erkennen.

Um sicherzugehen, dass Bud Lowe nicht auf sie aufmerksam wurde, ließ sich der Lieutenant noch weiter zurückfallen. Es hatte wieder zu schneien begonnen, und der teilweise böige Abendwind wehte Schneeschleier über den geräumten Asphalt. Die Scheibenwischer bewegten sich lautlos. Weder der Mond noch die Sterne waren zu sehen, und die Dunkelheit, die über den lichten Fichtenwäldern lag, gaukelte ihnen vor, beinahe allein auf der Welt zu sein. Ein Gefühl, das Carla vor allem auf ihren Fahrten mit dem Hundeschlitten schätzte, wenn es weit und breit keine Straßen und Autos mehr gab, und sie völlig allein war.

Als die Lichter von Canterbury in der Ferne auftauchten, fuhr Moore näher an den SUV des Jungen heran. Carla beugte sich nach vorn, um besser sehen zu können, und beobachtete, wie Bud vor dem Ortsschild kurz anhielt, dann nach links abbog und in der Dunkelheit zwischen den Bäumen verschwand.

»Er fährt zum Tatort«, stieß sie überrascht hervor, »auf den Lookout Mountain. Was will er bloß dort oben?« Sie blickte den Lieutenant an. »Ich hab irgendwo gelesen, dass Verbrecher öfter an den Tatort zurückkehren. Warum auch immer. Meinen Sie, Bud hat sie über die Klippe gestoßen?«

»Das werden wir gleich wissen«, erwiderte der Lieutenant.

Zum zweiten Mal an diesem Tag fuhr Carla mit dem

State Trooper auf den Berg hinauf. Im Schneetreiben wirkte die Straße genauso unwirtlich wie vor einigen Stunden, und die Müdigkeit, die Carla inzwischen befallen hatte, tat ein Übriges, um ihr die Laune zu verderben. Sie hatte keine Angst. Dass ein Vater, noch dazu ein alleinerziehender Vater, seine einzige Tochter vergötterte und Gott und die Welt dafür verantwortlich machte, wenn ihr etwas passierte, war verständlich. Und dass er dabei übers Ziel hinausschoss und wahrscheinlich harmlose Jungen beschuldigte, nur weil sie ihr zu nahe gekommen waren, verwunderte sicher keinen. Obwohl es leider auch Ausnahmen gab, eifersüchtige Burschen, die vollkommen durchdrehten und ein Mädchen verletzten oder umbrachten, nur weil es gewagt hatte, ihnen einen Korb zu geben.

Moore schaltete die Warnlichter des Streifenwagens an, verzichtete aber auf die Sirene und ließ seine Waffe stecken. »Sie bleiben im Wagen«, befahl er. »Es reicht schon, wenn ich auf den verrückten Jungen aufpassen muss.«

Bud Lowe stand an der Klippe, über die Sophia auf den Felsvorsprung gestürzt war. Seinen Wagen hatte er mit offener Tür und laufendem Motor auf der Straße stehen lassen. Als die Warnlichter des Streifenwagens über seinen Körper flackerten, blieb er ruhig stehen und machte keine Anstalten, nach einer Waffe zu greifen oder zu seinem SUV zu laufen. Er wirkte überrascht.

»Bud Lowe!«, rief Moore, nachdem er angehalten hatte und ausgestiegen war. Er hatte die Tür offen gelassen, und

Carla verstand jedes Wort. »Lieutenant Joseph Moore von den *Alaska State Troopers*. Was tun Sie hier oben?«

Wenn Bud tatsächlich der oberflächliche Angeber und Blender war, wie ihn Matt Kinney beschrieben hatte, verstellte er sich gekonnt. Oder er war so überrascht vom Erscheinen des Troopers, dass er es nicht wagte, ihm eine schnippische Antwort zu geben. Er streckte beide Hände hoch.

»Ich habe nichts getan, Lieutenant. Ich bin nur ... ich wollte doch nur ...« Carla glaubte, ihn leise schluchzen zu hören. »Hier ist ein Mädchen verunglückt, das ich ...« Sein Schluchzen wurde lauter. »Oh verdammt, Lieutenant. Sie ist über die Klippe dort gestürzt.« Er deutete auf den Tatort. »Irgendein Idiot hat versucht, sie umzubringen. Ein Verrückter! Einer, der sie mir wegnehmen wollte!« Er heulte wie ein kleiner Junge. »Oder es war doch dieser verdammte Wolf!«

»Woher wissen Sie das alles?«

»Das kam auf allen Kanälen, Lieutenant. Ich war schon öfter hier oben und wusste gleich, welche Klippe sie meinten.« Er trat ein paar Schritte näher an den Abgrund heran. »Oh, es ist so furchtbar. Wenn der Felsvorsprung nicht wäre, läge sie jetzt dort unten in der Schlucht, und sie würden sie erst im Frühling finden, wenn der Schnee ...« Er schniefte ein paarmal heftig. »Sie liegt im Fairbanks Memorial, nicht wahr? Ich wollte hinfahren, aber im Fernsehen sagen sie, dass nur Verwandte zu ihr auf die Intensivstation dürfen. Ihr Vater ist bestimmt ...« Er hörte auf zu schniefen. »Hat er Sie geschickt? Glaubt er etwa, dass ich Sophia … ich würde ihr doch niemals etwas antun!«

»Wo waren Sie gestern zwischen zweiundzwanzig und dreiundzwanzig Uhr?«

»Gestern Abend? Glauben Sie etwa auch, dass ich …«

»Ich glaube gar nichts«, schnitt ihm Moore das Wort ab. »Ich tue lediglich meine Arbeit. Dazu gehört auch, alle Personen zu verhören, die mit Sophia Kinney zu tun hatten. Haben«, verbesserte er sich. »Sophia könnte es uns sagen, aber sie liegt noch im Koma, und ich hätte gern jetzt schon Gewissheit.«

Bud rieb sich die Tränen aus den Augen. Er trug einen Anorak, aber weder eine Mütze noch einen Schal. »Gestern Abend hab ich meinen Eltern in der Tankstelle geholfen. Ich suche mir gerade einen neuen Job in Fairbanks und arbeite so lange bei ihnen mit. Sie können das bestätigen. Wenn Sie ihnen nicht glauben, fragen Sie die Trucker, die den ganzen Abend im Imbiss waren. Meine Eltern können Ihnen die Telefonnummern geben.« Seine Trauer war Verärgerung gewichen. »Ich mag Sophia, ich mag sie sogar sehr. So ein Mädchen gibt es kein zweites Mal. Warum sollte ich ihr was antun wollen?«

Moore war noch nicht zufrieden. »Sophias Vater sagt, dass Sie sich wie ein aufdringlicher Schnösel benommen haben und in einem Sportwagen bei ihr auftauchten. Wollten Sie das Mädchen auf diese Weise einfangen, Bud?«

»Das war letzten Sommer«, räumte der Junge ein. »Der Sportwagen gehörte einem unserer Kunden. Er ließ mich ein paar Runden damit drehen. War dumm von mir, ich weiß, aber das ist lange her, und ich hab mich geändert.«

»Und warum sind Sie hier?«

»Ich wollte die Stelle sehen, an der es passiert ist«, sagte er. »Ich wollte ihr nahe sein. Ihr zeigen, dass ich mich wirklich um sie sorge. Was weiß ich?«

»Okay, Bud. Aber jetzt fahren Sie besser nach Hause.«

Moore ließ den Jungen stehen und kehrte zu Carla in den Streifenwagen zurück. Über Funk bat er einen Kollegen, zu den Lowes zu fahren und sich nach dem Alibi des Jungen zu erkundigen. »Einer dieser liebeskranken Jünglinge hätte mir schon gereicht«, stöhnte er, als er den Wagen wendete und langsam zurückfuhr, »aber dass ich es gleich mit zweien zu tun bekomme … die Dame muss einen Rieseneindruck auf die beiden gemacht haben.«

»Wundert Sie das? Sie ist hübsch und hat was auf dem Kasten.«

»Und wie ist es bei Ihnen? Geht mich eigentlich nichts an …«

»Ich hab keine Zeit für Männer«, erwiderte sie lächelnd. »Ich hab es vor allem mit Vierbeinern zu tun, und die sind mindestens genauso unberechenbar wie Männer. Mögen Sie Wölfe, Lieutenant?«

»Solange ich ihnen nicht im Dunkeln begegne.«

»Manche Zweibeiner sind wesentlich gefährlicher.«

»Das glaube ich Ihnen gern«, erwiderte der Lieutenant, »und wer weiß? Gut möglich, dass wir es mit einem solchen Dreckskerl zu tun haben. Irgendwem muss der zweite Geländewagen, der dort oben war, doch gehören.

Sophia ist hier aufgewachsen, die war bestimmt nicht so leichtsinnig, so nahe an die Klippe zu treten, dass sie versehentlich abgestürzt ist. Und wenn Sie sagen, dass der Wolf nicht für ihren Sturz verantwortlich war, muss der Fahrer des zweiten Wagens versucht haben, sie umzubringen.« Er stöhnte leise. »Aber das soll nicht mehr Ihre Sorge sein. Sie haben Ihre Arbeit getan. Alles, was ich von Ihnen noch brauche, ist ein schriftlicher Bericht, dann können Sie gehen. Ich rufe Sie an, wenn ich den Mistkerl geschnappt und im Gefängnis abgeliefert habe, versprochen.«

»Nicht nötig, Lieutenant. Ich bleibe.«

»Sie bleiben hier? Aber hier gibt es nichts mehr für Sie zu tun.«

»Ich glaube schon, Lieutenant. Sie haben Kinney doch gehört. Er will sich höchstpersönlich um den Wolf kümmern, der geholfen hat, seine Tochter über die Klippe zu treiben. Und was ich über diesen Großfarmer, diesen Halterman, und seine Range Riders gehört habe, stimmt mich auch nicht gerade optimistisch. Wäre nicht die erste Hetzjagd auf Wölfe, die ich miterleben muss. Ich will versuchen, sie zu verhindern, solange die Leute noch einigermaßen bei Verstand sind. Der Wolf kann nichts dafür, dass Sophia über die Klippe gestürzt ist. Das war der Fahrer des SUV, nach dem Sie suchen. Wegen seines schlechten Rufs kann der Wolf nur perfekt als Bösewicht herhalten.«

»Und warum sollte er versuchen, eine Verletzte zu retten?«

Carla zuckte mit den Achseln. »Das weiß ich leider auch nicht. Dass ein Wolf einen Menschen gerettet hat, habe ich noch nie gehört. Außer in indianischen Legenden natürlich. Ich nehme an, dass es sich um einen Einzelgänger handelt. Einen jungen Wolf, der auf der Suche nach einer Partnerin durch die Lande streift. Vielleicht war er nur neugierig und wollte sie aus der Nähe betrachten. Oder er wurde durch ihr Blut angelockt. Hunger kann es nicht gewesen sein. Wenn es ums Fressen geht, hält sich ein Wolf eher an Schafe und Kälber. Vielleicht war er neugierig. Auf keinen Fall ist er der Killerwolf, als den ihn Kinney hinstellt. Er ist ein Raubtier, das auf Beute aus ist, aber bevor Wölfe einen Menschen anfallen, muss schon viel passieren, das kommt höchstens einmal in zwanzig Jahren vor.« Sie hatten bereits die Hauptstraße erreicht und ließen einen Truck vorbeiziehen. »Ich darf nicht zulassen, dass die Leute ihre Wut an unschuldigen Tieren auslassen, Lieutenant. Ich muss es zumindest versuchen.«

Sie parkten vor dem *Wilderness Café* und betraten den Gastraum. Er war bis auf den letzten Platz gefüllt, die Leute saßen an dem langen Tresen und den runden Tischen, tranken Bier und schärfere Sachen und redeten wild durcheinander. Als sie den Lieutenant hereinkommen sahen, stieg der Geräuschpegel noch einmal an.

»Hey, Lieutenant«, rief einer der Männer, »haben Sie den Dreckskerl erwischt? Aufhängen sollte man den Kerl, hab ich nicht recht?« Er blickte herausfordernd in die Runde. »Aufhängen, jawohl!«

»Es war doch keiner von hier?«, meldete sich ein anderer. »Hier mochte jeder die kleine Sophia. Sie wird mal die Zeitung ihres Vaters übernehmen, wissen Sie, und irgendwann geht sie zur *New York Times* oder zur *Washington Post*. Wer sich an unserer Sophia vergreift, vergreift sich auch an uns.«

Am Tresen reckte einer sein Bierglas. »Die Wölfe sind schuld!«, kamen die Worte, die Carla befürchtet hatte. »Habt ihr nicht gehört? Die haben Bissspuren an Sophias Arm gefunden. Ein Wolf hat sie in den Abgrund gezerrt.«

»Er hat recht«, stimmte der Mann neben ihm zu. »Reiner Zufall, dass sie nicht ganz nach unten gestürzt ist. Man sollte diese verdammten Bestien ausrotten! Zuerst vergreifen sie sich an unseren Kälbern und Schafen, und jetzt gehen sie schon auf unschuldige Mädchen los. Wir sollten sie alle abknallen!«

An einem der runden Tische regte sich ein weißhaariger, älterer Mann. »Keine Bange, dafür sorgen Halterman und seine Range Riders schon. Soweit ich weiß, treffen sie sich morgen früh auf seiner Farm. Großer Kriegsrat. Wer von uns mitmachen will, ist herzlich eingeladen. Es gibt Donuts und Kaffee.« Das schien ihn am meisten zu interessieren. »Morgen früh. Ich bin dabei!«

»Ich auch!«, schallte es aus mehreren Kehlen.

»Morgen ist Samstag, da hab ich sowieso nichts Besseres vor.«

»Am besten bringen wir gleich unsere Knarren mit.«

Carla hatte mit wachsendem Unmut zugehört. Von zahlreichen Diskussionen und teilweise heftigen Auseinandersetzungen war sie die aufgebrachte Stimmung und die Emotionen der Wolfsgegner gewohnt. Sie kannte ihren meist unbegründeten Hass auf Wölfe, jedes ihrer meist falschen Argumente, ihre derben Flüche und Schimpfwörter. War es erst einmal so weit, ging der Versuch, die Leute zu beruhigen und umzustimmen, leider in der Regel daneben.

Sie versuchte es dennoch. »Immer mit der Ruhe!«, rief sie mit hochgestreckten Armen. »Hört mir doch mal zu, Leute! Ich bin Carla Gorman von Wolf Aid. Ich kenne mich mit Wölfen aus und hab mir auch die Wunden an Sophias Arm angesehen. Der Wolf hat ihr nichts getan, im Gegenteil, er hat versucht, sie von dem Felsvorsprung zu ziehen. An dem Sturz ist ein Mensch schuld. Der Lieutenant wird ihn finden und vor Gericht bringen, da bin ich ganz sicher. Der Wolf hat nichts damit zu tun. Ihr tut den Tieren unrecht.«

»Wolf Aid?«, hatte einer genau hingehört. »Das ist doch diese Vereinigung, die so tut, als wären alle Wölfe kuschelige Unschuldslämmer. Der Wolf wollte das Mädchen retten? So was gibt's nicht mal in einem Märchen, Miss!«

»Ganz recht«, stieß ein anderer ins gleiche Horn, »von Wolf Aid hab ich auch schon gehört. Die behaupten sogar, dass die Wölfe ein Recht haben, unsere Kälber und Lämmer zu reißen. Die haben gut reden. Die sitzen irgendwo in einer Stadt, sitzen irgendwo ihre Bürozeit ab und haben nicht die geringste Ahnung, was in der Wildnis abgeht. Hier draußen denken wir anders, Miss.«

»So ist es, hier draußen bedrohen die Wölfe unsere Existenz. Blutgierige Bestien, die uns in die Pleite fressen, das sind sie. Kommen Sie morgen früh auf die Halterman-Farm, Miss, da erfahren Sie, was die Wölfe uns alles antun. Aber ziehen Sie sich warm an, das wird ein verdammt heißer Tanz!«

»Ich hab keine Angst vor Ihrer Hetzerei, Mister!«, konterte Carla.

Moore hatte die ganze Zeit geschwiegen und hielt sich auch jetzt raus. Dennoch wandte er sich leise mit einem wohlgemeinten Rat an Carla. »Wenn ich Sie wäre, würde ich auf das Abendessen verzichten und gleich ins Bett gehen. Mit den Burschen hier werde ich schon fertig. Und fahren Sie lieber nach Hause, bevor Sie sich das Geschrei auf der Halterman-Farm antun.«

»Ich werde hingehen, Lieutenant. Das ist mein Job.«

»Kommen Sie zu den Troopers, da geht es ruhiger zu.«

Carla lachte, wenn auch nur kurz, und befolgte den Rat des Lieutenants. Ohne sich weiter auf eine Diskussion mit den aufgebrachten Männern einzulassen, ging sie in ihr Zimmer im ersten Stock. Besonders üppig war es nicht eingerichtet, und das Bett war viel zu weich, aber es war mollig warm. Auf der Kommode stand eine Flasche Wasser, und sie hatte noch Kekse im Gepäck.

An Schlaf war ohnehin nicht zu denken. Aus dem Wirtsraum drang das Geschrei der Männer als dumpfe Klangwolke nach oben, und wenn sie ihren Gedanken freien Lauf ließ, sah sie immer wieder die reglose Sophia in ihrem Krankenbett liegen. Sie musste Todesangst ausgestanden haben, als sie über die Klippe gestürzt und mit voller Wucht auf den Felsvorsprung geprallt war.

»Arme Sophia«, flüsterte sie, von ihren Gedanken geplagt.

9

In dieser Nacht schlief Carla nur wenig. Obwohl sie den Fanatismus der Wolfsgegner nicht zum ersten Mal erlebte, erschreckte sie die Bereitschaft so vieler Männer, auf Wölfe loszugehen, immer wieder. Dass es ein Mensch auf Sophia abgesehen hatte, interessierte diese Kerle nicht mehr. Wölfe gaben ein besseres Feindbild ab. Allein die Vorstellung, blutgierige Bestien in die Enge zu treiben und töten zu können, erhitzte ihre Gemüter so sehr, dass Carla unwillkürlich an einen Lynchmob denken musste, wie man sie in manchen Western sah, wütende Männer, die einen Unschuldigen zum Galgen schleiften.

Noch viel schlimmer war allerdings, dass der Täter vielleicht aus einem Umfeld kam, das man bei den *Alaska State Troopers* gar nicht vermutete. Um Mitternacht, als sie erneut aus dem Schlaf schreckte, sich ein Glas Wasser holte und gedankenverloren am Fenster stehen blieb, erinnerte sie ein vorbeifahrender Truck daran, was ihr Sophia unter dem Siegel der Verschwiegenheit verraten hatte. Dass sie einen Umweltskandal auf der Spur war, der auch einen Unternehmer wie Lucas Willerby in die Enge treiben konnte, wenn er herauskam. Steckte er hinter dem Anschlag? Und welche Rolle spielte Jeffrey Stark, der Mann, der sie verfolgt hatte? War er ein Stalker oder ein Auftragskiller, der sie unter einem Vorwand auf den Lookout Mountain gelockt und sie über die Klippe gestoßen hatte? Sollte der geplante Mord wie ein Unfall aussehen?

Der Gedanke verfolgte sie bis in ihre Träume, aber geweckt wurde sie durch das nervige Klingeln ihres Smartphones. Sie griff mit geschlossenen Augen danach und murmelte etwas, das nicht einmal sie selbst verstand.

Sie hustete sich frei und sagte: »Ja?«

»Ich bin's, Linda.«

»Linda? Wie spät ist es?«

»Halb acht.«

»Halb acht?«, erschrak Carla.

»Wir waren schon bei den Wölfen draußen. Ghost hatte sich am Fluss versteckt, und wir mussten eine halbe Stunde nach ihm suchen.« Sie klang ungewöhnlich heiter, beinahe beschwingt. »Aber deswegen rufe ich nicht an.«

»Sondern?«

»Du wirst es nicht glauben.«

»Der Verlag verdoppelt deinen Vorschuss.«

»Kalt, ganz kalt.«

»Du hast einen neuen Freund.«

»Ich bin fast fünfzig!«

Carla gab auf. »Sag's mir.«

»Larry bleibt in Alaska.«

»Dein zweiter Ex? Er geht nicht nach Chicago?«

»Anchorage.« Ihr breites Grinsen war selbst durchs Telefon zu hören. »Er zieht nach Anchorage, da verdient er sogar noch ein bisschen mehr. Außerdem wäre Chicago viel zu groß, und die Mieten wären gigantisch. Ist das nicht wunderbar?«

»Dass die Mieten so hoch sind?«

»Dass er in Alaska bleibt«, sagte sie. »Er hat zwar nicht gesagt, dass er meinetwegen bleibt, aber so ein bisschen glaube ich es doch. Wir sind immer noch gute Freunde. Hab ich dir schon gesagt, oder? Sehr gute Freunde sogar.«

»Linda!«

»Okay, bis Anchorage sind es auch fünf, sechs Stunden, aber es ist nicht aus der Welt. Mit dem Flieger bin ich in einer Dreiviertelstunde dort, und wohnen kann ich bei meiner Nichte, die hat ein Apartment in Wasilla, das ist nur ...«

»Linda!«, wiederholte Carla eindringlich. »Hör endlich auf, von deinen Ex-Männern zu träumen. Eric ist bei seiner Boutique-Besitzerin unter Dach und Fach, und Larry kriecht sicher längst bei einer Angestellten unter die Kuscheldecke. Ihm gehören drei McDonald's-Filialen, oder? Vielleicht lässt er Chicago nur sausen, weil ihm eine Frau einen Korb gegeben hat. Und vielleicht geht er nur nach Anchorage, weil dort eine andere auf ihn wartet. Du verdirbst dir dein ganzes Leben, wenn du auf deine abgehalfterten Ex-Männer setzt.«

»Das meinst du ernst, oder?«

»Und ob«, erwiderte Carla. »Und wie gesagt ...«

»... andere Mütter haben auch schöne Söhne«, ergänzte ihre Kollegin scheinbar gelangweilt. »Nun ja, vielleicht hast du recht, und ich sollte tatsächlich mal meine Fühler nach einem anderen ausstrecken.« Sie kicherte verhalten. »Wie steht es eigentlich um deinen neuen Lover ... wie heißt er noch?«

»Jason Harper ... er ist nicht mein Lover.«

»Aber seinen Namen hast du nicht vergessen.«

Carla war froh, dass niemand sah, wie sie rot anlief. »Ich hab nichts mit ihm, Linda. Er ist ein Cowboy auf der Durchreise, der wahrscheinlich in jeder Stadt eine Rodeo Queen sitzen hat. Auf so was stehe ich nicht. Außerdem hab ich keine Zeit für solche Spielchen. Du weißt doch, wie viel Arbeit wir haben.«

»Aber er ist ein Netter. Das hast du selbst gesagt.«

»Sehr nett sogar, aber ...«

»Du hoffst immer noch, dass er sich meldet.«

»Unsinn. Wenn ihm was an mir läge, hätte er das längst getan.«

»Du magst ihn, stimmt's?«

Linda hatte recht, der Cowboy hatte tatsächlich großen Eindruck auf sie gemacht. Sportlich, liebevoll, irgendwie cool, ein bisschen sehr von sich eingenommen, aber das waren alles Cowboys, hatte sie irgendwo gelesen. Sie hätte sicher nicht Nein gesagt, wenn er zurückgekommen wäre und sie auf eine Spritztour eingeladen hätte, aber er hatte andere Pläne, und sie würde schon irgendwann den Richtigen treffen. Wie hatte eine Freundin aus der Highschool immer gesagt: »Du musst die Kerle zur Weißglut treiben. Wenn dir einer gefällt, tu so, als würde er dich nicht die Bohne interessieren, dann kommt er ganz von selbst. Und lächeln musst du, geheimnisvoll wie die Models.« Dumm nur, dass sie nicht die geringste Lust hatte, sich zu verstellen.

»Wer weiß, Linda. Ist Amy in der Nähe?«

»Ich geb sie dir.«

Amy kam an den Apparat, und sie begrüßten sich. Carla war endgültig wach und hatte sich aufgesetzt. »Amy«, sagte sie, »es wird etwas länger dauern hier.« Sie berichtete ihr in ein paar Sätzen von der bevorstehenden Wolfsjagd. »Sieht ganz so aus, als müsste ich wieder mal in den Krieg ziehen.« So nannte sie die manchmal hitzigen Auseinandersetzungen mit Wolfsgegnern.

»Viel Glück dabei«, erwiderte Amy, »und pass auf dich auf!«

»Wie geht es Cody? Frisst er wieder normal?«

»Cody ist putzmunter. Du kennst ihn doch, so schnell lässt der sich nicht unterkriegen. Ich hab den Eindruck, er ist ein wenig eifersüchtig auf Kawa.«

»Den jungen Hüpfer? Der kann ihm doch nicht das Wasser reichen.«

»Kawa entwickelt sich prächtig, sagt C.J.«

»Und Merlin? Wildert er noch immer in den Wäldern?«

»In den Wäldern« war ein wenig übertrieben, aber die Baumbestände des Wolfcenters waren immerhin groß genug, um Merlin zu ermöglichen, zumindest Kleintiere wie Hasen und Eichhörnchen zu jagen. Er vermisste die Wildnis, und Carla und ihre Kollegen hätten nichts lieber getan, als ihn auszuwildern, doch nach seiner Genesungszeit bei Wolf Aid und ohne ein Rudel hätte er in den

Wäldern keine Chance. Deshalb benahm er sich manchmal auch so aggressiv, und die Angestellten des Wolfscenters warnten alle Besucher davor, ihre Hände durch den Drahtzaun zu stecken und ihn streicheln zu wollen. Er spürte, dass er sein neues Zuhause nicht mehr verlassen würde, und reagierte oftmals ungehalten und biss schon mal fest zu, wenn er schlechte Laune hatte.

»C.J. kümmert sich um ihn«, sagte Amy. »Er hat einen Narren an dem wilden Burschen gefressen, das weißt du doch. Am liebsten würde er ein riesiges Waldgrundstück für ihn kaufen, damit er wieder ungehindert jagen kann.«

»Selbst dort würde er ohne ein Rudel kaum überleben.«

»Das weiß C.J. doch. Ist ein rettungsloser Fall, unser Merlin.«

»Wir tun, was wir können, oder? Was machen deine Huskys?«

Amy lachte. »Du wirst es nicht glauben. Romeo ist eifersüchtig, weil Juliet sich nach einem anderen Rüden umgedreht hat. Sie hat ihm nicht mal zugeblinzelt, aber er führt sich auf, als hätte sie ihn im Stich gelassen.« Sie schnaufte scheinbar genervt. »Manchmal sind Hunde auch nicht besser als Menschen. Ich weiß schon, warum ich niemals geheiratet habe. Bei dir ist das was anderes. Du bist jung und hübsch, dir liegen die Kerle doch zu Füßen.«

»Klar doch«, antwortete Carla, »und Linda vergisst ihre Ex-Männer.«

»Ich denke, die heult immer noch hinter ihnen her.«

»Eben«, betonte Carla.

Sie verabschiedete sich grinsend und duschte ausgiebig und übertrieben heiß, bevor sie sich anzog. So weckte sie ihre Lebensgeister am besten. Während sie ihr Gesicht in den Wasserstrahl hielt, waren ihre Gedanken bei Jason Harper, und die Worte, die Linda gesagt hatte, schwirrten noch immer durch ihren Kopf: »Du hoffst immer noch, dass er sich meldet.« Da war was Wahres dran, auch wenn sie während der vergangenen Stunden kaum Zeit gehabt hatte, darüber nachzudenken. Aber in ihrem Unterbewusstsein war er stets gewesen. »Du magst ihn, stimmt's?« Noch so ein Satz, den sie nicht mit einem klaren Nein beantworten konnte, und den sie doch mit einer unwirschen Handbewegung abtat, als sie ihr Zimmer verließ und in den Gastraum hinabstieg.

An einem der Tische des um diese Zeit eher schwach besuchten Lokals saß Lieutenant Joseph Moore mit dem Trooper, der am Tatort gewesen war. Er hieß Frank Cutter, wie sie sich beim Lesen seines Namensschilds erinnerte. Beide tranken Kaffee und blickten ihr neugierig entgegen.

»Miss Gorman!«, rief der Lieutenant.

»Carla«, verbesserte sie ihn.

Moore deutete auf einen freien Stuhl. »Ich dachte, Sie sind längst über alle Berge! Gegen Halterman und seine Range Riders kommen Sie sowieso nicht an. Die haben den Wölfen schon vor einigen Jahren den Krieg erklärt und lassen sich ganz bestimmt nicht zurückhalten. Nicht in dieser aufgeheizten Stimmung.«

»Ich muss es wenigstens versuchen.«

Carla bestellte zwei Spiegeleier mit Toast und bedankte sich bei der Bedienung, als sie ihr Kaffee einschenkte. Sie druckste ein wenig herum, bevor sie sich entschloss, den Lieutenant einzuweihen. »Es könnte noch einen anderen Grund für den versuchten Mordanschlag auf Sophia geben«, begann sie. Sie blickte auf Frank Cutter, der allerdings keine Anstalten machte, sie und den Lieutenant allein zu lassen. »Die Nachricht ist vertraulich«, betonte sie sicherheitshalber.

»Trooper Cutter hat einen Eid geleistet«, betonte Moore.

Was wohl hieß, dass er sich verpflichtet hatte, die Befehle seiner Vorgesetzten zu befolgen und keine Alleingänge zu unternehmen. Dazu gehörten auch Gespräche mit dem Fernsehen und der Presse.

»Also wie gesagt, es könnte noch einen anderen Grund für den Anschlag geben.« Sie sprach so leise, dass nur die beiden Trooper sie hörten. »Sophia hatte mich gebeten, niemandem etwas darüber zu erzählen, vor allem nicht ihrem Vater, weil die Sache so heikel ist …« Sie zögerte immer noch. »Ich habe selbst gesehen, dass Sophia verfolgt wurde. Ein Stalker vielleicht … oder jemand, der es auf sie abgesehen hatte.«

»Nun reden Sie schon, Carla!«

Carla gab sich einen Ruck und berichtete den Troopers alles, was sie von Sophia erfahren hatte. Den Namen »Willerby« flüsterte sie nur. An der Reaktion der Troopers erkannte sie, auf welch gefährliches Terrain sich Sophia mit ihrem Verdacht begeben hatte. »Am Telefon klang sie so, als hätte sie bereits handfeste Beweise für ihren Verdacht«, sagte Carla. »Stellen Sie sich das vor. Wenn es stimmt, was sie ihm vorwirft, könnte sie ihn mit einem solchen Skandal zu Fall bringen. Er käme vielleicht sogar ins Gefängnis. Eine junge Reporterin, eine Anfängerin noch, bringt einen Großunternehmer zu Fall.«

Ihr Frühstück kam, und sie schwiegen so lange, bis die Bedienung wieder gegangen war.

»Das ist ein schwerwiegender Verdacht«, sagte der Lieutenant dann. »Ich kann verstehen, dass sie damit erst an die Öffentlichkeit gehen wollte, wenn sie stichhaltige Beweise hat. Willerby ist ein einflussreicher Mann, ein erfolgreicher Unternehmer, der vielen Menschen einen Arbeitsplatz bietet. Einen solchen Mann stürzt man nicht so einfach vom Sockel.«

»An dem Verdacht kann nichts dran sein«, sagte Cutter und schüttelte den Kopf dabei. »Da ist sie einer fixen Idee aufgesessen. Ich kenne Willerby. Jeder in Canterbury und Umgebung kennt ihn. Er ist über jeden Verdacht erhaben. Vor einem Jahr wurde er zum Unternehmer des Jahres gewählt. Das wird man nicht, wenn man das Gesetz bricht und die Leute für dumm verkauft.«

»Es sei denn, man verdient mit seinen Abfällen eine Menge Geld.«

»Er soll Papierschlamm als Dünger verkaufen?«, überlegte Moore. »Irgendwas klingelt da bei mir. Da gab es einen Fall an der Ostküste, der hat ziemliche Wellen geschlagen. Vor zwei Jahren etwa. Der Fabrikbesitzer hatte auch einen guten Ruf, wurde aber verurteilt und bekam danach kein Bein mehr auf die Erde. An der Ostküste kennen sie mit so was kein Pardon.«

»Hier auch nicht«, sagte Carla. »Er würde zumindest Ärger bekommen.«

Cutter schüttelte den Kopf. »So dumm ist Willerby nicht.«

»Ich weiß nicht.« Moore trank von seinem Kaffee und schien über ihre Worte nachzudenken. »Es haben schon ganz andere Leute gegen das Gesetz verstoßen, vor allem wenn dabei Millionen zu verdienen waren. Die Frage ist nur, ob Willerby so skrupellos wäre, ein Mädchen zum Schweigen zu bringen. Glauben Sie wirklich, er würde sie deswegen über eine Klippe stoßen? Oder einem Killer den Auftrag geben, sie auf diese Weise umzubringen?«

»Warum nicht? Wenn sie seine Existenz bedroht?«

»Also, ich glaube, Sie verrennen sich da in etwas«, blieb Cutter bei seiner Meinung. »Mag sein, dass sich Willerby nicht immer an die Gesetze hält. Welcher Unternehmer seiner Preisklasse tut das schon? Aber einen Killer auf das Mädchen zu hetzen? Nein, das bringt er nicht fertig. Niemals.«

»Und dieser Stalker? Sie bilden sich den nicht nur ein?«, hakte Moore nach.

»Warum sollte ich?« Carla stocherte in ihrem Ei herum. »Er hat Sophia verfolgt, daran besteht kein Zweifel. Warum, weil er sie beschatten sollte oder weil er sich an sie ranmachen wollte, weiß ich nicht. Aber dass er ausgerechnet für Community Recycling arbeitet, fand ich schon sehr verdächtig.«

»Wir werden uns den Burschen vornehmen. Diskret natürlich.«

»Haben Sie schon die Alibis der beiden Jungen überprüft?«

»Mitch Rooney und Bud Lowe?« Der Lieutenant nickte. »Die sind beide hieb- und stichfest. Sie haben nichts mit der Sache zu tun.« Er seufzte enttäuscht. »Was bedeutet, dass wir wieder ganz am Anfang stehen. Wir könnten es uns leicht machen und darauf warten, dass die Ärzte das Mädchen aus dem Koma zurückholen. Außer dem Täter ist sie die Einzige, die uns sagen kann, was wirklich passiert ist. Warum sie sich auf ein Treffen mit dem Täter eingelassen, und wer sie über die Klippe gestoßen hat. Aber das kann dauern. Es ist immerhin möglich, dass sie bleibende Schäden davongetragen hat und sich nicht mehr genau erinnern kann. Wir müssen es schon allein herausfinden.«

»Haben Sie eine Idee?«, fragte Carla den jungen Trooper.

Cutter schüttelte den Kopf. »Sophia ist überall beliebt. Alle jungen Männer waren hinter ihr her, sogar aus San Francisco wollte sie jemand zu einem Date einladen.« Er grinste. »Das hat sie selbst erzählt. Nein, ich kenne keinen, der ihr was Böses wollte. Ihrem Vater schon eher, der gibt unsere Zeitung heraus und legt sich mit vielen an. Aber auf Willerby lässt der auch nichts kommen. Wäre auch ziemlich dumm von ihm. Soweit ich weiß, schaltet

Willerby die meisten Anzeigen in der *Canterbury Gazette.* Ohne das Geld, das Kinney damit verdient, könnte er gar nicht existieren. Der Zeitungsverkauf reicht nicht aus.«

»Dann gibt es keinen wirklich Verdächtigen?«, fragte Carla.

»Nein«, erwiderte Moore, »und darüber brauchen Sie sich auch nicht Ihren Kopf zu zerbrechen. Damit müssen wir uns bei den Troopers herumschlagen. Ich weiß, dass Sie Sophia in Ihr Herz geschlossen haben, aber es wäre höchst leichtsinnig, sich selbst auf Verbrecherjagd zu begeben. Sie haben genug mit den Wölfen zu tun. Ehrlich gesagt, würde ich mich an Ihrer Stelle sogar darum drücken. Wenn es um Wölfe geht, werden die Leute hier äußerst ungemütlich. Und da es keine anderen Verdächtigen gibt, kommen ihnen die Tiere gerade recht. Auf der Wolfsjagd können sich die Männer prächtig austoben.«

Carla ließ die Hälfte ihres Frühstücks auf dem Teller liegen und nickte nur, als Cutter fragend auf eine ihrer Toastscheiben zeigte. »Keine Angst«, sagte sie zu Moore, »ich spiele bestimmt nicht Detektivin. Das überlasse ich den Damen im Fernsehen.« Sie schob ihren Stuhl zurück und stand auf. »Wollen Sie nicht mitkommen zu der Versammlung? Vielleicht finden Sie ja dort Ihren Täter?«

Die Tür ging auf, und Matt Kinney betrat den Raum. Er trug einen Anorak und Handschuhe und wandte sich an einige Männer an einem der Fenstertische. »Worauf wartet ihr denn noch, Leute? Höchste Zeit, dass wir losfahren.«

Auf Carla und die Trooper wurde er erst aufmerksam, als er sich zur Tür wandte. »Was ist mit Ihnen? Sollten Sie nicht auf Verbrecherjagd sein?«

Statt Moore antwortete Carla: »Sie wissen schon, dass der Wolf, der Sophia am Arm gepackt hat, nichts für ihren Sturz kann. Und die vielen anderen Wölfe, die Sie deswegen abknallen wollen, auch nicht.« Wie immer, wenn es um dieses Thema ging, klang ihre Stimme hart und unnachgiebig. »Sagen Sie das Treffen ab. Damit, dass Sie in die Wälder stürmen und unschuldige Tiere töten, ist überhaupt nichts gewonnen. Sie haben doch sicher Wichtigeres zu tun.«

»Das glaube ich kaum«, sagte Kinney und verließ das Lokal.

10

Auch ohne den Weg zu kennen, fand Carla sich zurecht. Sie brauchte nur den vielen Autos und Snowmobilen zu folgen, die an diesem Morgen über die geräumte Schotterstraße unterwegs waren, um die Halterman-Farm zu finden.

Das Anwesen war kleiner, als sie es sich vorgestellt hatte. Am imposantesten war noch das zweistöckige Haupthaus, aus solidem Stein gebaut, mit einem Eingangsportal, das eher an ein Herrenhaus in den Südstaaten erinnerte, und einer breiten Veranda. In einiger Entfernung und durch verschneite Pfade verbunden, gab es eine riesige Scheune, drei Ställe für Pferde, Kühe und andere Tiere, drei Blockhütten, in denen die Angestellten wohnten, und einen Schuppen. Die Koppeln und Pferche waren während des Winters verwaist.

Carla parkte neben den anderen Wagen auf dem verschneiten Hof und ahnte schon, dass die Wolfsgegner sie nicht gerade mit offenen Armen empfangen würden. In einer abgelegenen Gegend wie dieser gab es sicher niemanden, der sich für den Schutz der Wölfe einsetzte. Mit der heftigen Reaktion, die sie gleich nach dem Aussteigen erlebte, hatte sie jedoch nicht gerechnet. Zwei ältere Männer um die Sechzig, die sie am vergangenen Abend im *Wilderness Café* erlebt hatten, erkannten sie auch im

Schneetreiben und stellten sich ihr feindselig in den Weg. Ihr verächtliches Grinsen verhieß nichts Gutes.

»Was wollen Sie denn hier?«, kam einer der beiden gleich zur Sache. »Ich dachte, Sie wären längst nach Hause gefahren. Hier will Sie niemand haben.«

»Das bin ich gewohnt«, reagierte sie einigermaßen souverän.

»Hier gibt's nichts zu holen für Sie«, sagte der andere. »Oder glauben Sie etwa, Sie können hier irgendjemanden überzeugen? In Anchorage glauben sie Ihre Märchen von den lieben Wölfen vielleicht. Denen können Sie weismachen, dass es sich bei den blutgierigen Bestien um sanfte Schoßhündchen handelt. Wir hingegen wissen, dass die Wölfe es nur auf unser Vieh abgesehen haben.«

»Sind Sie Rancher? Oder Farmer? Besitzen Sie überhaupt Vieh?«

»Nein, aber ich weiß, was sie anrichten.«

»Hat Ihnen ein Wolf überhaupt mal etwas getan?«

»Das muss er doch gar nicht, Miss!«, antwortete Matt Kinney für ihn. Der Zeitungsmann war gerade aus seinem Wagen gestiegen und hatte ihre Frage gehört. »Aber wenn sich die Bestien hier ungemindert vermehren, Kälber und Schafe reißen, und wenn das nicht reicht, in unserem Abfall wühlen und sich jetzt sogar auf unschuldige Mädchen wie meine Tochter stürzen, hat er doch ein Recht, sich zu fürchten und zum Kampf gegen diese Raubtiere aufzufordern.«

»Der Wolf wollte Ihre Tochter retten, Mister Kinney!«

Er ging nicht darauf ein. »Gehen Sie nach Hause, Miss!«

Carla ließ sich davon nicht einschüchtern und ging weiter, die verächtlichen Blicke zahlreicher Männer im Nacken. Dies war nicht die erste Veranstaltung, bei der sie auf scheinbar verlorenem Posten stand. Vor allem, weil Wölfe in den meisten Medien verteufelt wurden, und viele Menschen eine völlig falsche Vorstellung von den Tieren hatten, fand sie kaum Fürsprecher. Sogar erstaunlich viele Tierschutzgruppen ließen die Wölfe links liegen und setzten sich eher für herrenlose Hunde und streunende Katzen ein. Ein scheinbar aussichtsloser Kampf, auf den sie sich da eingelassen hatte, doch sie dachte nicht daran, klein beizugeben. Sie würde sich auch weiterhin für eine faire Behandlung der angeblichen Bestien einsetzen, das war sie diesen Tieren schuldig.

In der Scheune war alles für die Versammlung vorbereitet. Es gab Stühle und Bänke, und auf einem Tisch standen Kaffee und Donuts bereit. Die Wagen, die sonst in der Scheune parkten, hatte jemand zur Seite gefahren. Für die Redner standen ein Mikrofon und ein Verstärker bereit. Über hundert Männer und einige wenige Frauen waren dem Ruf des Großfarmers gefolgt.

Roger Halterman begrüßte jeden Einzelnen mit Handschlag, auch Carla, nachdem ihn einer seiner Angestellten, die sie bereits kannten, auf sie hingewiesen hatte. Der Farmer erwies sich als höflicher Gentleman. »Willkommen auf unserer Farm«, empfing er sie. »Sie müssen die Dame von Wolf Aid sein …«

»Carla Gorman«, stellte sie sich vor.

Der Farmer deutete eine Verbeugung an. »Roger Halterman«, erwiderte er scheinbar freundlich, »aber das wissen Sie sicher längst.« Er deutete auf die attraktive und energisch wirkende Frau an seiner Seite. »Meine Frau Ellen.«

Ellen Halterman gelang es weniger gut, sich zu verstellen. Ihr verächtlicher Blick verriet Abneigung, und sie weigerte sich, Carla die Hand zu geben.

»In der ersten Reihe ist noch Platz für Sie«, überspielte Halterman die Unhöflichkeit seiner Frau. »Wir werden Ihnen natürlich die Gelegenheit geben, Ihren Standpunkt zu vertreten. Wir leben schließlich in einer Demokratie.«

»In der Wölfe keinen Platz haben«, sagte Ellen Halterman.

Carla antwortete darauf mit einem Lächeln und nickte freundlich, als sie sich an der Frau des Farmers vorbeischob. Während ihrer Zeit bei »Wolf Aid« hatte sie gelernt, Beleidigungen und Provokationen möglichst zu ignorieren.

Der freie Platz in der ersten Reihe befand sich ausgerechnet neben dem von Matt Kinney. Auch seinen herablassenden Blick konterte sie mit einem Lächeln. »Ich hoffe sehr, dass Sophia bald aus ihrem Koma erwacht und uns den wahren Täter verrät«, sagte sie. »Dass Sie die Wölfe dafür verantwortlich machen, halte ich nicht für fair.«

»Mit dieser Meinung stehen Sie, glaube ich, ziemlich allein da«, erwiderte er. »Aber ich werde sie gern in meinem Bericht zitieren. Was ich zu der ganzen Sache zu sagen habe, werden Sie gleich hören, wenn mich Halterman ans Mikrofon bittet. Und jetzt entschuldigen Sie mich bitte, die Pflicht ruft.«

Er wandte sich an einen jungen Mann, anscheinend ein Redakteur, der ein kleines Aufnahmegerät in der Hand hielt und eine Kamera an einem Riemen über der Schulter hängen hatte. Sie verstand nicht, was Kinney sagte, nahm aber an, dass er die Arbeit seinem Redakteur aufhalste, um sich ganz auf seine Ansprache konzentrieren zu können. Der junge Mann ging in Stellung.

Als Halterman ans Mikrofon trat, drückte er auf die Aufnahmetaste. Der Farmer begrüßte alle Teilnehmer und begann mit den üblichen Floskeln. Er begrüßte auch Carla als »kritische Stimme, die gehört werden müsste«. Dem Satz folgten Pfiffe und Buhrufe. Einige Männer schwangen drohend ihre Fäuste.

»Sie wissen alle, warum wir uns heute hier versammelt haben«, fuhr Halterman fort. »Diesmal führt uns ein besonders tragischer Vorfall zusammen, der wieder einmal deutlich macht, zu welcher Plage und Gefahr die Wölfe für uns geworden sind. Nicht genug, dass sie unsere Kälber und Schafe reißen und den zahlreichen Farmern in der Umgebung von Fairbanks und damit auch unseren Kunden einen unsagbaren Schaden zufügen, jetzt vergreifen sie sich auch noch an unseren Kindern. Wie ihr inzwischen sicher alles wisst, wurde Sophia Kinney, die Tochter des Herausgebers der *Canterbury Gazette*, von einem Unbekannten über die Klippe auf dem Lookout Mountain gestoßen. Sie wurde von den Ärzten in ein künstliches Koma versetzt und wird von ihnen erst wieder geweckt werden, wenn sie außer Lebensgefahr ist und die Schmerzen einigermaßen erträglich werden. Unsere Gedanken sind bei Sophia, und wir wünschen ihr alle von Herzen gute Besserung.« Er blickte Matt Kinney an und faltete die Hände, als würde er für das Mädchen beten.

Schüchterner Applaus setzte ein, sollte dem Zeitungsmann wohl zeigen, dass er sich der Unterstützung aller Einwohner von Canterbury sicher sein konnte. Kinney stand auf und bedankte sich bei den Leuten. Auch Carla spürte Mitleid mit dem Mann, immerhin schwebte seine Tochter in Lebensgefahr.

»Matt, wenn du ein paar Worte sagen möchtest?«

Kinney bedankte sich bei dem Farmer und trat ans Mikrofon. Er ließ nicht erkennen, was bei ihm überwog, der Schmerz oder die Wut. »Vielen Dank für euer Mitgefühl, meine Freunde. Ich hoffe sehr, die Ärzte werden Sophia wieder zum Leben erwecken. Wie ihr wisst, hat man die Spuren eines SUV oder Geländewagens am Unfallort gefunden, und ich hoffe sehr, die Troopers sind dem Fahrer bereits dicht auf den Fersen.« Er erhob seine Stimme. »Aber ihr habt recht. Wer immer das Mädchen über die Klippe gestoßen hat, ist nicht der einzige Schuldige. An ihrem rechten Arm hat man Bisswunden gefunden, die eindeutig von einem Wolf stammen. Das hat die junge Dame von Wolf Aid, die dort drüben sitzt«, er deutete auf Carla, »bestätigt. Wie lange wollen wir uns das noch gefallen lassen, liebe Freunde? Diese blutgierigen

Bestien werden immer dreister, und weil sie sich in der Wildnis ungestört vermehren können, werden sie auch immer zahlreicher. Wollen wir tatenlos dabei zusehen, wie Wolfsrudel in unsere Städte und Dörfer einfallen und dort die Herrschaft übernehmen? Bisher hat es so etwas nur in Horrorfilmen gegeben, aber auch im wirklichen Leben sind wir nicht mehr weit davon entfernt. Wenn wir nicht bald was unternehmen, geht es uns an den Kragen.«

Seinen Worten folgte wildes Geschrei. Zahlreiche Männer sprangen auf, reckten ihre Fäuste und stießen Verwünschungen aus. Einer schoss in die Luft und erschrak, als Holzsplitter von der Decke regneten. »Killt die Wölfe! Rottet die verdammte Brut aus!«, schrie jemand, und Carla sah, wie Ellen Halterman begeistert nickte. »Worauf warten wir? Wann geht es endlich los?«

Carla hielt es nicht länger aus, sprang ebenfalls auf und rief: »Das ist nicht wahr! Das ist doch alles nicht wahr! Seien Sie doch vernünftig! Wir sind hier doch nicht im Wilden Westen und versuchen, einen Pferdedieb aufzuhängen.«

Die Teilnehmer überschütteten sie mit Buhrufen, Pfiffen und Verwünschungen, die teilweise unter die Gürtellinie gingen. Auch Ellen Halterman sprang auf und beschimpfte sie. Neben ihr saß ein junger Mann, erkannte Carla erst jetzt, vornehmer gekleidet als alle anderen und ruhiger. Er schien eher verwundert über die Ausbrüche zu sein.

Haltermann hob beide Arme und bat um Ruhe. »Seid doch vernünftig!«, appellierte er an die Menge. »Wir haben versprochen, auch der Gegenseite das Wort zu erteilen, und wollen uns wenigstens anhören, was Miss Gorman zu sagen hat.«

»Wozu denn?«, rief jemand. »Die redet doch sowieso nur Mist!«

»Sie soll nach Hause gehen und mit ihren Wölfen spielen!«

Carla überhörte die Beschimpfungen und trat ans Mikrofon. Sie fühlte sich höchst unwohl in ihrer Haut, hatte aber inzwischen gelernt, sich kaum etwas anmerken zu lassen. Am besten kommst du bei einer aufgebrachten Menge mit sachlichen Argumenten weiter, hatte ihr mal ein erfahrener Redner gesagt, nicht immer natürlich, aber wenn du schreist, erreichst du gar nichts.

»Ich verstehe Ihre Wut und Ihren Schmerz«, begann sie. »Ich verstehe sogar, dass ein redlicher Mann wie Matt Kinney in seiner Trauer einen Schuldigen braucht, an dem er sich abreagieren kann. Denn in Wahrheit haben die Wölfe gar nichts damit zu tun, dass seine Tochter jetzt im Koma liegt. Die *Alaska State Troopers* haben mich gerufen, um festzustellen, ob die Bisswunden an ihrem Arm von einem Wolf stammen und was sie zu bedeuten haben. Ich mache so etwas öfter und habe große Erfahrung darin. Und meine Untersuchungen haben ergeben, dass die Bisswunden tatsächlich von einem Wolf stammen, er aber versucht haben muss, das Mädchen von dem Felsvorsprung zu ziehen. Er wollte Sophia retten und sie nicht in den Abgrund zerren.«

Ihren Worten folgte lauter Protest. Wieder sprangen

die Männer von ihren Sitzen und schimpften laut, man nannte sie eine Lügnerin, wünschte ihr sonst was an den Hals und empfahl ihr, schleunigst nach Hause zurückzukehren.

»Das sind die Fakten, daran gibt es nichts zu rütteln. Wer der wahre Schuldige ist, der Fahrer des SUV nämlich, werden wir spätestens wissen, wenn Sophia aus ihrem Koma erwacht. Ich habe Sophia einige Tage vor diesem tragischen Vorfall kennengelernt und wünsche mit ebenfalls, dass sie sobald wie möglich aus ihrem Koma erwachen darf. Und ich bin wütend, dass es einen Verbrecher gibt, der es fertigbringt, ein unschuldiges Mädchen über eine Klippe zu stoßen, aber die Wölfe haben nichts damit zu tun. Glauben Sie mir, ich sage das nicht, weil ich Wölfe mag und für harmlose Schoßhündchen halte. Sie haben recht, Wölfe sind Raubtiere. Aber das Verbrechen an Sophia Kinney dürfen Sie ihnen nicht in die Schuhe schieben, sie sind unschuldig.«

Wieder kam es zu Protesten, teilweise sogar zu Tumulten. Einige Männer schrien laute Verwünschungen, und der Mann mit dem Revolver schoss erneut in die Luft, war anscheinend betrunken und wusste nicht mehr, was er tat. Einer der berüchtigten Range Riders, die sich hinter Halterman postiert hatten, nahm ihm die Waffe ab und ließ sie verschwinden.

»Und wenn schon«, rief Kinney. »Selbst wenn Sie recht hätten, würden wir uns nicht von unserem Vorhaben abbringen lassen. Es geht nicht nur um Sophia. Es geht darum, dass die Wölfe immer zahlreicher in dieser Gegend werden und unser Leben bedrohen. Sie haben gehört, was Roger gesagt hat. Sie vergreifen sich an jungen Tieren auf unseren Farmen und gebärden sich immer dreister. Es wird höchste Zeit, dass wir ein paar von ihnen abschießen.«

Auf diese Vorwürfe, die Carla alle paar Tage hörte, hatte sie eine passende Antwort: »Wissen Sie, wie groß der Anteil von Wölfen ist, wenn wir von der Tötung von Kälbern und Schafen sprechen? Keine fünf Prozent! Sogar Wilderer töten mehr Jungtiere, als Wölfe dies tun. Und was noch wichtiger ist: Wölfe töten meist nur kranke und schwache Tiere, die ohnehin bald sterben würden. Sie sorgen für eine natürliche Auslese, wie die Natur sie vorgesehen ist. Und den Menschen gehen sie am liebsten aus dem Weg. In den letzten zwanzig Jahren hat es nur eine Begegnung zwischen Wolf und Mensch mit tödlichem Ausgang gegeben. Der Hass auf Wölfe hat vor allem mit ihrem schlechten Ruf zu tun, und der nährt sich aus Märchen und Legenden. Wölfe haben Besseres verdient.«

»Statistiken!«, lästerte jemand laut. »Wenn Leute wie Sie nicht weiterwissen, graben sie irgendwelche Statistiken aus. Damit erreichen Sie gar nichts.«

»Ich sage Ihnen nur die Wahrheit«, erwiderte Carla.

»*Ihre* Wahrheit«, konterte Halterman. Er hatte Carla sanft zur Seite gedrängt und das Mikrofon wieder übernommen. »In unserer Gegend sieht die Sache etwas anders aus, und deshalb lassen wir uns auch nicht umstimmen.«

»Niemals!«, kam das Echo von den Teilnehmern.

»Noch heute Nachmittag werden wir losziehen und uns diese Bestien vornehmen. Sophia hat der Wolf nur bedrängt, aber das ändert nichts daran, dass wir täglich um unsere Tiere und unsere kleinen Kinder fürchten müssen. Wenn wir ihnen nicht jetzt eine Lektion erteilen, werden sie übermächtig, und wir haben keine Chance mehr gegen sie. Von den Behörden haben wir nichts zu befürchten. Was wir vorhaben, ist legal. Im Gegenteil, wir tun der Öffentlichkeit einen großen Gefallen. Man wird uns dafür feiern.«

Dieser Meinung waren auch die anderen Teilnehmer, und einige wollten schon nach draußen laufen und losziehen, aber Halterman hielt noch einen besonderen Trumpf im Ärmel. »Halt, das Beste kommt doch noch!«, rief er.

Er zelebrierte die Überraschung wie der Moderator einer Fernsehshow, redete eine Weile um den heißen Brei herum, bevor er sagte: »Was wir tun, ist nicht ungefährlich, liebe Freunde, und weil wir nur bestens gewappnet eine Chance gegen die Bestien haben, kann ich euch noch eine Überraschung verraten.« Er lächelte zufrieden, als er die Neugier in den Augen der Teilnehmer entdeckte. Auch Carla hatte keine Ahnung, was er sich ausgedacht hatte.

»Patrick, kommst du bitte nach vorn?«

Der vornehm gekleidete junge Mann, der neben Ella Halterman saß, erhob sich und trat neben den Farmer. Zur Überraschung aller hielt er ein modernes Jagdgewehr in den Händen.

»Einige von euch kennen ihn vielleicht schon«, stellte Halterman ihn vor. »Patrick Willerby, der Sohn des Mannes, der mit seiner Fabrik dafür gesorgt hat, dass Canterbury nicht von der Landkarte verschwindet und die meisten Bewohner wieder Arbeit haben. Patrick ist Manager von Community Recycling in Fairbanks und hat euch etwas mitgebracht.«

Carla verbarg nur mühsam ihre Überraschung. Lucas Willerby hatte seinem eigenen Sohn die Leitung von Community Recycling übertragen, das erklärte vieles, falls das, was Sophia herausgefunden hatte, tatsächlich stimmte. War Patrick Willerby genauso rücksichtslos wie sein Vater?

Willerby hob das Gewehr wie ein angreifender Indianer. »Zuerst einmal will ich Ihnen sagen, dass ich auf Ihrer Seite bin. Die romantischen Ideale vieler Umweltschützer und das übertriebene Mitleid vieler Tierschützer behindern die wirtschaftliche Entwicklung unseres Staates und den Wohlstand seiner Bewohner. Indem wir rücksichtslos gegen mordende Bestien durchgreifen, leisten wir einen wichtigen Beitrag für die Allgemeinheit.« Er sprach und benahm sich wie ein Politiker. »Als besondere Überraschung haben mein Vater und ich uns entschlossen, die Teilnehmer der Wolfsjagd mit brandneuen Gewehren auszurüsten. Sie werden Ihnen helfen, die Bestien zu besiegen.«

Seinen Worten folgte grenzenloser Jubel. Keinen hielt es mehr auf seinem Sitz, alle sprangen auf, johlten vor Begeisterung und klatschten sich gegenseitig ab. Eine beinahe ausgelassene Stimmung, die Carla an bestimmte Fernsehshows wie »The Price Is Right« erinnerte, bei denen die meisten Teilnehmer jeden Gewinn mit wilden Schreien und übertriebenen Gesten begleiteten.

Carla erkannte, dass sie gegen diese Hysterie nichts mehr ausrichten konnte, und verließ ohne ein weiteres Wort die Scheune. Als sie zu ihrem Wagen ging, sah sie einen jungen Mann neben seinem Geländewagen stehen. Er hielt ebenfalls ein Gewehr in der Hand und weitete bei ihrem Anblick überrascht die Augen. Sie blieb stehen und starrte ihn wie eine seltene Erscheinung an.

»Jason!«, rief sie überrascht. »Jason Harper!«

11

»Carla!«, begrüßte Jason sie so herzlich und vertraut wie eine langjährige Freundin. »Was machst du denn hier? Kummer mit deinem Wagen?« Sein liebevolles Lächeln nahm sie sofort wieder gefangen. »Du wirst lachen, ich war schon zweimal in Copperville, um dich zu sehen, und bin jedes Mal wieder umgekehrt.«

Sie blieb vor ihm stehen, erstaunt darüber, dass er noch besser aussah, als sie ihn in Erinnerung hatte. Er war keiner dieser Schönlinge, wie man sie häufig im Fernsehen sah, makellose Bilderbuch-Cowboys, die sich lediglich verkleidet und wahrscheinlich noch nie auf einem Pferd gesessen hatten, eher auf ehrliche Weise, mit dem etwas zu spitzen Kinn, den krummen Beinen und diesem unwiderstehlichen Lächeln, das sie auch in diesem Augenblick wieder verzauberte.

»Hattest du etwa Angst vor mir?«, fragte sie.

»Vielleicht. Du bist so …«

»Jetzt bin ich aber gespannt.«

»Du bist was Besonderes, und ich wollte es nicht durch einen blöden Auftritt versauen.« Er wirkte schüchtern wie ein Junge. »Du hast mich nicht vergessen?«

Sie lächelte. »Wie heißt du noch mal?«

»Den Spruch hab ich mir wohl redlich verdient«, erwiderte er. Er schwieg eine Weile, kratzte sich verlegen hinter dem rechten Ohr und deutete auf die Scheune. »Was machst du denn bei diesen Leuten? Sag bloß, du wolltest ihnen diesen Blödsinn auch ausreden? Mit fünfzig Mann auf Wolfsjagd, so was Verrücktes!«

»Ich hab's versucht. Leider vergeblich.«

»Na, mal sehen. Vielleicht hab ich mehr Glück.«

»Aber die Veranstaltung ist schon vorbei.«

»Ich brauche die Leute nicht«, sagte er. Sein Lächeln hatte sich verflüchtigt, und er wirkte plötzlich sehr ernst und konzentriert. »Ich spreche direkt mit Halterman. Sehen wir uns nachher im *Wilderness Café*? Ich brauche nicht lange.«

»Okay, ich warte dort auf dich. Aber beeil dich.«

Sein Lächeln kehrte zurück. »Keine Angst, Carla, es wird nicht lange dauern.«

Sie wartete, bis er gegangen war, und stieg in ihren Wagen. Mit einem guten Gefühl fuhr sie nach Canterbury zurück. Nach der unliebsamen Diskussion in der Scheune kam die Begegnung mit Jason wie gerufen, ein Lichtblick in der düsteren Stimmung, die sich in der Siedlung breitgemacht hatte. Selten hatte sie sich so über ein Wiedersehen gefreut. Als besäße der Cowboy die besondere Fähigkeit, sie mit einem Lächeln zu verzaubern und von allen Sorgen zu befreien. Zufrieden wie schon lange nicht mehr erreichte sie Canterbury.

Vor dem *Wilderness Café* traf sie Lieutenant Moore, der gerade auf dem Weg zu seinem Streifenwagen war. Als er sie lächeln sah, blieb er erstaunt stehen. »Das Treffen ist wohl besser gelaufen als erwartet«, sagte er, »sonst wären

Sie bestimmt nicht so fröhlich. Ist Halterman vernünftig geworden? Hat er die Treibjagd abgesagt?«

»Leider nein. Gibt's bei Ihnen was Neues?«

»Fehlanzeige«, antwortete der Lieutenant. Er machte keinen Hehl aus seinem Frust. »Wir stehen immer noch am Anfang. Ich glaube langsam auch, dass die Sache was mit den Nachforschungen des Mädchens zu tun hat. Vielleicht steckt einer von Willerbys Angestellten dahinter oder einer seiner Konkurrenten will ihm was unterjubeln. In der Wirtschaft kämpfen sie mit harten Bandagen.« Er horchte in sich hinein, bevor er weitersprach. »Vielleicht war's ja doch ein Unfall, und wer immer sie dort oben traf, wollte sie nur erschrecken. Dann wäre es kein Mord mehr, sondern Totschlag, und der Täter käme mit ein paar Jahren weniger davon. Aber ins Gefängnis müsste er auf jeden Fall.«

»Wenn man nur wüsste, um was es bei dem Treffen ging.«

»Entweder wollte Sophia ihren Täter erpressen, oder er hat sie auf den Berg gelockt, um ihr Angst einzujagen.« Er überlegte eine Weile. »Oder was sie herausgefunden hat, ist so brisant, dass er gleich auf Nummer sicher gehen wollte.«

»Könnte auch eine Frau gewesen sein«, ergänzte Carla.

»Mich würde nichts mehr wundern. Halten Sie Augen und Ohren offen!«

»Wenn ich was höre, sage ich es Ihnen.«

Im *Wilderness Café* war wenig los. Die meisten Bewohner von Canterbury waren noch auf dem Heimweg von der Halterman-Farm oder wollten mit dem ganzen Trubel nichts zu tun haben und hatten sich zu Hause verkrochen. Auf dem Fernseher über der Theke lief ein Baseballspiel ohne Ton. Auch die Musik, sonst eher zu laut, war abgeschaltet. Aus der Küche drang der Duft von fetten Hamburgern.

Carla setzte sich an einen der Fenstertische und bestellte einen Salat und eine Diet Coke. Die gute Laune, die seit dem Wiedersehen mit Jason ihre Augen zum Strahlen brachte, hatte auch der Lieutenant nicht vertreiben können. Ihre Gedanken kreisten nur noch um Jason, den ersten Mann seit vielen Monaten, bei dessen Anblick sich ihr Herzschlag beschleunigte. Er brachte es fertig, sogar die Gedanken an das scheußliche Verbrechen an Sophia in den Hintergrund zu drängen.

Sie war noch mit ihrem Salat beschäftigt, als Jason das Lokal betrat. Sein Lächeln fiel etwas spärlich aus, als er sich setzte. Er bestellte Kaffee und ein Sandwich. »Sture Leute in diesem Kaff«, schimpfte er leise, »besonders diese Range Riders. Die tun gerade so, als würden wir uns im Krieg befinden. Mag sein, dass sie einigermaßen professionell vorgehen, aber soweit ich erfahren habe, waren sie bisher nicht weiter als bis zum Chena River. Draußen im Busch, in den White Mountains oder der Alaska Range, würden sie genauso versagen wie die selbst ernannten Wolfsjäger mit ihren neuen Gewehren. Wer sich so arrogant wie die gebärdet und sich für Buffalo Bill oder sonst wen hält, fällt bald auf die Nase.«

»Und das hast du Halterman gesagt?«, fragte sie.

»Mit diesen Worten«, bestätigte er. Die Bedienung brachte seinen Kaffee, und er nahm einen Schluck. »Aber er hört nicht auf mich. Seine Range Riders wären ehemalige Marines, die vor nichts und niemandem Angst haben, schon gar nicht vor dem bisschen Wildnis, und die Leute müssten sich irgendwie abreagieren, sonst ginge es in Canterbury bald wie in einem Tollhaus zu. Gib ihnen ein neues Gewehr, lass sie ein bisschen rumknallen, dann beruhigen sie sich wieder, und die Profis könnten den Job übernehmen. Vor allem seine Range Riders und …«

Sie ließ ihn nicht ausreden. »Du hättest ihn hören sollen. Oberflächlich ganz der freundliche Gentleman, aber als es wirklich drauf ankam, hat er sich stur wie ein Westernheld benommen.«

»So ist er nun mal«, sagte er. »So sind sie fast alle, die reichen Rancher und Farmer.« Sein Lächeln wurde etwas versöhnlicher, und als sich ihre Blicke kreuzten, sogar liebevoll. »Es tut gut, dich zu sehen. Ziemlich dumm von mir, zweimal nach Copperville zu fahren und wieder umzukehren. Wenn wir unsere Nummern ausgetauscht hätten, wäre es leichter gewesen, dann hätte ich dir eine Nachricht mit drei Herzchen schicken können. Aber wie ich dich kenne, stehst du nicht auf so was.«

»Du kennst mich ziemlich gut.« Sie mochte tatsächlich keine Textnachrichten, weder über WhatsApp noch über Messenger oder E-Mail, besonders wenn es um Zwischenmenschliches ging. »Aber, ehrlich gesagt, wusste ich auch nicht so recht, wie es weitergehen sollte. Mit Verehrern hatte ich bisher wenig Glück.«

»Dann haben wir was gemeinsam.« Jason schien dankbar für ihre Antwort zu sein. »Ich weiß, die meisten Leute denken, wir Cowboys haben in jeder Stadt eine Rodeo Queen sitzen, aber so ist es nicht. Die meisten Cowboys, die ich kenne, sind eher schüchtern, und die Verheirateten können froh sein, dass ihnen ihre Freundinnen einen Antrag gemacht haben.« Er musste lachen. »Ich hatte bisher erst drei Freundinnen in meinem Leben, und alle drei Beziehungen sind den Bach runtergegangen. Meine Highschool-Freundin zog in eine andere Stadt und ließ nie mehr was von sich hören, die zweite betrog mich mehrfach, bevor ich ihr auf die Schliche kam, und die dritte machte einen Rückzieher, nachdem sie mich auf der Ranch besucht hatte. Wir Cowboys würden zu sehr nach Kuhmist stinken.«

Carla verschluckte sich beinahe an einem Salatblatt. »Sieht so aus, als hättest du kein besonderes Glück bei den Frauen. Aber tröste dich, mir ist es mit Männern nicht viel besser ergangen. Auch deshalb hab ich mir deine Nummer nicht geben lassen.«

»Dann hattest du auch Angst?«

»Ein bisschen.«

»Brauchst du nicht.«

»Du auch nicht.«

Carla stellte ihren leeren Teller beiseite, und sie tranken eine Weile schweigend ihren Kaffee. Sie fühlte sich wohl in der Gegenwart des Cowboys, spürte eine Vertrautheit, die sie noch bei keinem Mann empfunden hatte, und hätte beinahe nach seiner Hand gegriffen, so nahe fühlte sie sich ihm schon. »Weshalb bist du eigentlich hier?«, fragte sie in erster Linie, um die Stille zu beenden.

»Ich hab einen Vertrag mit Halterman.«

»Mit Halterman? Ich dachte, du hättest Streit mit ihm.«

»Ich hab ihn kritisiert, weil mich seine Range Riders und die schießwütigen Bürger bei der Arbeit nur behindern würden. Ich arbeite lieber allein. Wenn hundert Leute in der Wildnis herumtrampeln, verscheuchen sie die Wölfe doch nur.«

»Du bist …« Sie hatte Angst, das Wort auszusprechen.

»Ich bin Wolfsjäger.«

Die Antwort kam so plötzlich und unerwartet, dass ihr sekundenlang die Sprache wegblieb und sie vor lauter Entsetzen nicht wusste, was sie erwidern sollte. Genauso gut hätte er sie schlagen oder ihr einen Eimer kaltes Wasser ins Gesicht schütten können. Wolfsjäger, ein Wort, das sie erschaudern ließ. Ausgerechnet aus dem Mund des Mannes, in den sie gerade im Begriff war, sich zu verlieben. Eine eiskalte Dusche, die sie aus dem siebten Himmel auf den Boden der Tatsachen zurückholte und ihr auf schmerzhafte Weise klarmachte, wie kurzlebig wirkliches Glück sein konnte.

»Wolfsjäger?« Ihre Stimme klang brüchig.

»Ich jage Wölfe«, erklärte er. Er schien nicht zu bemerken, wie sehr sie seine Antwort verstörte. »Vor allem Rancher und Farmer, aber manchmal auch die Regierung oder Behörden beauftragen mich und bezahlen mich dafür, dass ich einen oder mehrere Wölfe abschieße.

In manchen Gegenden sind Wölfe zu einer wahren Plage geworden. Sie reißen Kälber, Schafe und Ziegen und werden manchmal sogar gefährlich für den Menschen. Es gibt immer mehr Problemwölfe. Früher hat das die Natur geregelt, da fraß der Stärkere den Schwächeren, aber das Gleichgewicht hat sich verschoben. Es gibt zu viele Wölfe, und wenn wir den Bestand nicht regulieren würden, gäbe es noch mehr Übergriffe wie den am Lookout Mountain. Ein Wolf dürfte sich gar nicht so nahe an Menschen heranwagen.«

»So ähnlich denken die meisten Leute in Canterbury.«

»Weil es stimmt, oder …? Du denkst anders, nicht wahr?«

»Ich arbeite für Wolf Aid«, sagte sie. Sie gab sich keine Mühe, ihre Enttäuschung zu verbergen. »Eine Gesellschaft, die es sich zur Aufgabe gemacht hat, über Wölfe zu informieren und verletzten und ausgesetzten Tieren eine sichere Heimat zu bieten. Die *Alaska State Troopers* haben mich angefordert, mir die Bisswunden des verletzten Mädchens anzusehen. Ich sollte feststellen, ob sie tatsächlich ein Wolf gebissen und was er im Schilde geführt hat. Die Spuren beweisen deutlich, dass der Wolf versucht hat, sie von dem Felsvorsprung zu retten, sonst hätte er viel fester zugebissen. Das habe ich auch Halterman und seinen Leuten gesagt, aber die streunen wohl lieber durch die Wälder und knallen wahllos Wölfe ab.«

»Wolf Aid … von denen hab ich gehört«, sagte er.

»Wie kannst du nur so etwas tun, Jason!«

»Ich bin kein Killer«, verteidigte er sich. Er war blass

geworden und wagte es nicht mehr, sie direkt anzublicken. »Ich bin Jäger. Ich schieße keine Wölfe ab, weil es mir Spaß macht, sondern weil es manchmal nötig ist, der Natur auf die Sprünge zu helfen.« Er blickte aus dem Fenster. »Da draußen ist es nicht mehr wie früher. In der Natur hat sich viel verändert, seit Menschen nach Alaska gekommen sind. Wölfe sind zu einer echten Gefahr geworden, und wir dürfen nicht zulassen, dass sie unser Vieh töten. Wir müssen Raubtiere auf Abstand halten.«

»Dann gehörst du auch zu denjenigen, die sich die Natur untertan machen wollen? Das ging bisher doch meistens schief. Wir sollten lieber lernen, mit ihr im Einklang zu leben, und aufhören, Wölfe zu verteufeln. Ich will keine Märchen umschreiben und aus dem Großen Bösen Wolf einen lieben Kerl machen, aber Wölfe sind anders, als die meisten Menschen glauben. Das weißt du doch auch.«

»Ich ballere ja auch nicht wild in der Gegend rum«, konterte er. »Ich bin ein guter Jäger und treffe so genau, dass die Tiere nicht leiden müssen. Gegen Aktionen wie diese Massenjagd bin ich genauso wie du. Die meisten dieser Leute wissen doch nicht mal, wo bei einem Gewehr vorn und hinten ist. Die erschweren nur meine Arbeit. Das habe ich Halterman gesagt. Leider komme ich nicht gegen ihn an. Er sagt, die Leute würden sowieso nach ein paar Stunden aufgeben. Sobald sie merken würden, wie ungemütlich die Wildnis besonders im Winter sein kann, würden sie nach Hause gehen und sich hinter ihren Öfen verkriechen.«

»Aber du kennst dich aus«, sagte sie. »Was bist du? Einer dieser Scharfschützen, wie sie im Nahen Osten unterwegs sein sollen? Die mit ihren Präzisionswaffen aus großer Entfernung unschuldige Menschen abknallen? Ein Henker, der das Urteil vollstreckt, das ein Rancher über die Wölfe verhängt hat? Ein Kopfgeldjäger, der des Geldes wegen tötet und mit den Fellen aus den Bergen kommt?«

»Jetzt bist du ungerecht.«

Sie hatte Tränen in den Augen. Das Wechselbad der Gefühle, durch das sie während der letzten Minuten gegangen war, hatte ihr schwer zugesetzt. »Du wirst nicht allein in den Bergen sein«, sagte sie leise. Es klang nicht wie eine Drohung, eher wie ein verzweifeltes Geständnis. »Auch ich werde dort sein und nach dem Wolf suchen, der Sophia gebissen hat. Falls er die Scheu vor den Menschen verloren hat, werden wir ihn in unser Center bringen und ihm dort ein neues Zuhause bieten. Es sieht so aus, als wäre er allein unterwegs, ein einsamer Wolf, aber keiner, der nach einer neuen Partnerin sucht, eher ein verzweifelter Außenseiter.«

»Es ist sicherer, ihn zu erschießen, Carla.« Jason bemühte sich um einen versöhnlichen Tonfall. »Mit der Tierliebe sollte man es nicht übertreiben. Ich werde den Wolf erschießen. Aus sicherer Entfernung, das stimmt, und so, dass er nicht leiden muss. Ich gehe nicht mit Dynamit und Handgranaten auf mehrere Rudel los und führe einen Vernichtungskrieg. Ich erledige meine Arbeit so sorgfältig wie möglich und sorge dafür, dass die Natur sicherer wird. Meinetwegen auch dafür, dass Halterman weniger Jungtiere verliert. Es ist sein gutes Recht, sich dagegen zu wehren. Und die Kälber und Schafe haben auch ein Recht zu leben.«

Carla stand auf und machte gar nicht erst den Versuch, ihren Schmerz und ihre Enttäuschung zu verbergen. Wie konnte man sein Geld damit verdienen, indem man reihenweise Wölfe abschoss? »Ich glaube, es war richtig von mir, dir meine Telefonnummer nicht zu geben. Ein Mann, der für mich infrage kommt, knallt keine Wölfe ab.« Sie ließ die Tränen über ihre Wangen laufen. »Leb wohl, Jason. Für ein paar Minuten dachte ich, aus uns könnte tatsächlich was werden.«

»Sei doch vernünftig, Carla«, versuchte er, sie zurückzuhalten.

»Das bin ich, Jason.«

Sie wandte sich ohne ein weiteres Wort von ihm ab und bezahlte die Bedienung am Tresen. In ihrem Zimmer rief sie im Wolfscenter an. Amy war sofort am Apparat und sah ihren Namen wohl auf dem Display. »Carla ... wie kommst du voran?«

»Frag nicht«, antwortete sie.

»Ärger?«

»Wenn du eine Hundertschaft aufgebrachter Bürger, die mit brandneuen Gewehren in den Krieg gegen Wölfe ziehen wollen, als Ärger betrachtest ... ja, dann hab ich eine Menge Ärger.« Die Auseinandersetzung mit Jason verschwieg sie ihr. Sie war viel zu aufgebracht, um darüber zu reden. »Alles okay bei euch?«

»Merlin hat ein Kaninchen gefangen«, erwiderte sie,

»und du wirst lachen, Kawa hat ihm kräftig dabei geholfen. Wenn der Kleine so weitermacht, wird er ein Draufgänger wie Merlin. Schade, dass wir sie nicht auswildern können. Die beiden würden sich gut in der Wildnis machen. Ach ja, und der Fotograf, der die Aufnahmen für Lindas neues Buch schießen wird, war hier und hat sich das Center angesehen. Er war mächtig beeindruckt … von den Wölfen und von Linda.«

»Oje. Wie alt ist er denn?«

»In ihrem Alter, würde ich sagen.«

»Und? Kommen sich die beiden näher?«

»Er hat sie zu einem Wolfburger eingeladen«, erzählte Amy.

Carla konnte schon wieder lachen. »Na, das ist doch schon mal was.«

»Was hast du auf dem Herzen, Carla?«

»Ich bräuchte unseren Hundeschlitten«, erklärte sie. »Ich hätte ihn gleich mitnehmen sollen, aber wie sollte ich denn ahnen, was für eine große Sache das hier wird? Außer den verrückten Leuten mit den Gewehren schickt dieser Rancher auch noch einen Wolfsjäger in die Berge. Den werde ich bestimmt nicht so leicht los. Soweit ich weiß, sind er und die anderen mit Snowmobilen unterwegs. Du weißt, wie ich die Dinger hasse, außerdem stört der Motorenlärm nur, wenn ich einen Wolf finden will. Aber wem sage ich das. Könnte mir einer den Truck mit den Hunden und dem Schlitten herbringen? Wir könnten uns in North Pole treffen, vor der Hamburger-Bude. Ich würde einen fetten Cheeseburger springen lassen.«

»Dann falle ich schon mal aus. Ich sage Linda Bescheid, okay?

»Sie soll mich anrufen.«

Carla beendete das Gespräch und blieb noch eine Weile auf der Bettkante sitzen. Der Schmerz und die Tränen kamen zurück.

»Verdammter Mist!«, fluchte sie leise.

12

Am nächsten Morgen brach Carla zeitig auf. Sie sparte sich das Frühstück, auch um Jason aus dem Weg zu gehen, und war froh, als sie die Stadt hinter sich ließ. Der Anblick der Männer, die schon jetzt mit ihren neuen Gewehren aus den Häusern kamen und die Motoren ihrer Snowmobile anwarfen, verstörte sie. Selbst wenn man Wölfe als Plage ansah, sollte man nicht so begierig aufs Töten sein.

North Pole lag natürlich nicht am Nordpol, sondern wenige Meilen südöstlich von Fairbanks am Richardson Highway, eine verschlafene Kleinstadt, die hauptsächlich für ihr »Santa Claus House« bekannt war, ein großer Laden für Weihnachtsartikel, der ganzjährig geöffnet hatte. Angeblich sollte auch der Weihnachtsmann persönlich in North Pole wohnen, zumindest der amerikanische.

Linda stieg gerade aus dem Pick-up. Auf der Ladefläche türmten sich die Hundeboxen, alle mit runden Öffnungen, groß genug für die Huskys, den Kopf ins Freie zu strecken. Das taten sie auch, als Carla vor die Boxen trat und jeden einzelnen ihrer vierbeinigen Lieblinge begrüßte. »Da seid ihr ja«, rief sie den aufgeregten Hunden zu, »jetzt merke ich erst, wie sehr ich euch vermisst habe.«

Verantwortlich für den Hundeschlitten von »Wolf Aid« war Amy Morton, sie war die erfahrenste Musherin des

Teams und konnte am besten mit den Hunden umgehen. Aber die Vierbeiner gehorchten auch C.J., Linda und ihr. Immerhin hatte Carla ebenfalls einige Erfolge als Musherin vorzuweisen, wenn sie auch niemals an einem Iditarod-Rennen teilgenommen hatte. Sie liebte die Huskys über alles.

»Hey, Romeo«, begrüßte sie den Leithund. Sie kraulte ihn unter dem Kinn und lachte, als er versuchte, sie mit seiner Zunge zu erreichen. »Wie geht's dir, alter Rabauke? Ich weiß, du willst endlich wieder auf Tour gehen. So, wie's aussieht, bekommst du bald Gelegenheit dazu. Wir haben anstrengende Tage vor uns.«

Auch Juliet spürte, dass sie bald wieder unterwegs sein würden. Sie war noch aufgeregter als Romeo, zog ihren Kopf ein, drehte sich einmal im Kreis und streckte ihn wieder heraus.

»Juliet! Wie eine vornehme Lady benimmst du dich nicht gerade! Wie sieht's mit dir und Romeo aus? Die wahre Liebe oder doch nur Theater?«

Juliet schnaubte alles andere als damenhaft.

»Schon gut«, fügte Carla schnell hinzu, »auf dem Trail kämst du als vornehme Lady auch nicht weiter. Da zeigst du Romeo und mir besser, was in dir steckt. Bist du noch so ausdauernd wie vor ein paar Wochen? Ich will es doch hoffen.«

Auch die anderen Huskys begrüßte Carla so ausgiebig, wie sie es verdient hatten. Den wilden Rascal, die schnelle Snowflake, den kräftigen Bull. »Hey, Bingo!«, rief sie dem jüngsten der Hunde zu. »Hat dir schon mal jemand gesagt, dass dir die Hundedamen zu Füßen liegen werden, wenn du alt genug bist? Die stehen auf deinen Zauberblick, wetten?« Bingo war mit einem hellblauen und einem braunen Auge geboren worden und bewegte sich besonders schnell und elegant.

»Und ich bin wieder als Letzte dran«, beschwerte sich Linda scherzhaft. »Ich hoffe, du hast Zeit für einen Cheeseburger, ich hab nämlich einen Bärenhunger!« Sie deutete auf ein Schnellrestaurant auf der anderen Straßenseite. »Der Laden dort drüben sieht ganz manierlich aus.«

Auch die Cheeseburger in diesem Lokal kamen nicht an die Wolfburger von Ma Barker heran, schmeckten aber halbwegs und entschädigten für die fettigen Dinger, die sie in Canterbury gegessen hatte. Immerhin lagen reichlich Käse und Zwiebeln auf dem Fleisch.

»Das hört sich übel an«, sagte Linda, nachdem Carla ihr von den Problemen in Canterbury berichtet hatte. »Meinst du, du kommst allein zurecht? Anscheinend hast du die ganze Siedlung gegen dich. Du weißt, wie gemein manche Leute sein können. Ich möchte nicht, dass dir was passiert. Wie wär's, wenn ich mitkomme?«

Carla winkte ab. »Nicht nötig. Wenn es brenzlig wird, habe ich die Troopers auf meiner Seite. Dieser Lieutenant Moore ist okay. Außerdem glaube ich nicht, dass dieser Haufen an Möchtegern-Jägern lange durchhalten wird. Bevor es losgeht, haben alle eine große Klappe, aber kaum sind sie ein paar Stunden in der Wildnis, machen sie einen Rückzieher. Die verkriechen sich bald wieder in ihren warmen Häusern. Bei dem Lärm, den sie mit ihren Snowmobilen veranstalten, laufen die Wölfe sowieso davon.«

»Auch der eine? Der bei dem Mädchen war?«

»Keine Ahnung, aber ich werde alles daransetzen, ihn zuerst zu finden. Ich habe das Gefühl, dass mit ihm etwas nicht stimmt, sonst hätte er sich nicht so nahe an sie herangewagt. Vielleicht ist er selbst verletzt. Sobald ich ihn finde, gebe ich euch die Koordinaten durch.« Falls er verletzt war, würde C.J. ihn untersuchen, bevor sie ihn für den Transport vorbereiteten, falls nicht, blieb ihnen nichts anderes übrig, als ihn zu betäuben und mit dem Chopper zum Center zu bringen. »Allerdings haben wir es nicht nur mit Hobby-Jägern zu tun. Halterman ...« Ihr versagte die Stimme, und sie trank rasch einen Schluck von ihrer Diet Coke, um ihrer Kollegin nicht in die Augen blicken zu müssen. »... er hat einen Wolfsjäger beauftragt.«

»Einen Wolfsjäger? Einen dieser widerlichen Kerle, die wie Kopfgeldjäger durch die Wälder ziehen und einen Wolf nach dem anderen abknallen?« Linda schüttelte angewidert den Kopf und stutzte. »Hey, was ist denn mit dir los?«

Carla beschloss, ihr die Wahrheit zu sagen. »Du erinnerst dich an Jason?«

»Jason ... du meinst den feigen Burschen, der sich nie mehr gemeldet hat?«

»Genau den.«

Lindas Augen wurden groß. »Willst du mir etwa sagen ...«

»Jason ist der Wolfsjäger«, bestätigte Carla. »Ich weiß es selbst erst seit ein paar Stunden. Zuerst dachte ich an einen schlechten Scherz, aber er ist es tatsächlich. Er schießt Wölfe ab und kassiert dafür. Wie ein Kopfgeldjäger, obwohl er das Gegenteil behauptet. Er ist der Meinung, dass er einen ganz normalen Job hat. Er stellt das fehlende Gleichgewicht in der Natur her. Er erschießt Wölfe, weil es zu viele gibt und andere Tiere unter den angeblichen Bestien leiden. Weil er Angst um kleine Kinder hat. Das Übliche, was wir immer zu hören bekommen.«

»Hat er sich deine Argumente wenigstens angehört?«

Carla schob die Reste ihres Cheeseburgers zur Seite. Zum zweiten Mal an diesem Tag war ihr der Appetit vergangen. »Hat er«, erwiderte sie, »und er gehört nicht zu diesen Fanatikern, die am liebsten alle Wölfe töten würden. Er will nur den Wolf töten, der Sophia gebissen hat. Er sieht das Problem nüchtern. Problemwölfe, und den zählt er dazu, müssen erschossen werden. Das ist sein Job.«

»Und Problemwölfe sind auch solche, die sich ein junges Kalb oder ein Schaf holen oder sich zu nahe an eine Weide oder einen Stall heranwagen, nicht wahr?«

»Dafür wird er bezahlt.«

»Du kannst ihn nicht umstimmen?«

»Und ihm seinen Job wegnehmen?«

»Wenn er dich wirklich mag.«

»So weit waren wir nicht, Linda«, sagte sie, »und so weit werden wir auch nie sein. Ich habe gerade noch rechtzeitig die Reißleine gezogen. Mit einem Wolfsjäger kann ich nichts anfangen, und wenn er noch so gut aussieht und nett ist.«

»Wie sagst du doch immer?« Linda griff lächelnd nach ihrem Glas.

»Ich weiß«, erwiderte Carla, »andere Mütter und so weiter …« Sie seufzte. »Du hast einen neuen Lover?«

»Wer sagt das?«, erschrak Linda.

»Ich hab Leute, die mir so was zuflüstern.«

»Amy, die alte Klatschbase!« Linda brauchte nicht lange zu raten. »Hätte ich mir ja denken können, dass sie gleich damit hausieren geht. Nur weil mich Phil gestern auf einen Wolfburger eingeladen hat, ist er noch lange nicht mein Lover.«

»Phil?«

»Philippe Dubois, der Fotograf, der mein neues Buch fotografiert.«

»Kanadier?«

»Ein echter Franzose.«

»Oh, là, là«, zog Carla sie auf. »Du weißt ja, was man über die französischen Männer sagt. Sie wissen mehr über die Liebe als alle anderen Männer und verstehen es, eine Frau glücklich zu machen.« Sie schüttelte den Kopf, als die Bedienung kam und ihr Diet Coke nachschenken wollte. »Wie sieht er denn aus?«

»Nicht übel, und nett ist er auch, aber das heißt noch lange nicht …«

»Schon gut, ich hab verstanden. Da bahnt sich was an.«

Linda ballte spielerisch die Fäuste. »Manchmal könnte ich dich …«

»Erwürgen?«

»Ganz recht, aber wir brauchen dich noch.«

Carla wurde schlagartig wieder ernst. »Und deshalb muss ich jetzt auch gehen. Wäre doch fatal, wenn diese Möchtegern-Jäger den Wolf vor mir finden und einen Zufallstreffer landen, bevor ich zur Stelle bin. Die ballern sicher wild drauflos.« Sie zahlten beide und standen auf. »Halte dir den Franzosen warm, okay?«

»Ich weiß nicht, Carla.«

»Und vergiss endlich deine Ex-Männer!«

Sie tauschten die Autoschlüssel und bevor Linda in Carlas Wagen stieg, sagte sie: »Pass auf dich auf! Was du über die Leute von Canterbury erzählt hast, klingt nicht gerade ermutigend. Wenn du nicht vorsichtig bist, kann sonst was passieren. Das sind Fanatiker.«

»Ich weiß, Linda. Keine Angst.«

Carla rief den Huskys zu, dass es nach Norden gehen würde, und wendete den umgebauten Pick-up. Das Wetter hatte sich verschlechtert. Der Wind hatte aufgefrischt und trieb Schneefahnen über den Asphalt. Über den Wäldern wölbte sich ein bleifarbener Himmel und ließ sie düster und unheimlich erscheinen. Die umliegenden Berggipfel wurden teilweise von tief hängenden Dunstwolken verdeckt.

Carla hatte das Radio laufen, irgendein »Top 40«-Sender mit Werbespots, die sich alle paar Minuten wiederholten und ihr schon nach einiger Zeit so auf die Nerven gingen, dass sie den Sender wechselte. Als sie auch dort kein Glück hatte, schaltete sie schließlich ganz ab. In Fairbanks parkte sie vor einem Supermarkt und kaufte einige Vorräte ein. Sie hatte keine Ahnung, wie lange sie mit dem Schlitten unterwegs sein würde, und wollte für alle Fälle gewappnet sein. Die Grundausrüstung mit Schlafsack, Schneeschuhen, Axt, Kocher, Kochtopf, Ersatzkleidung, Ersatzgeschirre und Booties für die Hunde lagen in der Transportbox auf dem Auflieger. Die Booties, lederne Socken, die verhindern sollten, dass sich auf Schnee und Eis die Pfoten entzündeten, wurden seit einigen Jahren von einem Hersteller gesponsert, der die Anstrengungen von Wolf Aid auch finanziell unterstützte.

Sie erreichte Canterbury am frühen Nachmittag und parkte vor dem *Wilderness Café*. Die Siedlung, ohnehin auf mehrere Meilen am Highway verteilt, wirkte noch einsamer als sonst, beinahe ausgestorben. Sie gab den Wirtsleuten Bescheid, dass sie wahrscheinlich einige Tage unterwegs sein würde, und konnte von Glück sagen, dass die beiden das Wolfsproblem, wie sie es nannten, kaum interessierte.

Die Huskys jaulten vor Vergnügen, als Carla sie aus ihren Boxen befreite und erst einmal ausgiebig liebkoste, bevor sie daranging, den Schlitten vom Dach zu wuchten und die Leinen auszulegen. Romeo, der Leithund, und Juliet liefen ganz vorn, dahinter Bingo und Snowflake und direkt vor dem Schlitten die kräftigen Huskys Rascal und Bull. Sie konnten es kaum mehr erwarten, endlich auf Tour zu gehen.

»Sie lenken einen Hundeschlitten?«, wunderte sich Lieutenant Moore. Er war in Begleitung des örtlichen Troopers und hatte wohl gerade zu Mittag gegessen.

»Ein bisschen altmodisch, ich weiß, aber mit einem lärmenden Snowmobil würde ich die Wölfe nur vertreiben.« Carla hakte den letzten Husky an der Führungsleine fest. »Angesichts der Jagdmeute ganz in meinem Sinne, aber ich mache mir Sorgen um den Burschen, der Sophia gebissen hat, und würde ihn mir lieber erst mal ansehen.« Sie tätschelte ihren Leithund und kehrte zum Schlitten zurück. »Wie geht es Sophia?«

»Unverändert«, antwortete Moore. »Der Arzt sagt, es wird wohl noch einige Tage dauern, bis sie die Arme aus dem Koma holen können. Die inneren Verletzungen sind anscheinend schlimmer, als wir alle dachten. Ich hoffe, sie schafft es.«

»Ist ihr Vater bei ihr?«

»Nein, der ist mit den Wolfsjägern los.«

»Die Wölfe können nichts dafür«, sagte Carla zum wiederholten Male, »und wenn er dort draußen mit dem Gewehr rumballert, erreicht er sowieso nichts.«

»Er ist ein emotionaler Typ. Er braucht ein Ventil.«

»Und der wirkliche Täter? Haben Sie schon eine Spur?«

Moore schüttelte bedauernd den Kopf. »Wir tappen leider immer noch im Dunkeln. Jeffrey Stark war es nicht, sein Alibi ist genauso sicher wie das der beiden Jungen. Er war in einer Vorstandssitzung mit einer ganzen Reihe von honorigen Leuten, die seine Anwesenheit alle bezeugen können. Auch was einen möglichen Umweltskandal angeht, konnten wir keinen Hinweis finden. Was nicht ausschließt, dass es einen gibt. Aber ich musste sehr vorsichtig sein und durfte auf keinen Fall den Anschein erwecken, dass wir in dieser Hinsicht einen Verdacht haben. Community Recycling ist eine angesehene Firma, ebenso angesehen wie Willerbys Papierfabrik, und ihre Anwälte würden einen ziemlichen Wirbel veranstalten, wenn ihnen unser Verdacht zu Ohren käme. Ich glaube, wir warten lieber ab, bis Sophia aus dem Koma geholt wird. Hören uns an, was sie herausgefunden hat beziehungsweise ob es wirklich handfeste Beweise gibt.«

»Dass Stark dem Mädchen gefolgt ist, kann doch kein Zufall sein.«

»Ganz unschuldig ist er natürlich nicht. Er hat Sophia tatsächlich gestalkt. Er hat es nicht direkt zugegeben, mich aber beinahe auf Knien angefleht, sie bei seiner Frau nicht zu erwähnen. Ich habe ihm geantwortet, dass wir noch was ganz anderes tun würden, falls wir ihn noch mal in der Nähe des Mädchens erwischen.«

Carla spürte, wie die Huskys immer ungeduldiger wurden, und stieg auf die Kufen. Nur weil sie den Kopf wandte, sah sie, wie ein junger Mann auf der anderen Straßenseite einen Helm überzog und in den Sattel eines Snowmobils stieg. Seine Vorräte lagen auf dem kleinen Schlitten, der an sein Gefährt gekoppelt war, und er trug ein Gewehr auf dem Rücken.

»Jason!«, flüsterte sie überrascht.

Auch er hatte sie gesehen und hielt sekundenlang inne, bevor er den Motor startete. Sein Blick war nicht feindselig, eher traurig und bedauernd, und auch sie hätte am liebsten einige der Beschimpfungen zurückgenommen, mit denen sie ihn bei ihrem letzten Wiedersehen bedacht hatte. Auch jetzt noch fühlte sie sich auf seltsame Weise zu ihm hingezogen, selbst in dem Wissen, dass er sich in der Wildnis wie ein herzloser Killer gebärdete und seinen Lohn damit verdiente, dass er Wölfe und andere hilflose Tiere mit einem Präzisionsgewehr abschoss.

»Der Wolfsjäger«, sagte Moore. »Halterman hat ihn verpflichtet.«

Sie beobachtete, wie Jason in einer Schneewolke davonfuhr, und hatte Mühe, sich auf den Lieutenant zu konzentrieren. »Ich weiß. Er hat mir schon gesagt, dass er den Wolf, der Sophia gebissen hat, abschießen wird.«

»Immer noch besser, als wenn ihn die anderen erwischen«, erwiderte Moore. »Wenn er wirklich so gut ist, wie sie sagen, tötet er den Wolf mit dem ersten Schuss, und das Tier hat wenig zu leiden. Bei den anderen Männern bin ich mir nicht sicher. Man kann nur hoffen, dass sie bald von ihrem Ausflug zurückkehren. Wenn es erst dunkel wird, bringen sie sich vielleicht noch gegenseitig um.«

»Noch besser wäre es, wenn ich den Wolf finde, und er überhaupt nicht zu leiden hat.« Sie zog den Anker aus dem Schnee. »Leben Sie wohl, Lieutenant.«

Unter lauten Anfeuerungsrufen steuerte sie den Schlitten aus der Stadt. Auf der geräumten Straße taten sich die Huskys besonders leicht und konnten sich nach Herzenslust austoben. Sie legten ein forsches Tempo vor, wurden erst langsamer, als Carla auf einen der zahlreichen Trails in dieser Gegend abbog. Die Fahrt auf den Lookout Mountain konnte sie sich sparen. Selbst wenn sich der Wolf noch in der Nähe aufhielt, hatte er den Berg längst verlassen, schon wegen des Motorenlärms, den die Leute mit ihren Snowmobilen veranstaltet hatten.

Sie hielt nach Norden auf die White Mountains zu. Dunkel und bedrohlich hob sich der schroffe Gipfel des Eagle Mountain gegen den Himmel ab. Der Wind wehte ihr genau ins Gesicht und zwang sie, ihren Schal über die Nase zu ziehen. Sie hatte längere Zeit nicht auf dem Schlitten gestanden und musste sich erst wieder daran gewöhnen.

»Go! Go! Lauft! Lauft!«, rief sie den Hunden zu.

Diese Fahrt würde kein Zuckerlecken werden, das war jetzt schon klar.

13

Die Bürger hatten ihr mit ihren Snowmobilen den Weg geebnet. Der Schnee auf dem Trail war fest und wie geschaffen für ihr Gespann. Mit kraftvollen Schritten rannten die Huskys durch den lichten Wald, dankbar und erleichtert, endlich wieder laufen zu können. Es gab nichts Schöneres für einen Husky, als sich in der Wildnis austoben zu dürfen und den frischen Wind im Gesicht zu spüren.

Carla stand locker auf den Kufen, jederzeit bereit, bei einer Bodenwelle in die Knie zu gehen oder einem unerwarteten Hindernis durch eine schnelle Gewichtsverlagerung auszuweichen. Auch sie genoss die Natur, ungeachtet des Schneetreibens und der Probleme, denen sie sich gegenübersah. Um einen möglicherweise verstörten Wolf zu retten, legte sie sich mit den Bewohnern einer ganzen Siedlung an und begab sich in einen Wettstreit mit einem erfahrenen Wolfsjäger, der nichts anderes im Sinn hatte, als sich seine Abschussprämie zu sichern.

Hätte Jason ihr doch nur nicht bei dem Reifenwechsel geholfen! Nur weil er zugepackt hatte und sie auf scheinbar gleicher Wellenlänge gewesen waren, hatte sie plötzlich mit Gefühlen zu kämpfen, die ihr bisher unbekannt gewesen waren. Ein Teil von ihr sehnte sich nach ihm, seinem freundlichen Lächeln und seiner Stimme, der andere Teil hingegen war noch immer über sein nüchternes Geständnis erschrocken, die scheinbar gleichgültige Art, wie er über den Tod von Tieren sprach. Auch wenn ihr bewusst war, dass man sich in der Wildnis durch nichts ablenken lassen sollte, schon gar nicht durch seine Gefühle, um jederzeit auf eine unerwartete Gefahr reagieren zu können, schweifte sie mit ihren Gedanken manchmal so weit ab, dass sie zu spät in eine Kurve ging oder ein Hindernis übersah.

Nachdem sie ungefähr eine Stunde gefahren war und die Ausläufer der White Mountains erreicht hatte, kamen ihr die ersten Bewohner entgegen. Meist biedere Fabrikarbeiter, die unter der Woche für Lucas Willerby arbeiteten und die Wolfsjagd als spannendes Abenteuer betrachteten. In dem Schneetreiben und dem eisigen Wind war ihnen die Lust jedoch schnell vergangen. Die meisten rasten auf ihren Snowmobilen an ihr vorbei, ohne sie eines Blickes zu würdigen, einige reagierten feindselig und wünschten sie zum Teufel, und einer fuhr so dicht an ihren Hunden und dem Schlitten vorbei, dass sie beinahe ins Unterholz abgedrängt wurde.

Matt Kinney erkannte sie zu spät, um auf gleicher Höhe anzuhalten. Er drehte aber um und bremste sein Snowmobil neben ihrem Schlitten. Auch er war in seiner Vermummung nur schwer zu erkennen.

»Wie geht es meiner Tochter?«, fragte er ungeduldig. »Haben die Troopers schon herausgefunden, wer sie gestoßen hat? Was sagen die Ärzte? Wann wecken sie Sophia? Nun reden Sie endlich!«

Sie verriet ihm, was Moore gesagt hatte. »Mehr weiß ich leider auch nicht. Wenn ich Sie wäre, würde ich im Krankenhaus warten, bis es ihr besser geht.«

»Die Ärzte haben mich weggejagt. Sophia bräuchte absolute Ruhe.«

»Hier draußen erreichen Sie nichts. Oder glauben Sie wirklich, Sie werden auch nur einen Wolf zu sehen bekommen? Mit dem Krach, den die Snowmobile veranstalten, jagen sie die Rudel nur weiter in die Berge. Daraus wird nichts.«

Kinney war längst selbst zu der Einsicht gekommen. »Das weiß ich auch, Miss. Aber ich muss schließlich auf Ballhöhe sein, wenn sich irgendetwas tut, das eine Schlagzeile wert ist. In einer Stunde bin ich wieder zu Hause, darauf können Sie wetten.« Er schien sich über sich selbst zu ärgern. »Und Sie? Wagen Sie sich tatsächlich in diesen Blizzard, um einen verdammten Wolf zu retten? Der Wolfsjäger ist doch längst über alle Berge, den holen Sie nicht mehr ein!«

»Sie nennen dieses Schneetreiben einen Blizzard?«, erwiderte sie. »Dann haben Sie noch nie einen richtigen Schneesturm erlebt. Und dass der Wolfsjäger einen Vorsprung hat, sagt noch lange nicht, dass er den Wolf auch zuerst findet.«

»Sie wissen, was ich meine. Wir alle waren bescheuert, auf diesen Deal mit den Gewehren einzugehen und uns hier draußen den Hintern abzufrieren. Ich nehme mich da nicht aus. Aber Patrick Willerby war begeistert von der Idee, und wer enttäuscht schon gerne einen Willerby?

Klüger wäre es, den Wolfsjäger die Arbeit erledigen zu lassen. Jason Harper ist ein Vollprofi, der erlegt an einem Tag mehr Wölfe als wir in einem Jahr. Auch wenn sie anderer Meinung sind, Miss: Die verdammte Wolfsbrut gehört ausgerottet, bis keiner mehr übrig ist.«

Carla spürte, wie sich Widerspruch in ihr regte. Jedes Mal, wenn dieses Thema aufkam, stieg ihr das Blut in den Kopf, und sie hätte am liebsten einen Streit vom Zaun gebrochen. Doch sie hatte gelernt, ihre Gefühle im Zaum zu halten, ganz im Gegensatz zu Kinney, und ruhig zu bleiben.

»Sie sind Zeitungsmann«, sagte sie. »Muss man als Journalist nicht beide Seiten zu Wort kommen lassen?«

»Keine Angst«, antwortete Kinney grimmig, »das tue ich. Mein Redakteur hat sich Ihre Worte genau notiert. Aber ich bezweifle, dass sie irgendeinem Bürger in Canterbury gefallen werden. In meinem Kommentar werde ich kein Blatt vor den Mund nehmen und Ihre Bestien an den Pranger stellen. Einer von denen hat genauso viel Schuld am Sturz meiner Tochter wie der Kerl, der sie gestoßen hat.«

»Das weiß nur Sophia. Sobald die Ärzte sie wecken, wird sie Ihnen die Wahrheit berichten, und wer weiß, vielleicht werden Sie dann eine große Überraschung erleben.« Sie beruhigte ihre nervösen Hunde durch einen Zuruf. »Fahren Sie nach Hause, Mister Kinney. Und lassen Sie die Wölfe nicht für das büßen, was irgendein anderer Ihnen angetan hat. Für Sophia drücke ich die Daumen.«

Sie feuerte ihre Huskys an und fuhr weiter. Hinter ihr heulte der Motor des Snowmobiles auf. Der Trail führte jetzt in sanften Windungen durch den Wald, der dichter geworden war und sich bis in eine weite Senke erstreckte. Von einer Anhöhe konnte sie mehrere Meilen weit sehen und die flackernden Lichter der Snowmobile erkennen. Ungefähr zehn Männer waren noch immer unterwegs.

»Wie kann man nur so dumm sein«, sagte sie zu ihren Huskys.

Sie lenkte ihr Gespann in die Senke hinab, kam auf dem steilen Trail aber nur langsam voran und musste vor allem in den scharfen Kurven aufpassen, nicht aus der Spur zu kommen und ins Unterholz zu geraten. Gegen die aufkommende Dunkelheit hatte sie ihre Stirnlampe eingeschaltet und so weit nach unten gezogen, dass sie den Trail nicht aus den Augen verlor. Romeo, einer der besten Leithunde, die sie kannte, half ihr dabei mit seinem angeborenen Instinkt und seiner Fähigkeit, bei einem plötzlich auftauchenden Hindernis blitzschnell zu reagieren. Juliet, beinahe so erfahren wie ihr männlicher Partner, unterstützte ihn nach Kräften. Sie konnte sich kein besseres vierbeiniges Team als diese beiden vorstellen.

»Weiter so, Romeo! Bald haben wir es geschafft!«

Sie war so konzentriert, dass sie den dunklen Schatten zwischen den Bäumen nur zufällig bemerkte. Eine flüchtige Bewegung, die bei völliger Dunkelheit kaum aufgefallen wäre, sich aber deutlich vom hellen Schnee abhob. Zuerst glaubte sie an Einbildung, wie sie jeder Musher auf anstrengenden Touren erlebte, aber sie war erst etwas länger als eine Stunde unterwegs und bei vollen Kräften. Erst als der Schatten ein zweites Mal auftauchte, glaubte sie, dass tatsächlich jemand im Wald unterwegs war. Nur ein Tier? Oder einer der jagenden Bürger?

»Hallo? Ist da jemand?«, rief sie besorgt.

Aus dem Wald kam keine Antwort, und der Schatten ließ sich nicht mehr blicken. Sicher keiner der Jäger, tröstete sie sich, nur ein Narr hätte sich von seinem Snowmobil getrennt und wäre allein durch den dunklen Wald gestapft. Eher ein junger Hirsch oder ein Nachtvogel, der sich von einem Ast erhoben hatte. Kein Grund, nach dem Revolver zu greifen, den sie zur Sicherheit in ihrem Gepäck mittrug. Als Musher musste sie auf alles gefasst sein. Vor allem ausschlagende Elche konnten den Huskys und auch dem Musher so gefährlich werden, dass man sich oftmals nur mit einer Waffe wehren konnte. Wie viele Menschen in Alaska, die in der Natur unterwegs waren, war Carla mit Feuerwaffen vertraut.

Zwei Kurven später musste sie erkennen, dass sie sich getäuscht hatte. Kenny Lawrence, der Anführer der Range Riders, stand wie ein einsamer Rächer auf dem Trail, sein Gewehr in beiden Händen, und versperrte ihr den Weg. Erst als sie in Sichtweite kam, schaltete er seine Stirnlampe ein. »Whoaa!«, rief Carla ihren Huskys zu. Nur ein paar Schritte vor dem Range Rider kam sie zum Stehen.

»Was soll das?«, rief sie vorwurfsvoll. Das Licht seiner Stirnlampe blendete sie und ließ sie blinzeln. »Warum versperren Sie mir den Weg? Ich hab's eilig.«

»Ich wollte Sie nicht erschrecken, Miss.«

»Sondern?«

»Sie freundlich bitten, nach Hause zu fahren.«

»Und warum, wenn ich fragen darf?«

»Weil ich nicht will, dass Sie uns in die Quere kommen«, sagte Lawrence ernst. »Wir haben hier draußen einen Job zu erledigen, und eine übereifrige Dame, die in Wölfe verknallt ist, würde nur stören. Kehren Sie um, Miss!«

»Sie haben mir nichts zu befehlen, Lawrence.«

»Ich kann auch deutlicher werden.«

»Und was versprechen Sie sich davon? Seit wann legen sich ausgewachsene Männer wie Sie mit Frauen an? Ich dachte, das wäre unter Ihrer Würde, und es gäbe so was wie einen Ehrenkodex. Oder haben Sie plötzlich Angst vor Frauen?«

Der Range Rider ließ sich nicht aus der Ruhe bringen. »Ich arbeite für Roger Halterman und habe den gleichen Auftrag wie meine Kollegen und dieser Wolfsjäger, obwohl wir den gar nicht gebraucht hätten. Wir sollen dafür sorgen, dass die Wölfe keine Kälber und Schafe mehr reißen. Das geht nur, wenn wir die Rudel killen oder über den Yukon treiben, und dabei lassen wir uns nicht reinreden, schon gar nicht von einer Frau, die sich wie ein Teenager gebärdet, der um sein Hündchen weint. Denn diese Wölfe sind keine Hündchen, das sind blutgierige

Bestien. Und jetzt drehen Sie endlich um, mir wird nämlich langsam kalt hier.«

Carla war nahe daran, die Hunde anzufeuern und einfach weiterzufahren, hatte aber zu große Angst vor dem Range Rider. So machohaft, wie er sich benahm, brachte er es fertig, sie zumindest mit einigen Schüssen neben die Huskys in Panik zu versetzen. Ein gefährliches Unterfangen. Der Trail führte weiter steil nach unten und konnte äußerst gefährlich werden, wenn die Hunde erschraken und durchgingen. »Machen Sie bitte den Weg frei, Lawrence!«, versuchte sie es noch einmal.

Der Range Rider hob drohend sein Gewehr. Es sah fast so aus, als wollte er schießen, aber ein anderer kam ihm zuvor. In einiger Entfernung krachten plötzlich zwei Schüsse, und gleich darauf heulten Motoren auf und flackernde Scheinwerfer geisterten durch die Dunkelheit.

»Hierher!«, rief jemand. »Ich hab ihn erwischt!«

Lawrence rannte zu seinem Snowmobil, das in einiger Entfernung auf dem Trail stand, sprang in den Sattel und brauste davon. Carla blickte ihm verstört hinterher, war noch immer von den Drohungen des Range Riders geschockt. Hätte er wirklich auf sie geschossen? Hatte er so große Angst vor ihr, dass er ihr eine Kugel zwischen die Füße gejagt hätte? Carla war in den Auseinandersetzungen mit Wolfsgegnern einiges gewöhnt, aber geschossen hatte noch niemand auf sie.

Die Huskys spürten ihre Unsicherheit, jaulten nervös und blickten sich nach ihr um.

»Schon gut«, beruhigte sie die Hunde, »es ist alles okay.

Von einem aufgeblasenen Macho wie dem lassen wir uns nichts vorschreiben.« Ihr Lachen klang unsicher und übertrieben. »Heya, weiter, Romeo! Wollt ihr wohl laufen!«

Schneller als bisher trieb Carla den Schlitten in die Senke hinab. Hatten die Jäger tatsächlich einen Wolf erwischt? Hatte einer von ihnen einen Zufallstreffer gelandet? Sie wollte so schnell wie möglich Gewissheit haben und lenkte den Schlitten in die Richtung, aus der die beiden Schüsse gekommen waren. Die Scheinwerfer der Snowmobile, die durch den Wald leuchteten, wiesen ihr die Richtung. Ungefähr eine halbe Meile bergab und nach Westen ins Unterholz.

Auch abseits des Trails lag der Schnee nicht besonders hoch. Carla hatte keine Schwierigkeiten, den Schlitten durch den Wald auf eine Lichtung zu lenken, die im Licht der vielen Scheinwerfer hell leuchtete. Sie parkte den Schlitten zwischen den Bäumen und stapfte zu der Stelle, an welcher der tote Wolf liegen sollte. Noch versperrten ihr die Männer, die vor dem Kadaver knieten, die Sicht.

»Heiliger Moses!«, fluchte jemand. »Das ist ein Karnickel!«

»Ein armseliges Karnickel!«, tönte ein anderer.

Carla bekam die Beute zu sehen und blieb überrascht stehen. »Das ist ein Schneeschuhhase«, verbesserte sie die Männer. »Von denen gibt es nicht mehr viele hier. Wie kann man einen kleinen Hasen mit einem Wolf verwechseln?«

»Hört, hört! Die Wolfsexpertin spricht«, lästerte jemand.

»Klugscheißerin!«, rief ein anderer.

Inzwischen war auch Kenny Lawrence eingetroffen. Er bedachte Carla mit einem bösen Blick, sagte aber nichts. Wie alle anderen Männer ließ er den Motor seines Snowmobils laufen und die Scheinwerfer brennen.

»Wer war das?«, fragte er. Er klang peinlich berührt.

»Kein Grund zur Aufregung«, ließ sich ein Mann vernehmen, den Carla bisher noch gar nicht gesehen hatte. Als er sich aufrichtete, erkannte sie Patrick Willerby, den Sohn des Fabrikbesitzers und Manager von Community Recycling. Auch seine Wildnis-Kleidung war vom Feinsten und Teuersten, wie sie erkannte, und sein Gewehr war eine neue Präzisionswaffe, mit der man eigentlich nicht vorbeischießen konnte. »Das Biest war in der Dunkelheit schlecht zu sehen.« Er schob den toten Hasen achtlos mit der Stiefelspitze zur Seite. »Die Wölfe erwischen wir schon noch!«

»Aber ohne die Lady hier«, erwiderte Lawrence noch immer grimmig.

Willerby schien sie erst jetzt wahrzunehmen. Anders als Lawrence und seine Range Riders, vier scheinbar hartgesottene Männer, die sie am liebsten auf den Mond gewünscht hätten, begegnete ihr der reiche Industriellensohn so höflich und zuvorkommend wie Halterman vor der Versammlung. »Wir wollen doch fair bleiben«, sagte er, »diese Lady hat das gleiche Recht wie wir, sich in dieser Gegend aufzuhalten. Den Huskys tut die Bewegung sicher gut.« Er wandte sich direkt an Carla. »Solange Sie uns nicht in die Quere kommen, haben Sie nichts von uns zu befürchten, Miss. Aber von unserem Recht, diese vierbeinigen Bestien zu töten, werden wir uns nicht abbringen lassen, und wenn Sie noch so laut protestieren. Wir haben lange genug unter den Angriffen der Wölfe gelitten und werden nicht zulassen, dass sie weiter ihr Unwesen treiben. Einer von ihnen hat dieses Mädchen auf dem Gewissen, daran ändern auch die Untersuchungen nichts, die Sie angeblich angestellt haben. Wir wissen, was die Bestien alles anrichten können.«

Carla war überrascht, den Willerby-Sohn in dieser rauen Umgebung zu sehen, dachte aber nicht daran, sich von ihm einschüchtern zu lassen. »Und Sie wissen, dass Sie mit Ihren Worten falschliegen. Warum dieser Hass auf Wölfe, Mister Willerby? Warum verschenken Sie teure Gewehre an diese Männer? Warum tun Sie das alles?«

»Mein Vater und ich fühlen uns für die Bewohner von Canterbury und Umgebung verantwortlich«, antwortete er. Er klang beinahe wie ein Politiker. »Über die Hälfte der Menschen arbeitet in der Papierfabrik meines Vaters und etliche bei Community Recycling, obwohl sie dafür jeden Tag nach Fairbanks fahren müssen. Wir sind eine große Familie, Miss, in der jeder für den anderen einsteht. Die Wölfe haben viel Leid nach Canterbury gebracht. Der Angriff auf Sophia bedeutet nur die Spitze eines Eisbergs. Die Wölfe haben uns den Krieg erklärt, aber wir sind bereit und werden dafür sorgen, dass sie diesmal endgültig Ruhe geben.«

»Das sind große Worte, Mister Willerby.«

»Denen große Taten folgen werden«, sagte Willerby beinahe feierlich. Er wandte sich an die Männer. »Ist es nicht so, meine Freunde? Wir führen Krieg gegen diese Bestien und werden sie in ihre Schranken weisen. Und dabei lassen wir uns weder von einem Wolfsjäger noch von einer Tierschützerin behindern.«

»Haben Sie das gehört, Miss? Sie sind hier nicht erwünscht!«

Auch ohne Lawrence im Blickfeld zu haben, wusste Carla, dass dieser Satz nur von ihm gekommen sein konnte. Der Range Rider war einer dieser Machos, die es nicht ertragen konnten, wenn starke Frauen auftauchten und ihnen zeigten, dass auch sie in einer angeblichen Männerwelt zurechtkamen. Wahrscheinlich tobte er jedes Mal, wenn eine Frau den Iditarod gewann. Und wenn er eine Frau auf einer Baustelle oder in einer Werkstatt entdeckte, kam sicher eine herablassende Bemerkung, oder er riss einen flachen Witz auf Kosten der Frau.

Carla verachtete solche Männer. Auch deshalb war sie von Jason so angetan gewesen. Während er ihr geholfen hatte, den Reifen zu wechseln, hatte er nicht eine dumme oder anzügliche Bemerkung gemacht. Von wegen »Mit dem hübschen Gesicht sollten Sie sich nicht schmutzig machen!« oder »Das ist doch kein Job für eine Frau!« Blöde Bemerkungen wie diese hatte jemand wie Jason nicht nötig.

Warum verdiente er sein Geld nur ausgerechnet als Wolfsjäger?

Sie verließ die Männer ohne ein weiteres Wort und fuhr auf den Trail zurück, den Bergen entgegen. Wenn sie Jason einholen wollte, durfte sie keine langen Pausen machen.

»Romeo! Juliet! Jetzt zeigt mal, was ihr könnt, ihr Faulenzer!«

14

Carla fuhr weiter nach Norden. In dem stetigen Trott, der es ihnen ermöglichte, auch weite Strecken zurückzulegen, liefen die Hunde den Bergen entgegen. Die Dunkelheit, die sie besonders zwischen den Bäumen umgab, schien sie nicht zu stören. Obwohl sie spürten, wie angespannt ihre Musherin war, schienen sie ihre helle Freude an der Fahrt zu haben. Eisiger Wind begleitete ihre Schritte, drang aber weder durch ihr dichtes Fell noch durch Carlas gefütterte Winterkleidung.

Das verzweigte Trailnetz in den White Mountains, im Sommer ein beliebtes Ziel für Urlauber, war für seine Blockhütten bekannt, die allen Wanderern offenstanden und Schutz bei schlechtem Wetter boten. Leider lagen sie so weit auseinander, dass man sie nicht immer vor Einbruch der Nacht erreichte. Carla hatte die Karte studiert und sich die Lage der Hütten genau eingeprägt. Auch eine Übernachtung im Freien wäre kein Problem bei den Zeltplanen, die sie als Windschutz mitführte, und dem winterfesten Schlafsack, aber auch nicht besonders angenehm. Dennoch wollte sie unbedingt noch einige Meilen hinter sich bringen, um Jasons Vorsprung nicht zu groß werden zu lassen.

Eine Abkürzung durch einen Wald, der jenseits eines gefrorenen Baches begann und sich über einige Hügel zog, sollte ihr helfen. Weil die Bäume dort besonders dicht standen und nur wenig Schnee durchgelassen hatten, kam sie zügig voran. Der Lichtkegel ihrer Stirnlampe wies ihr den Weg. Die Huskys fanden ihn allein, kümmerten sich nicht um den tanzenden Lichtfleck, der über ihre Rücken und den Schnee geisterte. Die Spuren von Jasons Snowmobil waren nicht zu sehen. Er schien auf dem breiteren Trail geblieben zu sein, in der Gewissheit, einen ausreichenden Vorsprung vor ihr zu haben. Nur wenige Schneeflocken wirbelten im Wind, der durch die Baumkronen fuhr und den Schnee von den Ästen fegte.

Auf den abgenagten Kadaver eines Eichhörnchens stieß Carla, als Romeo für einige Sekunden seinen Rhythmus unterbrach und nach links schwenkte, ohne dass sie ein Kommando gerufen hatte. Sie vertraute seinem Instinkt und ließ ihn gewähren. Sie stieg vom Schlitten, als er stehen blieb, und rammte den Anker in den Schnee. Im Licht ihrer Stirnlampe drang sie langsam in das dichte Unterholz vor.

Romeo musste das abgenagte Eichhörnchen gewittert haben. Carla richtete ihre Lampe auf den Kadaver und fand schon bald heraus, dass das kleine Tier von einem Wolf getötet worden war. Die Spuren waren eindeutig. Im Schnee neben dem toten Tier fand sie sogar die Abdrücke eines Wolfs. Sie folgte seinen Spuren ein Stückchen weiter in den Wald hinein, stellte fest, dass sie nach Norden führten und zu einem Wolf gehörten, der am linken Vorderlauf verletzt war und humpelte.

Auch deshalb hatte er ein Eichhörnchen gerissen. An ein größeres Tier, einen jungen Elch oder Hirsch, hätte er sich nur gesund oder im Verbund eines Rudels gewagt. Er war allein, ein Einzelgänger, der sein Rudel verlassen hatte oder von ihm verstoßen worden war, gerade noch stark genug, um sich an kleine Beutetiere zu wagen.

Nachdem Carla zur Fundstelle zurückgekehrt war, untersuchte sie die wenigen Fleischreste und Knochen, die der Wolf liegen gelassen hatte, und überlegte eine Weile. War dies der Wolf, der Sophia gebissen hatte? Sie glaubte fest daran und fühlte sich in ihrem Verdacht bestätigt, es könnte sich um einen Wanderwolf handeln, der eine neue Partnerin suchte. Warum er versucht hatte, die wahrscheinlich bewusstlose Sophia von dem Felsvorsprung zu ziehen, konnte sie sich nach wie vor nicht erklären. Auch der Charakter des Tieres war anhand der Spuren nicht zu erkennen. Sicher war aber, dass der Wolf allein nach Norden unterwegs war, sich in seinem Hunger und seiner Verzweiflung auf kleine Beutetiere stürzte, und nicht lange in der Wildnis überleben würde. Ein verletzter Wolf, der nicht mehr richtig jagen konnte, würde schon bald verhungern und einsam sterben.

Carla kehrte zum Schlitten zurück und holte ihre Schneeschuhe aus dem Schlittensack. Die eisige Kälte, die bis unter ihren Anorak kroch, spürte sie vor lauter Aufregung kaum. »Wartet hier auf mich!«, rief sie ihren Huskys zu. »Ich will nur mal sehen, wohin die Spuren führen. Ich bleibe nicht lange, okay?«

Sie folgte den Wolfsspuren durch den Wald, bis sie sich

zwischen den Bäumen verloren. Weiter nördlich standen die Bäume weiter auseinander, der Schnee war tiefer und die Abdrücke unter dem Neuschnee verschwunden. Der Wolf schien einem Wildpfad zu folgen, der auch auf der Karte eingezeichnet war und zu der Hütte führte, in der sie ihr erstes Nachtlager geplant hatte. Wenn Jason dort rastete, konnte sie nur hoffen, dass der Wolf ihn rechtzeitig bemerkte und ihm aus dem Weg ging. Mit seinem verletzten Bein würde er dem Wolfsjäger nur entkommen, wenn er in Deckung blieb.

»Keine Panik«, sagte sie in die Wildnis hinein, »ich finde dich und lasse dich ins Center bringen. Du brauchst keine Angst vor Jason zu haben. C.J. kümmert sich um deine Verletzung. Genug zu fressen bekommst du auch.«

Sie folgte dem Wildpfad, stieß noch einmal auf die Spuren des Wolfs, der sich am Wegesrand erleichtert hatte, und untersuchte sie genauer. Am Abstand der Abdrücke erkannte sie, dass der Wolf es eilig hatte und wohl so schnell wie möglich aus der Gefahrenzone kommen wollte. Er schien zu wissen, dass ihm mehrere Parteien dicht auf den Fersen waren. Wenn ihn sein Instinkt nicht verlassen hatte, würde er seinen Verfolgern so weit wie möglich aus dem Weg gehen und einen großen Bogen um die Hütte schlagen, in der Jason auf ihn wartete. Er wusste sicher, dass sich Zweibeiner in solchen Hütten aufhielten.

Carla beschloss, ihm noch einige Zeit zu folgen, und kehrte zum Schlitten zurück. Ihre Huskys warteten bereits unruhig. »Wie ich sehe, seid ihr noch munter«, rief sie ihnen zu. »Dann habt ihr sicher nichts dagegen, dass wir heute Überstunden machen und noch ein wenig weiterfahren. Der Wolf kann noch nicht weit sein, und ich möchte nicht, dass ihn Jason oder die Jäger erwischen.« Sie bückte sich zu Romeo hinab und kraulte ihn unter dem Kinn. »Einverstanden? Beim Iditarod hätten wir noch nicht mal eine Etappe hinter uns, also keine falsche Müdigkeit, ihr Lieben, es geht weiter!«

Sie kam keine Viertelmeile weit. Sie hatte gerade erst ihren Schal über die Nase geschoben, und die Huskys waren noch dabei, ihren Rhythmus zu finden, als das Echo mehrerer Schüsse durch den Wald schallte. Sie trat erschrocken auf die Bremse. Es hörte sich wie eine Schießerei in einem Action-Film an, in dem zwei Parteien sich ein wütendes Duell lieferten. Als hätten die aufgebrachten Hobby-Jäger den Wolf gestellt und ihn mit einem wahren Kugelhagel durchsiebt.

Sie wollte nicht glauben, was sie gehört hatte, doch das Echo der Schüsse blieb sekundenlang in ihren Ohren, und als sie die Augen zusammenkniff, um besser sehen zu können, glaubte sie flackernde Scheinwerfer zwischen den Bäumen zu erkennen. Alles weit entfernt, aber nahe genug, um ihr den Schrecken in alle Glieder fahren zu lassen. Ihre Huskys wichen zurück und winselten ängstlich. Für einige Schrecksekunden waren sie und die Hunde unfähig zu reagieren.

»Weiter!«, rief sie dann. »Wer weiß, was sie angerichtet haben.«

Sie trieb die Hunde an und fuhr dem Echo der Schüsse entgegen. Die Lichtpunkte schienen sich jetzt schneller zu bewegen und verschwanden teilweise in der Dunkelheit. Der Wind wehte leise Stimmen zu ihr herüber, die lauter wurden, als sie dem Wildpfad tiefer in den Wald folgte, aber kaum zu verstehen waren. Mehr als ein wütendes »Verdammt!« verstand sie nicht.

»Vorwärts! Lauft! Lauft!«, feuerte sie die Huskys an. Ihre Angst, die Männer könnten den Wolf in die Enge getrieben und auf grausame Weise getötet haben, ließ sie immer schneller fahren.

Einer der Lichtpunkte wurde größer und näherte sich ihr durch den Wald. Schon war der heulende Motor eines Snowmobils zu hören.

»Whoaa!«, bremste sie die Hunde. »Da kommt jemand.« Sie fuhr rechts ran und spähte in die Dunkelheit, beobachtete verstört, wie der Scheinwerfer des Snowmobils nach links und rechts schwenkte und plötzlich gar nicht mehr zu sehen war. Der Motor heulte auf, verstummte dann ganz und hinterließ eine beinahe beängstigende Stille.

Carla fuhr weiter und sah das Snowmobil im tieferen Schnee neben dem Trail liegen. Der Scheinwerfer war erloschen, der Motor verstummt. Neben der Maschine lag ein Mann auf dem Boden und stöhnte vor Schmerzen. Er hielt sich den linken Arm, versuchte aufzustehen und sank gleich darauf wieder in den Schnee. Im Lichtkegel ihrer Stirnlampe erkannte sie ihn sofort: Kenny Lawrence!

Carla stieg von den Kufen und sicherte ihren Schlitten. »Warten Sie! Ich helfe Ihnen!«, rief sie dem Anführer der Range Riders zu. Sie rannte zu dem Verunglückten, packte ihn unter den Armen und wollte ihm vom Boden aufhelfen, merkte aber sofort, dass er schlimmer verletzt war. Er stöhnte vor Schmerzen.

Sie ließ ihn los und erschrak, als sie das Blut an seinem linken Oberschenkel sah. Seine Hose war aufgerissen. »Das … das ist eine Schusswunde!« Sie untersuchte die Wunde flüchtig. »Drücken Sie mit einer Hand fest auf die Wunde, sonst verlieren Sie zu viel Blut. Ich hole inzwischen meinen Verbandskasten.«

»Ist die Kugel noch drin?«, presste er hervor.

Sie blickte im Schein ihrer Stirnlampe noch mal genauer hin. »Sieht so aus, Mister Lawrence. Es scheint, als hätten Sie großes Glück gehabt. Die Kugel hätte auch eine Arterie treffen können.« Carla hatte eine ausführliche Schulung in Erster Hilfe mitgemacht und viel von C.J. gelernt, dem Tierarzt von »Wolf Aid«.

Sie holte das Verbandszeug, legte die Wunde frei und säuberte sie mit einem sauberen Tuch. Mit einer Mullbinde legte sie einen festen Verband an. Als der Wind in die Bäume am Wegesrand fuhr und einen kühlen Schneeregen auf sie niedergehen ließ, fluchte sie. »Sie müssen so schnell wie möglich zu einem Arzt. Haben Sie ein Funkgerät dabei? Können Sie die anderen Männer erreichen?« Sie wusste, dass ihr nichts anderes übrig blieb, als ihn selbst in die Stadt zu transportieren, falls sie die anderen Männer nicht erreichen konnten. »Sonst bringe ich Sie mit dem Schlitten hin. Wird ein bisschen holprig, die Fahrt, aber anders geht es nicht.«

Er stöhnte unterdrückt. »Ich denke, Sie können mich nicht leiden.«

»Soll ich Sie deswegen erfrieren lassen?«

»Sind Sie 'ne barmherzige Schwester oder so was?« Er brachte ein gequältes Grinsen zustande. Ein Macho wie er durfte den Schmerz nicht zeigen, auch wenn es ihm schwerfiel. Es gelang ihm nicht ganz. »Geben Sie mir das Gewehr, Miss.«

»Das Gewehr? Aber …«

»Geben Sie's mir!«

Er nahm ihr das Gewehr aus der Hand und entsicherte es. Noch bevor sie etwas sagen konnte, schoss er in die Luft. Die Kugel traf einen Ast und ließ einen Schneeschauer auf sie herabrieseln. Der Knall hing sekundenlang in der Luft. Carlas Huskys erschraken und zerrten jaulend an den Leinen. Sie beruhigten sich erst wieder, als Carla ihnen zurief: »Alles gut, Romeo! Alles gut, ihr Lieben!!«

Der harte Rückschlag traf Lawrence unerwartet. Sein verletztes Bein zuckte, und er musste die Zähne zusammenbeißen, um nicht vor Schmerzen aufzuschreien. Er ließ das Gewehr fallen und griff sich mit verzerrter Miene an die Wunde.

»Hierher!«, rief er, so laut er konnte. »Ich bin hier!«

Carla kramte einige Schmerztabletten aus dem Verbandskasten und reichte sie ihm zusammen mit ihrer Wasserflasche. »Ibuprofen«, erklärte sie, »die starken.«

Während er die Tabletten schluckte, heulten die Motoren mehrerer Snowmobile auf, und die verbliebenen Hobby-Jäger tauchten auf. Drei Range Riders, Patrick Willerby und ein Ausrüster, der im Sommer abenteuerliche Touren in die White Mountains führte. Beim Anblick des verletzten Lawrence erschraken sie.

»Kenny!«, rief einer der Range Riders. »Was ist passiert?«

»Was passiert ist?«, erwiderte er ungehalten. »Einer von euch Superschützen hat mich mit einem Wolf verwechselt und mir eine Kugel auf den Pelz gebrannt.«

»Einer von uns soll dich getroffen haben? Aber das ist unmöglich!«

»Ach ja? Und was ist das?« Lawrence deutete auf die Wunde.

»Wir haben auf den Fuchs gefeuert.«

»Einen Fuchs?« Lawrence war außer sich. »Ich dachte, wir sind hinter einem Wolf her.« Er erregte sich so sehr, dass er sein verletztes Bein bewegte und vor Schmerzen aufschrie. »Ihr ballert wie die Verrückten auf einen blöden Fuchs?«

»Im Dunkeln kann man die schon mal verwechseln.«

»Und wer hat auf mich geschossen?«

»Ein bedauerlicher Irrtum! Wo warst du denn auf einmal?«

»Ich dachte, ich hätte was im Wald gesehen. So dumm, auf einen Fuchs zu schießen, wäre ich nicht mal ohne Mondlicht. Man könnte meinen, ihr kommt aus New York oder Los Angeles.« Die Tabletten begannen zu wirken und ließen ihn für einen Moment die Augen schließen. »Wer wollte mich umlegen?«

»Niemand, Kenny. Es war ein Versehen.«

»Von wem?«

»Keine Ahnung«, erwiderte einer der Range Riders, »es ging plötzlich alles so schnell. Der Fuchs tauchte wie aus dem Nichts auf, und wir schossen alle gleichzeitig. Im Dunkeln war das Biest wirklich nicht genau zu erkennen. Aber was soll's? Um einen Fuchs wäre es nicht schade. Als er sich in die Büsche schlug, sind wir ihm nachgefahren und haben weiter auf ihn geschossen, bis wir klarer sehen konnten und ihn laufen ließen. Wir hätten ihn doch niemals mit dir verwechselt!«

»Habt ihr aber! Wer war es?«

»Das wissen wir nicht«, mischte sich Patrick Willerby ein, »es ist in der Hitze des Gefechts passiert und sehr bedauerlich, aber die Verletzung ist nicht so schlimm und …« Er sah, dass Lawrence kurz davor war zu explodieren. »Es tut uns leid, Lawrence! Es tut uns allen furchtbar leid! Wir wollten das doch nicht!«

»Davon kann ich mir auch nichts kaufen. Und was jetzt?«

»Wir bringen dich natürlich zurück, Kenny«, sagte sein Kollege. Er hatte den Schlitten mit den Vorräten an seinem Snowmobil hängen. »Wir laden dich auf meinen Schlitten und bringen dich zum Arzt. Hier läuft sowieso nichts mehr.«

»Sie wollen die Jagd abbrechen?« Patrick Willerby schien verwundert.

»Was denn sonst? Der Wolf ist längst über alle Berge.«

»Und ich hab keine Lust, mir weiter den Arsch abzufrieren, nur weil Halterman um ein paar Kälber und Schafe jammert, und sich Kinney an einem Wolf rächen will. Ich kann mir was Schöneres vorstellen bei dem Wetter. Wir rennen schon viel zu lange hier draußen rum. Selbst Kinney hat sich längst verzogen.«

»Ich hab gleich gesagt, dass die Sache in die Hose geht, wenn die halbe Stadt mitmacht und wie eine Herde Elefanten durch den Busch zieht«, sagte ein anderer Range Rider. »Wenn Halterman was gegen die verdammten Wölfe ausrichten will, muss er die Arbeit uns Range Ridern überlassen. Oder diesem Wolfsjäger, wenn er glaubt, dass wir es nicht allein schaffen. Das werde ich ihm auch sagen.«

»Aber zuerst bringt ihr mich zum Arzt. Oder wollt ihr noch länger hier rumstehen und dumm labern? Packt mich endlich auf den Schlitten und fahrt los.« Er wandte sich an Carla. »Und wenn Sie schlau sind, kehren Sie auch um, Miss.«

»Ich kann nicht«, sagte sie nur.

Carla wartete, bis die Männer den Verletzten auf den Schlitten geladen hatten und aufbrachen. Lawrence brachte ein Kopfnicken zustande, als sie an ihr vorbeifuhren, zu einem lauten »Danke« reichte es bei ihm nicht. Sie kümmerte sich nicht darum, packte den Verbandskasten ein und stieg auf den Schlitten. Wenn ihr wüsstet, wie nahe wir dem Wolf sind, dachte sie und feuerte die Huskys an.

Sehr viel weiter schaffte sie es an diesem Abend nicht mehr. Bis zur Hütte waren es noch einige Meilen – zu weit, um es an diesem Abend noch dorthin zu schaffen. Nach dem Zwischenfall mit dem Range Rider war sie müde und ausgelaugt und brauchte dringend ein paar Stunden Ruhe. Neben einem entwurzelten Baum fand sie einen geeigneten Platz für ihr Nachtlager. Die Bäume standen hier dicht genug, um wenig von dem Schneetreiben durchzulassen, und bremsten den teilweise böigen Wind.

Wie jede gute Musherin versorgte sie zuerst die Huskys. »Das habt ihr gut gemacht«, lobte sie vor allem Romeo, der als Leithund seine besonderen Streicheleinheiten brauchte, sonst würde er schnell den Beleidigten spielen und vielleicht sogar die Arbeit verweigern. Alle Huskys waren hungrig und schlangen ihr Fressen hinunter, leckeren Lachs- und Reiseintopf, den Linda mitgebracht hatte.

»Und jetzt will ich keinen Mucks mehr hören! Ruht euch gründlich aus, okay?«

Zwischen einigen Steinen, die sie in der Nähe ihres Lagerplatzes aus dem Schnee grub, entzündete sie ein kleines Feuer. Sie kochte grünen Tee, den sie am liebsten mochte, und begnügte sich mit einem der Sandwiches, die sie eingepackt hatte. Truthahn, Käse und Tomaten, ihre Lieblingsmischung. Gegen den Wind spannte sie die Zeltplane auf, den Boden bedeckte sie mit einer dicken Schicht aus Fichtenzweigen, bevor sie in ihren Schlafsack kroch und die Augen schloss. Während sie einschlief, glaubte sie das Heulen eines Wolfs zu hören.

15

Zuerst sah Carla nur die leuchtenden gelben Augen. Sie tauchten wie wandernde Lichter zwischen den Bäumen auf und bewegten sich langsam durch die Dunkelheit. Ihr gegenüber blieben sie stehen und verengten sich, als wären sie erst jetzt auf sie aufmerksam geworden. Ein grimmiges Fauchen hallte durch die Nacht.

Sie erstarrte vor Angst. Wölfe waren ihre Freunde, wussten normalerweise, dass sie es gut mit ihnen meinte, doch dieser schien sich für einen Angriff zu rüsten, kam langsam näher und knurrte bedrohlich. Seine Augen verfärbten sich rot und begannen zu glühen, und in seinem leicht geöffneten Maul schimmerten die scharfen Reißzähne wie tödliche Waffen. Jeden Augenblick würde er angreifen.

»Warum willst du mich töten, Wolf?«, rief sie. »Ich bin dein Freund!«

Ihre letzten Worte gingen in dem triumphierenden Fauchen unter, als er sich mit den Hinterläufen vom Boden abstieß und sich gierig wie eine Bestie auf sie stürzte.

Sie spürte seinen Atem in ihrem Gesicht, wartete darauf, dass sich seine Zähne in ihre Kehle bohrten, und schreckte aus dem Schlaf. Benommen starrte sie in den morgendlichen Nebel. Eisige Dunstschwaden hingen in den Bäumen und gaben ihr das Gefühl, in einer fremden Welt gefangen zu sein. Viel länger als sonst brauchte sie, um zu erkennen, dass sie nur geträumt hatte. Kein Wolf, kein Angriff auf ihr Leben und doch ... Die Huskys schienen seltsam unruhig, zerrten an ihren Leinen und schienen darauf zu drängen, schnell von diesem Platz wegzukommen.

Carla tat ihnen den Gefallen. Schon wenige Minuten später waren sie wieder unterwegs und folgten dem Trail, der in leichten Windungen durch den Wald führte. Solange sie im Schatten der Bäume fuhr, und der Schnee nicht zu hoch lag, kamen sie zügig voran. Sie musste lediglich darauf achten, sich rechtzeitig zu ducken, wenn ihr die tief hängenden Äste der Schwarzfichten im Weg waren. Es war kälter als am vergangenen Abend, nur der Wind hatte nachgelassen, und der Schnee regnete nur noch herab, wenn sie einen der verschneiten Äste streifte.

Ihre Sinne waren geschärft. Nicht nur der seltsame Traum brachte sie dazu, ihre Umgebung aufmerksamer als sonst zu beobachten. Sie hatte keine Angst vor dem einsamen Wolf. Als Expertin, die sich seit vielen Jahren mit dem Verhalten von Wölfen beschäftigte, wusste sie, dass sie Menschen nur angriffen, wenn sie keinen anderen Ausweg wussten. War ein Winter so streng, dass sie in den Wäldern oder auf der Tundra nichts mehr zu fressen fanden und sich an dem Abfall in den kleinen Siedlungen vergriffen, konnte es schon mal sein, dass sie sich auf einen Menschen stürzten. Oder wenn eine Wölfin sich und ihre Jungen in die Enge getrieben sah. Oder wenn sie besonders gereizt waren. Normalerweise machten Wölfe jedoch einen großen Bogen um Menschen. Das erzählte sie auch den Besuchern des Wolfcenters, die manchmal Angst hatten, einem Wolf zu begegnen. Die Chance, in Alaska einem Wolf zu begegnen, war wahrscheinlich geringer, als vom Blitz getroffen zu werden, scherzte sie dann, die Wölfe hatten kein Interesse daran, einem Menschen zu begegnen. Ähnlich wie die gefürchteten Grizzly-Bären, die keine Angst vor Menschen hatten, sie aber nur äußerst selten als Beute betrachteten.

Dennoch blieb Carla wachsam, schon aus Gewohnheit. In der Wildnis musste man jederzeit auf Überraschungen gefasst sein. Das wussten auch die Huskys. Der Instinkt eines guten Hundes war so ausgeprägt, dass er Gefahren erkannte, bevor sie akut wurden, und bereit war, selbstständig zu handeln, wenn sein Besitzer nicht weiterwusste. Romeo war ein solcher Hund und hatte bei Amy, der besten Trainerin, die Carla kannte, noch einiges dazugelernt.

»Hey, Romeo!«, rief Carla. »Haben dir eben die Ohren geklingelt? Ich hab gerade daran gedacht, was für ein guter Leithund du bist. Lass mich nicht im Stich, hörst du? Wir müssen den Wolf vor Jason finden. Wir dürfen nicht zulassen, dass er ihn umbringt.«

Sie ließ den Wald hinter sich und lenkte den Schlitten über einige Hügel in ein weiteres Tal hinab. Zahlreiche Felsen ragten wie klobige Finger aus dem Schnee, am Ufer eines zugefrorenen Baches wuchsen Birken. Ihre weißen Stämme leuchteten im fahlen Licht der Sonne, die sich am Morgen am Himmel zeigte und erst am Nachmittag von dunklen Wolken vertrieben wurde. Der Wind hielt sich zurück, fuhr nur gelegentlich in den Neuschnee und wirbelte glitzernde Schauer auf. Das Tal wirkte leer und verlassen, und das Scharren der Kufen und Knarren des Schlittens waren die einzigen Geräusche. Als wäre sie allein auf der Welt.

Jason hatte den gleichen Weg genommen. Es hatte schon nachts zu schneien aufgehört, und die breite Spur seines Snowmobils war nicht zu übersehen. In weiten Serpentinen zog sie sich über den relativ steilen Hang in die Tiefe. Erst zwischen einigen der Felsen fand sie die Spuren seines Nachtlagers. Er hatte am vergangenen Abend länger durchgehalten als sie und natürlich auch dadurch einen Vorsprung gewonnen, dass sie Kenny Lawrence geholfen und dabei einige Stunden verloren hatte.

Beim Aufstieg tat sich Carla schwerer. Sie musste mehrmals von den Kufen, um den Hunden zu helfen, den Schlitten nach oben zu ziehen. Ohne die Spur, die Jason hinterlassen hatte, wäre ihr wohl nichts anderes übrig geblieben, als umzukehren oder einen weiten Umweg zu fahren. Keuchend legte sie die letzten Schritte zurück, bis sie endlich oben ankam und erschöpft stehen blieb. Bei diesem Aufstieg hätte sich auch Amy schwergetan, vermutete sie. Sie trank von dem inzwischen lauwarmen Tee, den sie in ihre Feldflasche gefüllt hatte, und rief ihren Hunden zu: »Ich weiß, ihr wollt weiter. Gebt mir ein paar Minuten, okay?«

Sie verteilte einige Mohrrüben aus einer Plastiktüte an die Huskys, natürliche Goodies, die sie über alles schätzten, während sich Carla einen Schokoriegel gönnte, nicht gerade Diätkost, aber genau das Richtige, um wieder in Fahrt zu kommen. Oberhalb des schmalen Baches ging es weiter, an einem Waldrand entlang auf ein Plateau, von dem man in mehrere Täler hinabblicken konnte. Ein Ausblick, wie man ihn in Alaska vielerorts in den Bergen genießen konnte, der einem auf eindrucksvolle Weise zeigte, wie groß und gewaltig dieses Land war.

Sie zog ihr Fernglas aus dem Futteral und suchte die vor ihr liegende Gegend ab. Die Spur des Snowmobils war deutlich zu verfolgen, führte nach ungefähr einer Viertelmeile zwischen einige Hügel und im Schatten der steil aufragenden Berge nach Nordosten, wie sie vom Studium der Karte wusste, weg von der Hütte, die vermutlich auch Jason angesteuert hatte. Warum er zwischen den Felsen im Tal übernachtet hatte, konnte sie nur ahnen. Sie nahm an, dass er ebenfalls auf die Spuren des humpelnden Wolfs gestoßen und ihm weiter gefolgt war, den Bergen entgegen. Leider konnte sie ihn nirgendwo ausmachen, so angestrengt sie auch durch ihr Fernglas blickte. Jason schien sich in Luft aufgelöst zu haben.

Ein Grund mehr, ihre Anstrengungen zu verdoppeln und die Hunde zu einer noch schnelleren Gangart anzutreiben. Kein leichtes Unterfangen, vor allem zwischen den Hügeln, wo der Wind frischen Schnee über den Trail geweht hatte, und sie immer wieder von den Kufen musste, um den Hunden zu helfen, den Schlitten zu ziehen. In einer Senke, wo der Schnee beinahe kniehoch lag, musste sie sogar die Schneeschuhe anziehen und vornweg laufen und den Weg ebnen.

Am späten Nachmittag erreichte Carla die Ausläufer des Eagle Mountain. Ein gewaltiger Berg, der teilweise den Himmel verdunkelte und kalt und abweisend vor ihr aufragte. Sie starrte die kahlen Felswände und den Gipfel an, fühlte sich gedemütigt von dem Berg, der ihr zu sagen schien, dass dieses Land nicht für Menschen gemacht war und sie in dieser Gegend nichts zu suchen hatte. Sie hielt an und beobachtete, wie der Wind eine Schneefahne einen Felshang hinabtrieb und plötzlich böig auffrischte, als drohte er ihr damit, seine volle Kraft zu entwickeln, falls es ihr einfiel, weiter in die White Mountains vorzudringen. Einige der düsteren Legenden, die über die Berge erzählt wurden, kamen ihr in den Sinn.

Leises Motorengeräusch drang an ihre Ohren. Sie ließ den Blick wandern, glaubte einen dunklen Schatten am Ende eines Tales zu entdecken, der aber sofort wieder verschwand und eine dunkle Leere hinterließ. Konnte das Jason auf seinem Snowmobil gewesen sein? Falls ja würde sein Vorsprung eine Stunde, vielleicht auch zwei, betragen. Und wenn er sie nicht gesehen hatte, fühlte er sich vielleicht sicher und wurde etwas langsamer. Carla vergeudete keine Zeit, feuerte die Hunde an und trieb sie über den schrägen Hang unterhalb der Bergwand. Obwohl sie die Wildnis gewohnt war, spürte sie ein ungutes Gefühl. Der Berg schien ihr zu drohen und sie zu bedrängen, und in ihr wuchs die Ahnung, dass das Wetter bald umschlagen und ein Sturm aufziehen würde. Im Westen wurde es dunkler.

Die Huskys schienen ähnlich zu denken wie sie und wirkten nervöser als bisher. Selbst der besonnene Romeo hob öfter den Kopf und zögerte, große Entfernungen über weite Ebenen zurückzulegen, wohl aus Angst, er könnte auf freier Strecke von einem Blizzard überrascht werden. Eine Befürchtung, die Carla teilte. Alaska war bekannt für seine plötzlichen Wetterwechsel, und der angespannten Stille, wie sie im Augenblick über dem Land lag, folgte meist ein heftiger Sturm, gegen den es kaum Gegenwehr gab.

»Vorwärts! Beeilt euch!«, rief sie den Huskys zu, als sie über die Hügel raste. »Wir müssen hier weg! Beeilt euch!«

Noch hatte sie die Hoffnung, die nächste Hütte zu erreichen. Vielleicht noch zwei Meilen, nicht mehr. Sie hatte die Karte genau studiert. An dem Berg vorbei und anschließend über einige Hügel nach Nordosten bis zum Ufer eines schmalen Flusses. Die Hütte sollte jenseits des Flusses im Schutz eines Waldes liegen.

Selbst in der Stille wurde das Motorengeräusch des Snowmobils nicht mehr laut. Ob Jason die Hütte schon erreicht hatte? Als erfahrener Wolfsjäger wusste er sicher auch, was die plötzliche Stille bedeutete, und beeilte sich, einen sicheren Unterschlupf zu suchen, selbst wenn der Wolf die Nähe der Hütte sicher gemieden hatte. Alles andere wäre leichtsinnig gewesen. Ein Blizzard konnte lebensgefährlich sein.

Carla hatte gerade erst den zweiten von vier Hügeln erreicht, als zwei Dinge gleichzeitig passierten: der Sturm brach los, und noch bevor die ersten Flocken wirbelten, sah sie das herrenlose Snowmobil rechts von ihr auf dem Hang und weiter unten Jason liegen.

»Jason!«, rief sie entsetzt. Und: »Whoaa! Anhalten!«

Es war kein Blizzard, aber ein heftiger Sturm, der dichte Flocken über die Hügel trieb und sie beinahe zu Boden drückte. »Wartet hier!«, rief sie den verwunderten Huskys zu und rammte den Anker in den Schnee. »Ich bin gleich zurück!«

Auf allen vieren, weil sie sich kaum noch auf den Beinen halten konnte, kletterte sie den Hang zu Jason hinab. Er war steiler, als sie gedacht hatte, und sie musste sich rückwärts bewegen und ihre Stiefelspitzen bei jedem Schritt tief in den festen Schnee rammen, um einigermaßen Halt zu haben. Der Wind zerrte an ihrem Anorak und drohte sie aus der Bahn zu bringen, aber sie hielt eisern durch.

Jason lag auf dem Bauch. Er war benommen, aber glücklicherweise bei Bewusstsein, und schien sich mit beiden Händen in den Schnee zu krallen. Der Helm, den er beim Fahren des Snowmobils trug, hatte ihn wohl davor bewahrt, sich den Schädel zu prellen und das Bewusstsein zu verlieren.

»Carla!«, krächzte er überrascht. Seine Augenbrauen waren eisverkrustet. »Wo kommst du denn her?«

In dem tosenden Wind verstand sie kein Wort, aber sie ahnte, was er gesagt hatte. Sie nahm ihm den Helm ab und sprach dicht neben seinem rechten Ohr, damit er sie auch hörte. »Was ist los, Jason? Hat dich der Sturm erwischt?«

»Ich hab nicht aufgepasst.«

»Und kommst hier nicht allein weg?«

»Es war gerade so gemütlich.«

Sie überhörte den Scherz und befreite ihn von dem lästigen Schnee, der während der letzten Minuten auf ihn gefallen war. Mit beiden Händen gelang es ihr, ihn zumindest auf alle viere zu hieven. »Schaffst du es bis zum Schlitten hoch?«

»Das … das werden wir gleich sehen.«

Sie krochen zusammen den Hang hinauf. Halb schob sie ihn, halb zog sie ihn, eine Anstrengung, die sie nach der kräftezehrenden Fahrt doppelt forderte und sie alle paar Minuten zwang, eine Pause einzulegen. Er war auch nicht besser in Form und doch stärker benommen, als er zugeben wollte. Ohne Carla, die ihn immer wieder am Anorak packte und ihm half, hätte er es wohl nicht geschafft.

Wie lange sie zum Schlitten brauchten, hätten sie später nicht sagen können. Unendlich lange kam es Carla vor, bis sie endlich den Hügelkamm erreichten und den Schlitten zu fassen bekamen. Carla hatte das Gefühl, bis ins Mark von der eisigen Kälte erfüllt zu sein, und brauchte ihre ganze Kraft, um gegen den Sturm anzukämpfen und wenigstens halbwegs auf die Beine zu kommen. Mit einer weiteren Kraftanstrengung schaffte sie es, Jason auf die Ladefläche des Schlittens zu helfen. Sie deckte ihn mit einigen Wolldecken aus dem Schlittensack zu und schnallte ihn mit Lederriemen am Schlitten fest. Er stöhnte vor Erschöpfung.

»Dein Snowmobil holen wir später!« Der Wind war inzwischen so laut geworden, dass sie sich tief über ihn beugen musste, damit er sie verstand. »Bis zur Hütte kann es nicht mehr weit sein! Eine halbe Meile, bestimmt nicht mehr!«

»Immer geradeaus … über den Fluss!«, erwiderte er mühsam.

Sie hielt sich mit beiden Händen am Schlitten fest und tastete sich zur Haltestange zurück. Das Schneetreiben war so dicht, dass sie kaum die Hand vor Augen sah. Als sie endlich auf den Kufen stand, verschwanden sogar die Hunde im Flockenwirbel. Sie klammerte sich gebückt an die Haltestange und rief: »Vorwärts, Romeo! Wir haben es nicht mehr weit. Vorwärts! Bring uns raus hier!«

Die Huskys schienen sie verstanden zu haben. Noch entschlossener als sonst stemmten sie sich in die Geschirre und kämpften gegen den Sturm und das Schneetreiben an. Auf dem Hügelkamm waren sie dem böigen Wind beinahe hilflos ausgeliefert und mussten ihre ganze Kraft aufwenden, um nicht aus der Spur gebracht zu werden. Besonders Bingo und Snowflake, die beiden Leichtgewichte in ihrem Team, taten sich schwer und konnten froh sein, dass andere Huskys wie Romeo und Bull sicherer standen. Die Schnauzen im eisigen Wind, kämpften sie sich durch den Sturm, das Ziel keine Viertelmeile mehr entfernt.

Carla hing mehr über der Haltestange, als dass sie auf den Kufen stand. Die lange Fahrt und die Rettungsaktion hatten viel Kraft gekostet. Sie überließ es den Hunden, einen Weg durch die Dunkelheit zu finden, auch wenn sie nicht wussten, dass es eine Hütte gab, spürten sie sicher instinktiv, dass es einen nahen Unterschlupf für die Zweibeiner gab. Sie selbst brauchten kein Dach über dem Kopf, fühlten sich auch während eines starken Schneesturms im Freien wohl.

Mit gesenktem Kopf fuhr Carla den Hügel hinab. Obwohl sie die Schutzbrille aus ihrer Anoraktasche gekramt und aufgesetzt hatte, litt sie unter dem treibenden Schnee. Sie bekam ihn zwar nicht mehr in die Augen, sah aber nicht einmal bis zum Ende des Schlittens. Der Lichtkegel ihrer Stirnlampe ließ das Weiß des Schnees noch greller erscheinen und blendete sie nur. Sie zog sie weiter nach unten, um Jason besser beobachten zu können, doch er war nur als dunkler Schatten in dem Schneetreiben zu erkennen, und sie hätte nicht einmal sagen können, ob er bei Bewusstsein war.

»Wir haben es gleich geschafft, Jason!«, rief sie.

Unterhalb des Hügels waren sie einigermaßen vor dem Wind geschützt, und auch das Schneetreiben war nicht mehr so stark. Doch viel Zeit, um sich zu erholen und neue Kraft zu schöpfen, blieb Carla nicht. Kaum hatte sie mit dem Anstieg des letzten Hügels begonnen, erwischte sie der aufkommende Blizzard mit voller Wucht, und sie war den Kräften der Natur wieder hilflos ausgeliefert. *Weit kann der Fluss nicht mehr sein,* machte sie sich Mut, *nur noch über diesen Hügel, und dann hast du es fast schon geschafft!*

»Romeo! Juliet!«, rief sie, obwohl die Huskys sie nicht hören konnten. »Vorwärts! Lauft! Lauft! Wir schaffen das, okay?«

So schnell und entschlossen, als gelte es, ein Rennen zu gewinnen, rannten die Hunde über die verschneite Anhöhe. Der Wind hatte den Neuschnee vom Hügelkamm gefegt und den Weg für sie geebnet. Scheinbar benommen, weil sie von dem böigen Wind immer wieder aus der Spur getrieben wurden, kämpften sie sich bis zum anderen Ende und den Hügel hinab.

»Der Fluss?«, rief Carla. »Seht ihr schon den Fluss?« Sie hob den Kopf, um im Schein ihrer Stirnlampe besser sehen zu können, und blickte in den Flockenwirbel. »Jetzt ist es nicht mehr weit.«

Der Fluss tauchte so plötzlich vor ihnen auf, dass Carla beinahe die Uferböschung übersehen hätte. Lediglich der Vorsicht ihres Gespanns hatte sie es zu verdanken, dass sie nicht kenterten. Sie fuhren über das feste Eis auf die andere Seite und kämpften sich zum nahen Waldrand empor. Carla sah die rettende Hütte erst, als die Huskys vor dem Eingang hielten.

»Jason! Wir haben es geschafft!«

Sie half dem erschöpften Jason vom Schlitten und führte ihn in die Hütte. Obwohl sie sich selbst kaum noch auf den Beinen halten konnte, schaffte sie es, ihn auf eine der herumliegenden Matratzen zu legen und die Wolldecken über ihm auszubreiten. Noch mehr Energie kostete es sie, die Öllampe auf dem Holztisch anzuzünden und den altmodischen Kanonenofen mit dem Brennholz in Gang zu bringen, das die letzten Bewohner daneben aufgeschichtet hatten. Sobald das Feuer brannte, wagte sie sich erneut nach draußen, um die Huskys auszuspannen und den Schlitten auf der windgeschützten Seite der Hütte zu parken.

Auch jetzt legte sie sich noch nicht schlafen. Ein ungeschriebenes Gesetz verlangte von einer Musherin, sich selbst dann um die Hunde zu kümmern, wenn sie selbst kaum noch in der Lage war, für sich selbst zu sorgen.

»Ihr habt einen tollen Job gemacht«, sagte sie zu Romeo, »ihr habt euch euer Fressen mehr als verdient.« Nachdem sie die Huskys versorgt hatte, kehrte sie in die Hütte zurück. Sie schob zwei weitere Holzscheite ins Feuer, legte sich anschließend auf eine der anderen Matratzen und war innerhalb von Sekunden eingeschlafen.

16

Noch vor Tagesanbruch schreckte sie aus dem Schlaf. Sie blickte erschrocken zum Fenster und sah, dass der Sturm inzwischen zu einem heftigen Blizzard angewachsen war und wirbelnde Flocken die Sicht versperrten. Der Wind trieb den Schnee wie schäumende Gischt vor sich her und schlug mit voller Wucht gegen die Hüttenwand. Die teilweise losen Bretter zitterten unter dem tobenden Wind.

Carla hatte lediglich ihren Anorak, Mütze, Schal und Handschuhe ausgezogen, bevor sie auf die Matratze gesunken war, hatte in ihrer Müdigkeit sogar die Stiefel angelassen. Sie stand auf und blickte auf Jason hinab. Er lag ebenfalls angezogen auf seiner Matratze, ließ sich durch den Lärm aber wenig stören. Nur als sich der Wind besonders angriffslustig zeigte, öffnete er kurz die Augen, schloss sie aber gleich wieder.

Carla ließ ihn schlafen und legte frisches Holz in den Ofen, dann trat sie ans Fenster und blickte besorgt in den Sturm hinaus. So hartnäckig wie bei diesem Sturm zeigte sich das Wetter selten in Alaska. Ihr einziger Trost war, dass sich der Wolf davon nicht abhalten lassen und weiter nach Norden fliehen würde. Danach würde es schwieriger werden, ihn einzufangen und ins Wolfcenter nach Copperville zu bringen, aber das galt auch für Jason, der sich bestimmt nicht wegen eines einzigen Wolfes tagelang in den White Mountains aufhalten würde.

Das hoffte Carla jedenfalls. Ein Wolfsjäger wie er musste auch wirtschaftlich denken. Eine Jagd musste sich lohnen, und Aufwand und Ertrag mussten einigermaßen im Gleichgewicht sein. Die wenigsten Wolfsjäger hassten Wölfe. Sie betrachteten die Jagd als lukrativen Job, der einiges Geld einbrachte, wenn man es schaffte, einen Wolf möglichst schnell zu töten. Der Abschuss eines Wolfes brachte immer die gleiche Summe ein, völlig egal, wie lange man dazu brauchte.

Als sie Teewasser aufsetzte, rührte sich Jason. Er öffnete die Augen und griff sich stöhnend an den Kopf. Anscheinend hatte er doch einiges abbekommen. Er stützte sich auf die Ellbogen und versuchte, sich zu orientieren. »Hey«, sagte er.

»Hey«, erwiderte sie mürrisch. Dass sie ihn aus dem Schnee gerettet und in die Hütte gebracht hatte, hieß noch lange nicht, dass sie vor Freude überschäumte.

»Krieg ich auch einen Kaffee?«

»Tee, ich hab nur Tee dabei.«

»Auch gut. Der Sturm ist ziemlich hartnäckig, was?« Er blickte sie eine Weile forschend an. »Danke, dass du mich eingesammelt und in die Hütte gebracht hast. Allein hätte ich's wohl nicht mehr geschafft. War scheißkalt da draußen.«

»Das hätte jeder für dich getan.«

»Schon klar.«

»Du hättest besser aufpassen sollen.«

»Ich weiß«, sagte er. »Und du könntest mich jetzt locker ohne Frühstück hier liegen lassen und dich davonmachen. Dann hättest du einen großen Vorsprung.«

»Dann willst du weitermachen?«

»Klar doch, das ist mein Job.«

»Ein Scheißjob!«

»Du bist nicht gerade fair.«

Sie füllte einen Becher, den sie in dem baufälligen Regal neben dem Fenster gefunden hatte, hängte einen Teebeutel hinein und reichte ihn Jason. Erst dann füllte sie ihren eigenen. Aus ihrem Rucksack kramte sie einige Kekse. »Nicht gerade ein Gourmet-Frühstück, aber was anderes gibt's nicht. Ich hab wenig Zeit.«

»Ganz in meinem Sinne ... danke.« Er setzte sich zu ihr an den Tisch und schob sich einen Keks in den Mund. »Schokokekse ... nicht übel. Ich hab schon wesentlich schlechter gegessen. Vielen Dank.«

Sie aßen und tranken eine Weile schweigend.

»Du hast Spuren gefunden?«, fragte sie.

»Kann schon sein.«

»Dann weißt du, wohin der Wolf geflohen ist.«

»Du doch auch«, erwiderte er.

»Woher willst du das wissen?«

Er hielt seinen Teebecher mit beiden Händen. »Du kennst dich in der Wildnis aus, sonst wärst du bei dem Wetter längst umgekehrt, so wie alle anderen. Sogar die Range Riders haben klein beigegeben, dabei halten sie sich für die härtesten Männer unter der Sonne. Besonders dieser Lawrence, ein furchtbarer Bursche.«

»Der ist erst mal außer Gefecht.« Sie berichtete ihm von dem Zwischenfall.

Jason deutete ein Lächeln an. »Du hilfst wohl jedem.«

»Soll ich ihn blutend im Schnee liegen lassen?«

»Verdient hätte er's.«

»So wie du?«

Jason verzog ärgerlich das Gesicht. »Ich erledige nur meinen Job. Und im Gegensatz zu den meisten Männern, die mir mit ihren neuen Gewehren gefolgt sind, verstehe ich was davon. Ich töte einen Wolf mit dem ersten Schuss. Er muss nicht leiden wie bei einigen Ranchern oder Farmern, die einen Wolf anschießen und ihn anschließend verbluten lassen. Da solltest du gegen angehen, und nicht gegen Profi-Jäger, die ihr Handwerk verstehen.«

»Aber warum? Warum tötest du Wölfe?«

»Das hab ich dir doch schon ein paarmal erklärt.«

»Der Wolf, den du töten willst, hat niemandem was getan. Der Wolf wollte Sophia retten und nicht umbringen. Schuldig ist der Kerl, der sie gestoßen hat.«

»Und? Haben sie ihn schon gefunden?«

»Die Troopers ermitteln noch.«

»Besser wär's, sie finden ihn bald«, war Jason einer Meinung mit ihr, »dann würden Kinney und die ganzen schießwütigen Bürger vielleicht zu Hause bleiben. Wenn nicht, versuchen sie es vielleicht noch einmal. Ginge es nach dem Zeitungsmann, würden wir nicht nur den einen, sondern alle Wölfe in Alaska töten. Kein Wunder, es geht schließlich um seine Tochter. Und die anderen wollen einen auf harten Waldläufer machen und ihren

Frauen imponieren, dabei rennen sie schon davon, wenn sie einen Wolf in der Ferne heulen hören oder es irgendwo im Busch raschelt.«

»Wenn es um Wölfe geht, drehen viele Leute durch.«

»Mit dem Problem haben wir beide zu kämpfen«, stimmte ihr Jason zu.

»Als ob alle Wölfe wilde Bestien wären, so wie die Wölfe in den Märchengeschichten. Von den Werwölfen in diesen grausamen Horrorfilmen ganz zu schweigen. Wölfe sind besser als ihr schlechter Ruf.«

»Ich hab nichts gegen Wölfe, Carla.«

»Aber du schießt auf sie und bringst sie um. Hast du denn kein Mitleid?« Sie blickte ihn beinahe flehentlich an. »Du musst doch irgendwas fühlen, Jason.«

»Fühlt ein Jäger, der auf einen Hirsch schießt, irgendwas? Ein Angler, der reihenweise Fische aus dem Wasser zieht? Ein Metzger, der ein Rind oder ein Schwein tötet? Natürlich fühlen diese Menschen etwas, aber sie wissen auch, dass ihr Job getan werden muss, wenn das Gleichgewicht der Natur erhalten bleiben soll, und die Menschen genug zu essen haben sollen. Anders funktioniert es nicht. Stell dir vor, alle Menschen würden von heute auf morgen Veganer? Das ginge gar nicht, und außerdem ist es nicht so gesund, wie manche Menschen glauben. Ich weine nicht, wenn ich einen Wolf erschieße. Aber ich habe auch keinen Hass auf sie und töte sie nicht einfach nur um des Tötens willen. So bin ich nicht, Carla.«

Sie stand auf und warf ein weiteres Holzscheit ins Feuer. Sie brauchte etwas Zeit zum Nachdenken, auch weil er verstörende Gefühle in ihr auslöste, und sie nicht wusste, wie sie damit umgehen sollte. Eigentlich hätte sie wütend auf ihn sein müssen, auf seine nüchterne Reaktion, wenn es ums Töten von vielerorts bedrohten Tieren ging, doch kaum blickte sie ihm in die Augen, fühlte sie etwas ganz anderes, einen seltsamen Zauber, der sie auf magische Weise in seinen Bann zog und ihre Gedanken in eine Richtung lenkte, die nichts mehr mit ihrer Auseinandersetzung zu tun hatte. Sie mochte diesen Cowboy, und es schien nichts zu geben, was sie dagegen tun konnte. Sie konnte nicht mal auf ihn wütend sein, zumindest nicht in diesem Augenblick, bei diesem sanften Lächeln.

Sie ertappte sich bei dem Gedanken, ihn zu umarmen und sich an ihn zu schmiegen, und kämpfte tapfer dagegen an. »Du willst das Gleichgewicht der Natur wiederherstellen? Dafür würden die Wölfe schon selbst sorgen. Es gibt zu viele Beutetiere und zu wenige Jäger da draußen. Siehst du nicht, wie die Hirsche die Rinde von den Birken fressen? Wie kranke Kälber oder Schafe andere Tiere anstecken, weil ein Rancher oder Farmer sie zu spät tötet? Wir brauchen keine Wolfsjäger. Mag sein, dass wir die Natur nicht mehr so hinkriegen, wie sie einmal war. Dazu gibt es zu viele Menschen. Aber wir können es wenigstens versuchen. Warum willst du einen Wolf jagen, der sowieso keinem mehr wehtun kann? Überlass ihn mir und schenke ihm noch ein paar Jahre in unserem Wolfcenter.«

Erst in der Stille, die ihren Worten folgte, fiel ihr auf, wie sehr sich der Sturm inzwischen beruhigt hatte. Ein

Blick aus dem Fenster zeigte ihr, dass sich kein Lüftchen mehr regte, die Bäume scheinbar erstarrt waren, und nur noch vereinzelte Flocken in der Luft hingen. Der Schnee lag in gewaltigen Dünen auf der Lichtung und an beiden Flussufern und bildete eine traumhafte Märchenlandschaft, die unschuldig im matten Morgenlicht glänzte. Die Wolken hatten sich verzogen, und vereinzelt waren sogar blaue Flecken am Himmel zu erkennen. Einige Sonnenstrahlen brachten den Fluss zum Glitzern.

Sie stand auf und ging zum Fenster. Die Huskys lagen eingerollt vor der Hütte, waren vor lauter Schnee kaum zu sehen. Nur Romeo war auf den Beinen und hatte sich den Schnee abgeschüttelt, ein Zeichen dafür, dass er am liebsten sofort weitergelaufen wäre. Bull hatte beide Augen geschlossen, er brauchte am längsten, um sich zu erholen.

»Es wird langsam Zeit für mich«, sagte Jason hinter ihr. Er war aufgestanden und hielt bereits seinen Helm in der Hand. »Ich sitze schon viel zu lange hier.«

»Du willst zu deinem Snowmobil laufen? Das war mindestens …«

»Kein Problem«, schnitt er ihr das Wort ab.

»Ich könnte dich mit dem Schlitten hinbringen.«

»Damit du noch mehr Zeit verlierst?« Jason ging zur Tür und öffnete sie. Ein Schwall eiskalter Luft wehte in die Hütte. »Obwohl ich an deiner Stelle lieber umkehren würde. Hier draußen kommen wir uns nur in die Quere, und das will ich nicht. Ich mag dich nämlich.« Er schien über seine eigenen Worte zu erschrecken und errötete sogar. »Und noch mal vielen Dank, dass du mich gerettet hast.«

Er beeilte sich, ins Freie zu kommen, und stapfte durch den Schnee davon. Das aufgeregte Jaulen und Bellen der Huskys begleitete ihn bis über den Fluss. Sie bewunderte, wie rasch er auch ohne seine Schneeschuhe vorankam, und blickte ihm nach, bis er hinter den Hügeln jenseits des Flusses verschwunden war.

»Verrückter Mistkerl!«, fluchte sie leise und wusste doch, dass sie es nicht so meinte.

Nachdem sie aufgeräumt und ihr Blechgeschirr verstaut hatte, verließ sie die Hütte und spannte die Huskys vor den Schlitten. Die Hunde hatten spätabends gefressen und brauchten kein Frühstück, freuten sich aber über einige Goodies, wieder kleine Mohrrüben, sowie liebevolle Liebkosungen und aufmunternde Worte.

»Heult ihm bloß nicht hinterher!«, sagte Carla zu ihnen. »Er kommt bestimmt nicht zurück. Er will den Wolf vor uns finden und erschießen. Er weiß, dass er mit dem Snowmobil schneller ist, selbst wenn er zuvor noch einen ganz schön langen Weg zu Fuß zu bewältigen hat.«

Sie brauchte nur wenige Minuten, um den Schlitten startklar zu machen. Hinter der Hütte begannen die Ausläufer der White Mountains mit zahlreichen steilen Hängen und Hügeln, die größtenteils ungeschützt lagen und dem Wind besonders ausgesetzt waren. Vor allem auf den Hügelkämmen hatte der Sturm stark gewütet und den Schnee in die Täler geblasen. Mit etwas Glück und Geschick würde sie dort einen Trail finden, der sie einigermaßen schnell vorankommen ließ. Im Tiefschnee blieb ihr nichts anderes übrig, als die Schneeschuhe anzuschnallen und selbst den Weg für die Hunde und den Schlitten zu ebnen.

Ohne Schutzbrille und Stirnlampe brach sie auf. Nachdem sich die Wolken verzogen hatten, war die Temperatur um ein paar Grade gestiegen, aber immer noch weit unter null. Auch wenn die Sonne zwischen den Wolken hervorkam, war Carla gezwungen, ihren Schal über Mund und Nase zu ziehen. Ihre Huskys kümmerten die Temperaturen wenig, solange es kalt genug war. Ihnen machte eher der Tiefschnee zu schaffen, der sie selbst dann behinderte, wenn Carla auf Schneeschuhen vorauslief und ihnen das Vorwärtskommen etwas erleichterte.

Nach den Spuren des flüchtigen Wolfs suchte Carla erst gar nicht. Wenn es sie gab, hatte der Blizzard sie längst verweht. Sie musste sich darauf verlassen, dass der Wolf weiter nach Norden floh, um seine Verfolger abzuschütteln, und erst dann ein neues Ziel ausmachen würde. Sein Instinkt würde ihn weg von den Menschen führen. Das wusste auch ein erfahrener Wolfsjäger wie Jason, der die gleiche Richtung wie sie einschlagen und sie innerhalb der nächsten Stunde überholen würde. So lange würde er brauchen, um sein Snowmobil aus dem Schnee zu graben und wieder in Gang zu bringen. Auch sein Gewehr und seine Vorräte lagen noch dort.

Doch seltsamerweise war der Motor seines Snowmobils auch nach etwas über einer Stunde immer noch nicht zu hören. Und auch nach zwei Stunden tauchte Jason nicht auf. Carla hielt mehrmals an und lauschte angestrengt, aber außer dem leisen Rauschen des Windes vernahm sie keinen Laut. Sprang seine Maschine nicht mehr an? Hatte sie unter dem Schneesturm zu stark gelitten? Für einen Moment war Carla versucht, umzudrehen und nach ihm zu sehen, entschied sich aber schnell dagegen. Ein Snowmobil war für kalte Temperaturen gebaut, und wenn es wirklich nicht anspringen sollte, konnte er immer noch in die Hütte zurückkehren.

Um die Mittagszeit, gerade als sie daran dachte, eine kurze Pause einzulegen, stieß sie erneut auf die Spuren des Wolfs. Eigentlich mehr aus Zufall, weil sie den Anker ihres Schlittens nur wenige Schritte entfernt in den Schnee rammte, entdeckte sie seine Losung, die zwischen einigen Sträuchern lag. Sie bückte sich und untersuchte sie näher. Seitdem er sie hinterlassen hatte, konnte höchstens eine Stunde vergangen sein. Im Schnee waren vereinzelte Blutspuren zu sehen.

Einige der Huskys jaulten nervös. Romeo und Juliet kamen ihr entgegen, soweit es ihre Leinen erlaubten, und hatten die Ohren aufgestellt, ein Zeichen höchster Wachsamkeit. Der grimmige Bull stemmte sich fauchend ins Geschirr.

»Keine Panik, ich passe auf!«, rief Carla ihnen zu.

Ihre Muskeln waren bis zum Zerreißen gespannt, als sie den deutlich sichtbaren Spuren folgte. Sie ahnte bereits, was dort auf sie wartete, dennoch erschrak sie, als sie den verletzten Wolf im Tiefschnee liegen sah. Er lebte noch, aber zu seinem verletzten Vorderlauf war eine blutige Wunde am Hals hinzugekommen.

Sie wusste, was das bedeutete. Der Wolf hatte vor nicht allzu langer Zeit ein größeres Tier angegriffen, wahrscheinlich einen jungen Elch, und war von einem Huf getroffen worden. Sie beugte sich zu ihm hinab und strich mit der flachen Hand über sein Fell. Aus der Platzwunde sickerte immer noch Blut. Wenn ihn nicht bald ein Arzt versorgte, würde er sterben.

»Du hättest bei den Eichhörnchen bleiben sollen«, sagte Carla.

Der Wolf regte sich nicht, atmete aber regelmäßig.

»Aber das kriegen wir hin, okay? Ich gehe jetzt zum Schlitten zurück und rufe unseren Tierarzt an. Ich habe ein Satellitentelefon. Mit dem Hubschrauber braucht C.J. keine zwei Stunden bis hierher. Er ist der beste Tierarzt, den ich kenne. Der kriegt dich wieder hin, und in unserem Wolfcenter hast du ausreichend Ruhe, um dich von deinen Verletzungen zu erholen. Dort wird es dir gefallen, das verspreche ich dir.«

Doch während sie zurückkehrte, erschien Jason mit seinem Snowmobil. Er erkannte auf Anhieb, was geschehen war, und zog sein Gewehr aus dem Sattelschuh. Mit ein paar Schritten war er bei Carla und richtete den Lauf auf den bewusstlosen Wolf.

»Geh zur Seite!«, herrschte er sie an, als sie sich zwischen ihn und den Wolf stellte. »Zur Seite! Ich will den Wolf von seinem Leid erlösen.«

»Wenn du ihn umbringen willst, musst du zuerst mich töten!«, erwiderte sie.

»Er hat sowieso keine Chance mehr! Geh zur Seite, Carla!«

»Im Wolfcenter wird er wieder gesund.«

Ihre Worte klangen so entschlossen, dass er sein Gewehr herunternahm und nicht zu wissen schien, wie er reagieren sollte. Erst nach einer ganzen Weile entspannte sich seine Miene. Er atmete einmal kräftig durch. »Okay«, sagte er so gelassen, als wäre nie etwas gewesen, »sieht so aus, als hättest du diesmal gewonnen.« Er hängte sich sein Gewehr über die Schulter und schickte sich zum Gehen an, kehrte jedoch gleich wieder um und küsste sie auf die Wange. Der Kuss kam so schnell und überraschend, dass sie gar nicht erst versuchte, sich zu wehren.

»Was war denn das?«, fragte sie erstaunt.

»Das tun Menschen, wenn sie sich mögen.«

»Du magst mich?« Sie blickte ihn mit großen Augen an.

»Sieht ganz so aus«, sagte er und stapfte davon.

17

Erleichtert fuhr Carla nach Süden zurück. C.J. und der Pilot hatten den verletzten Wolf in den Hubschrauber verfrachtet und waren mit ihm nach Copperville unterwegs. C.J. würde ihm ein Beruhigungsmittel geben und die Wunde noch an Bord untersuchen. »Den kriegen wir wieder hin«, hatte er schon auf den ersten Blick versprochen. »Ich lasse dich doch nicht tagelang durch die Wildnis fahren, um den Burschen dann wegen einer so läppischen Wunde sterben zu lassen. Das bin ich meinem Ruf schuldig.«

Carla fuhr auf demselben Weg zurück, den sie gekommen war. Da es während der letzten Stunden nicht mehr geschneit hatte, profitierte sie von dem Trail, den sie an diesem Morgen selbst geebnet hatte. Nur wenn es zu steil wurde, musste sie vom Schlitten und den Huskys helfen, die Steigung zu meistern. Die Hunde, die bei der Witterung des verletzten Wolfs sehr nervös geworden waren, schienen ebenso erleichtert zu sein wie sie und wirkten befreiter und motivierter. Als freuten sie sich darüber, auf dem langen Rückweg nicht mehr unter Druck zu stehen.

»Vorwärts, ihr Lieben!«, feuerte sie die Hunde an. »Haben wir das nicht toll gemacht? Der Wolf wird wieder gesund! Nur gut, dass wir zuerst bei ihm waren, sonst hätte es vielleicht ein Unglück gegeben. Wir haben gewonnen, sagt Jason.«

Bei dem Gedanken an den Wolfsjäger stahl sich ein Lächeln auf ihr Gesicht. Nicht weil sie ihn dazu gebracht hatte, den Wolf zu verschonen. Sie hatte vielleicht sein Mitleid geweckt oder eine Laune ausgenutzt, doch überzeugt hatte sie ihn nicht. Er würde seinen Job nicht aufgeben und weiter auf Wolfsjagd gehen.

Was sie zum Lächeln brachte, war der Kuss, der immer noch auf ihrer Wange brannte, obwohl sie ihn wegen der Kälte kaum gespürt hatte. Das leichte Funkeln in seinen Augen, als er sie angesehen hatte. Dieses »Sieht ganz so aus«, als sie ihn gefragt hatte, ob er sie mochte. Sein spöttisches und zugleich liebevolles Schmunzeln, als er auf sein Snowmobil gestiegen und davongefahren war.

»Ich mag dich auch«, antwortete sie ihm viel zu spät, »auch wenn du ein richtiges Ekel sein kannst.« Ihr Lächeln verschwand so schnell, wie es gekommen war. »Und solange du weiter auf Wölfe schießt, kannst du bei mir sowieso nicht landen.«

Unterwegs gönnte sich Carla kaum Schlaf. Lediglich in der Hütte, in der sie zusammen mit Jason gewesen war, ruhte sie ein paar Stunden, vielleicht auch, weil sie hoffte, ihn dort wiederzutreffen, obwohl er mit seinem Snowmobil viel schneller war und sicher überhaupt nicht rastete. Voller Bewunderung blickte sie zum Nordlicht empor, das in dieser Nacht besonders farbenprächtig über den Himmel flackerte und sich wie ein bunter Schleier über den Schnee legte. Ein gutes Zeichen, behaupteten die Indianer.

Noch mitten in der Nacht fuhr sie mit eingeschalteter Stirnlampe weiter und folgte dem Trail, den sie auf der Hinfahrt genommen hatte. Am frühen Morgen, nur noch wenige Meilen vor Canterbury, bekam sie einen Anruf von C.J., der ihr mitteilte, dass ihr neuer Wolf aufgewacht und auf dem Weg der Besserung sei, aber noch keinen Namen habe. Alle Wölfe im Center hatten Namen. »Hast du eine Idee, Carla?«, fragte er.

»Wie wär's mit Doc?«

»Weil er dem gestürzten Mädchen helfen wollte?«

»Und weil er leicht zu merken ist.«

»Akzeptiert«, stimmte er zu, »er heißt Doc.«

Eine weitere Unterhaltung sparten sie sich. Die Verbindung war nicht besonders und außerdem so teuer, dass sie großen Ärger bekommen würden, wenn sie zu lange über belanglose Dinge sprachen. In der Ferne leuchteten bereits die Häuser von Canterbury auf. Auch an diesem Morgen hingen nur wenige Wolken am Himmel, und im Schnee spiegelten sich vereinzelte Sonnenstrahlen. Besseres Wetter konnte sich eine Musherin nicht wünschen. Sie legte die letzte halbe Meile auf dem Trail neben dem Highway zurück und ließ es ein wenig gemächlicher angehen nach der anstrengenden Tour. Frischer Wind begleitete sie in die Stadt.

Sie stand in Gedanken bereits unter der heißen Dusche, als sie die fremden Blicke in ihrem Rücken spürte. Wie ihre Huskys hatte sie in der Wildnis einen sechsten

Sinn für drohende Gefahren entwickelt. Irgendjemand beobachtete sie, vielleicht nur ein neugieriger Bewohner, der zufällig aus dem Fenster blickte, oder Matt Kinney, der auf Neuigkeiten für seine Zeitung hoffte und schon aus beruflichem Interesse jeden Neuankömmling unter die Lupe nahm. Vielleicht aber auch jemand, der aus anderen Gründen daran interessiert war, ihr nachzuspionieren. Seit ihrer Begegnung mit Jeffrey Stark, dem Stalker, wunderte sie gar nichts mehr.

Sie parkte vor dem *Wilderness Café* und suchte aufmerksam ihre Umgebung ab, bevor sie das Lokal betrat und lauwarmes Wasser für ihre Huskys holte. Während sie die Hunde fütterte, blieb sie wachsam und registrierte jede noch so kleine Bewegung in ihrer näheren Umgebung. Auch eine Fähigkeit, die sie während ihrer langen Ausflüge in die Wildnis erworben hatte. Das junge Ehepaar, das schräg gegenüber parkte und heftig streitend aus seinem Wagen stieg. Einer der Bürger, der bei der Wolfsjagd dabei gewesen war, und rauchend auf dem Gehsteig stand. Der Mann, der an der Tankstelle seinen Wagen betankte und sie neugierig zu beobachten schien. Der Farmer im Pick-up. Ihr entging kaum etwas.

Der Wirt hatte ihr Zimmer frei gehalten und tat zumindest so, als würde er sich freuen, sie wiederzusehen. Sie grüßte nur beiläufig, freute sich vor allem, aus ihren Kleidern herauszukommen, und war erst zufrieden, als sie unter der heißen Dusche stand, der schönste Augenblick nach einer langen Tour durch die Wildnis. Das Gefühl von vorhin, beobachtet zu werden, hatte sie bereits verdrängt, als sie sich anzog und beschloss, auf einen Kaffee nach unten zu gehen und den Lieutenant anzurufen.

Auf der Treppe begegnete sie dem Wirt. »Ah, Miss Gorman«, sagte er, »ich hatte schon bei Ihnen geklopft, aber Sie waren wohl unter der Dusche. Vor ein paar Minuten hat jemand für Sie angerufen. Sie möchten bitte heute Mittag um 12 Uhr an der Tankstelle in Fox auf ihn warten. Sie hätten sich schon vor ein paar Tagen in Delta Junction getroffen, und Sie wüssten schon, um was es ginge. Seinen Namen wollte er nicht sagen. Er hat überhaupt sehr geheimnisvoll getan.«

»Ein guter Bekannter«, redete sie sich heraus. Sie ließ sich nicht anmerken, wie sehr die Nachricht sie verstörte. »Um 12 Uhr, sagen Sie? Dann habe ich ja noch genug Zeit für ein ausgiebiges Frühstück. Vielen Dank für die Nachricht.«

Sie zog sich an einen der Tische im Halbdunkel zurück und bestellte zwei Spiegeleier mit Bratkartoffeln und Speck, wie alles in diesem Lokal viel zu fetthaltig, aber genau das Richtige nach der langen Tour. Der Kaffee war nicht besonders stark, aber wenigstens heiß. Sie glaubte zu wissen, von wem die geheimnisvolle Nachricht kam. In Delta Junction hatte sie in letzter Zeit nur Jeffrey Stark getroffen, den Stalker, der Sophia verfolgt hatte. Was wollte er bloß von ihr? Wusste er mehr, als er Lieutenant Moore gegenüber zugegeben hatte? Mit dem Verbrechen hatte er nichts zu tun, sein Alibi war hieb- und stichfest. Warum wandte er sich nicht an die State Troopers, wenn er etwas zu sagen hatte? Warum kontaktierte er ausgerechnet sie?

Sie war versucht, den Lieutenant anzurufen und ihm von dem Anruf zu erzählen, ließ es nach einigem Überlegen aber sein. Wenn Stark sie in die Enge treiben oder ihr etwas antun wollte, hätte er sich einen anderen Treffpunkt als ausgerechnet eine Tankstelle ausgesucht. Sie würde selbst herausfinden, was er wollte.

Nachdem sie sich von ihren Huskys verabschiedet hatte, fuhr sie los. Eigentlich hätte sie schon auf dem Heimweg sein müssen. Ihre Arbeit war erledigt, der gerettete Wolf bereits im Center, und es gab nichts mehr für sie zu tun. Bei der Aufklärung eines Verbrechens mitzuhelfen, gehörte nicht zu ihrem Aufgabenbereich, auch wenn es sich bei dem Opfer um ein Mädchen handelte, das ihre Hilfe gesucht hatte. Diese Aufgabe war bei den *Alaska State Troopers* in guten Händen.

Sie hatte ein schlechtes Gewissen, weil sie auf eigene Faust loszog, und war ein paarmal nahe dran, den Lieutenant anzurufen und ihm vom Anruf des verdächtigen Stark zu erzählen. Es gehörte sich, die Gesetzesbeamten in einem solchen Fall über alles zu informieren.

Moore nahm ihr die Entscheidung ab. Sie wollte gerade die Wiederholungstaste mit seiner Nummer drücken, als er selbst anrief und sich über die Freisprechanlage meldete.

»Carla? Lieutenant Moore hier. Ich habe gerade gehört, dass Sie zurück sind. Ich dachte, Sie melden sich.«

»Sorry, Lieutenant. Ich hätte heute Nachmittag angerufen.«

»Weil Sie zuerst diesen Stark sprechen wollen?«

»Das wissen Sie?«, erwiderte sie erstaunt.

»Ich hab's gerade vom Wirt des *Wilderness Café* erfahren. Es war doch Stark, den Sie in Delta Junction getroffen haben?« Er wartete ihre Antwort nicht ab. »Sie wollen ihn allein treffen, stimmt's? Daraus wird nichts. Wer weiß, was er im Schilde führt. Außerdem mag ich's nicht, wenn Sie auf eigene Faust losziehen und sich in Gefahr bringen. Ich karre schließlich auch keine verletzten Wölfe durch die Gegend.«

»Tut mir leid, Lieutenant. Ich wollte Sie nicht damit belästigen.«

Er überhörte ihren Einwand, klang aber versöhnlicher. »Warten Sie auf dem Parkplatz gegenüber der Tankstelle auf mich. Keine Alleingänge, verstanden? Bleiben Sie ruhig sitzen, bis ich bei Ihnen bin!«

»Verstanden.«

Sie musste dem Lieutenant recht geben und war froh, dass er nicht aufgebrachter reagiert hatte. Als ranghoher Trooper ließ er sich bestimmt nicht gerne von einer jungen Wolfsexpertin auf der Nase herumtanzen. Er mochte sie anscheinend. Einer der wenigen Männer in Canterbury, wo sie sich nicht viele Freunde gemacht hatte.

Auf dem Parkplatz brauchte sie nicht lange zu warten. Moore erschien um zehn vor zwölf, parkte seinen Streifenwagen aber so, dass man ihn von der Tankstelle nicht sehen konnte. Sie stieg aus und ging ihm entgegen.

»Hallo, Lieutenant, tut mir leid, ich wollte mich wirklich nicht in Ihre Arbeit einmischen.«

Er winkte ab. »Ohne Sie geht's doch gar nicht in diesem Fall.« Er suchte die Tankstelle nach Stark ab, konnte ihn aber nirgendwo entdecken. »Sie fahren jetzt dort hinüber und warten auf Stark. Gehen Sie mit ihm in die Imbissecke, wenn er länger mit Ihnen sprechen will, und achten Sie darauf, dass immer jemand in der Nähe ist. Hören Sie sich ruhig an, was er zu sagen hat. Ich behalte Sie im Auge.«

»Ich glaube nicht, dass er mir was antun will.«

»Ich auch nicht, aber sicher ist sicher.«

Carla stieg in ihren Pick-up und fuhr zur Tankstelle hinüber. Sie parkte so, dass sie beide Einfahrten im Blick hatte und sehen konnte, wenn der Lexus des Stalkers auftauchte. Sie war froh, dass Moore von der Nachricht erfahren hatte und ihr nachgefahren war. Er hatte recht, junge Frauen kamen meistens nur in Filmen gegen Verbrecher an, und es tat gut, ihn in ihrer Nähe zu wissen. Falls Stark irgendwas Böses im Schilde führte, würde er rechtzeitig zur Stelle sein.

Um zwölf war nichts von Stark zu sehen. Die Minuten verstrichen, und die einzigen Wagen, die an der Tankstelle hielten, waren ein Lieferwagen von UPS, der die Post für den Tankstellenpächter brachte, und der Mercedes-Geländewagen einer älteren Dame, die irgendetwas aus dem Shop holte. Zwei junge Leute in einem zerbeulten Ford Pick-up tankten für wenig Geld und fuhren rasch weiter.

Um Viertel nach zwölf war Stark noch immer nicht aufgetaucht. Carla war längst ausgestiegen, um sofort für den Stalker sichtbar zu sein, lief unruhig vor ihrem Pick-up auf und ab und blickte gelegentlich in die Richtung, in der sie den Lieutenant vermutete. Warum versetzte sie Stark? Was hatte das zu bedeuten?

Als er um halb eins noch immer nicht erschienen war, kam Moore mit dem Streifenwagen zu ihr herüber. Sie befragten den Tankstellenpächter, der niemanden gesehen hatte, auf den Starks Beschreibung passte, auch keinen Lexus, zumindest nicht an diesem Tag. »Die meisten fahren Pick-ups in dieser Gegend.«

»Das verstehe ich nicht«, sagte Carla, als der Besitzer sie nicht mehr hören konnte, »warum bestellt er mich hierher und taucht dann nicht auf? Meinen Sie, er hat Ihren Streifewagen gesehen und kalte Füße bekommen?«

»Unmöglich«, behauptete Moore.

»Und jetzt?«

Der Lieutenant blieb vor seinem Streifenwagen stehen. »Sie wollten doch Detektivin spielen. Warum fahren wir nicht gemeinsam bei Community Recycling in Fairbanks vorbei und erkundigen uns nach ihm? Die müssen doch wissen, wo er abgeblieben ist. Sie können bei mir mitfahren, ohne Sirene, aber immerhin.«

»Einverstanden.« Ihr Lächeln fiel knapp aus.

Community Recycling lag am nördlichen Stadtrand von Fairbanks. Das zweistöckige Gebäude wirkte aus der Ferne wie eine riesige Lagerhalle mit Giebeldach und war von zahlreichen Abladeplätzen und Abfallspeichern umgeben. Die Büros lagen im Erdgeschoss und waren über einen eigenen Eingang erreichbar.

Die Eingangshalle sah betagt aus, ganz im Gegensatz zu der jungen Dame an der Rezeption, die mit ihrem eleganten Make-up auch an den Empfang einer Kosmetikfirma gepasst hätte. »Kann ich Ihnen helfen?«, fragte sie mit einem professionellen Lächeln. Sie trug ein Headset, ohne dass es sich negativ auf ihre Frisur ausgewirkt hätte.

Moore stellte sie beide vor. »Wir würden gern Mister Stark sprechen.«

»Mister Stark? Mister Jeffrey W. Stark?«

»Ist er hier?«, fragte der Lieutenant.

Ihr Lächeln war einer beinahe verzweifelten Miene gewichen. »Mister Stark ist Area Sales Manager, die sind meistens unterwegs. Aber ich glaube …« Sie schien nicht zu wissen, was sie tun sollte. »Ich meine, da etwas gehört zu haben. Warten Sie, ich frage gleich mal nach.« Sie tippte auf eine Taste der Telefonanlage. »Jenny? Sarah vom Empfang. Hier will jemand Mister Stark sprechen. Ein Lieutenant der Troopers.« Die Dame am anderen Ende sagte etwas, das Carla und Moore nicht verstanden. »Dann stimmt es also … ja, natürlich, das sage ich ihm.« Sie legte auf und wandte sich an Moore. »Jeffrey Stark arbeitet nicht mehr für uns. Seine Kündigung kam für uns alle überraschend. Aber Mister Patrick Willerby würde Sie gern sprechen, unser CEO. Er ist schon auf dem Weg hierher.«

Kaum hatte sie ausgesprochen, öffnete sich die Aufzugstür, und Patrick Willerby trat in die Eingangshalle.

In seinem dreiteiligen Anzug sah er wie der aalglatte Geschäftsmann aus, der er wahrscheinlich war. »Lieutenant! Miss Gorman!«, begrüßte er sie. »Wie ich höre, wollen Sie zu Mister Stark. Er hat heute Morgen überraschend gekündigt. Wenn ich Ihnen irgendwie weiterhelfen kann?«

»Er wollte mich um zwölf Uhr treffen«, erwiderte Carla. Sie traute dem Manager nicht, auch weil er mit seinen Waffengeschenken und Hetzreden besonders fanatisch gegen die Wölfe vorgegangen war. »Sie wissen nicht zufällig, warum?«

»Ich habe nicht die geringste Ahnung, Miss Gorman.« Er blickte den Lieutenant an. »Um was geht es hier eigentlich? Sie glauben doch nicht, dass er etwas mit dem Verbrechen an Sophia zu tun hat. Soweit ich weiß, hat er ein hieb- und stichfestes Alibi. Mag sein, dass er dem Mädchen ein wenig zu nahe gekommen ist, er hat mir davon erzählt, aber mit ihrem Sturz hat er sicher nichts zu tun.«

»Und warum hat er gekündigt? Oder haben Sie ihn gefeuert?«

»Um ehrlich zu sein, ich habe ihn gefeuert. Er hat sich leider einiges zuschulden kommen lassen und war nicht mehr tragbar für uns. Im Außendienst brauchen wir besonders zuverlässige Leute. Von Ihrer Verabredung wusste ich nichts. Ich kann mir auch nicht vorstellen, was er mit Ihnen zu besprechen gehabt hätte.«

»Sie haben doch sicher seine Telefonnummer?«

»Sicher.« Er blickte die Empfangslady an, die Starks Nummer heraussuchte und den Zettel an Moore weitergab. »Aber die wird Ihnen wenig nützen. Er hat geschworen, die nächsten vier Wochen nicht an sein Telefon zu gehen. Soweit ich weiß, will er mit seinem Bruder zum Krabbenfischen fahren. Angeblich will er sich bei ihm einkaufen, obwohl ich nicht glaube, dass er so viel auf der hohen Kante hat. Aber was kümmert es mich? Meinen Segen hat er. Vielleicht liegt ihm die Fischerei mehr.«

Carla fand die Antworten des Managers reichlich seltsam. Stark musste silberne Löffel gestohlen haben, um so plötzlich gefeuert zu werden. Oder hatte man ihm etwas angehängt, um ihn loszuwerden? Warum hatte er sie auf so mysteriöse Weise um ein Treffen gebeten? Und warum war er dann nicht erschienen?

Moore wechselte so schnell das Thema, dass auch Carla erschrak. »Was ich noch sagen wollte«, sagte er, bevor sie sich verabschiedeten. »Ich habe gehört, nächstes Jahr soll die Beschaffenheit der Felder rund um Canterbury untersucht werden. Anscheinend besteht der Verdacht, der Boden sei mit irgendwelchen chemischen Substanzen verseucht. Was hat das zu bedeuten? Wissen Sie was darüber?«

Willerby war blass geworden. »Nein, wer sagt das?«

»Hab ich irgendwo läuten hören.«

»Keine Ahnung«, sagte der Manager, »wir müssen uns jedenfalls nichts vorwerfen. Wir handeln streng nach dem Gesetz. So, jetzt muss ich aber gehen …«

»Auf Wiedersehen, Mister Willerby.«

Carla konnte es gar nicht erwarten, bis sie endlich im Freien waren, und sie fragen konnte: »Stimmt das? Die

Umweltbehörde will Proben von den Feldern entnehmen?«

»Natürlich nicht«, antwortete er lächelnd. »Aber es könnte uns helfen …«

18

Carla verbrachte die Nacht in Canterbury, lud gleich nach dem Frühstück ihre Huskys ein und fuhr los. Sie sorgte sich um Sophia, die immer noch im Koma lag und wohl schwerer verletzt war, als sie alle angenommen hatten. Selbst wenn die Ärzte sie in den nächsten Tagen aufwecken sollten, würde sie noch einige Zeit im Krankenhaus verbringen müssen. Sie konnte von Glück sagen, dass sie jung und stark war und sich in guten Händen befand.

Moore hatte ihr versprochen, sie anzurufen, sobald die Ärzte das Mädchen aus dem Koma holten. Sie wollte unbedingt dabei sein, wenn Sophia aus ihrer Dunkelheit erwachte. Nicht nur, weil sie dann endlich erfahren würde, wer sie über die Klippe gestoßen hatte. Sie wollte das Mädchen in den Arm nehmen, sie aufheitern und ihr versprechen, sie öfter zu besuchen und ihre Arbeit zu verfolgen.

Um sich von ihr zu verabschieden, auch wenn sie noch im Koma lag, steuerte sie das Krankenhaus in Fairbanks an. Dort war einiges los, und sie brauchte einige Zeit, um einen Parkplatz zu finden. Allein der Anblick eines Krankenhauses bereitete ihr Unbehagen, noch mehr die Atmosphäre innerhalb der Mauern und der Geruch nach Desinfektionsmitteln, der einem schon in der Eingangshalle in die Nase stieg.

Ohne sich an der Rezeption zu melden, ging sie zur Intensivstation und klingelte an der verschlossenen Tür. Dieselbe Schwester wie beim letzten Mal öffnete, war an diesem Morgen aber wesentlich zugänglicher und ließ sie herein. »Aber bitte nicht zu lange! Und keine lautstarken Diskussionen mit dem Vater.«

Diesmal saß Matt Kinney neben dem Krankenbett seiner Tochter. Auch er war milde gestimmt, wenn auch nicht begeistert über ihren Besuch. »Ich hab schon gehört, dass Sie die Bestie in Ihr Wolfcenter gekarrt haben«, sagte er, ohne sie zu begrüßen. Seine Augen waren vom Weinen gerötet. »Tot wäre er mir lieber.«

»Lassen Sie doch mal den armen Wolf in Ruhe«, erwiderte sie, »der ist unschuldig und hätte sowieso kein Kalb oder Schaf mehr reißen können. Ich bin wegen Ihrer Tochter hier. Ich hoffe, es geht ihr bald besser, und der Mensch, der ihr das angetan hat, wandert hinter Gitter.« Sie blieb neben Kinney stehen und blickte auf das verkabelte Mädchen hinab. »Wissen Sie schon was Näheres?«

Kinney hatte Tränen in den Augen, als er antwortete. Die Sorge um seine Tochter hatte die Wut auf die Wölfe verdrängt. »Unverändert kritisch«, antwortete er. »Die Ärzte sagen, ich solle mir keine Sorgen machen, aber damit wollen sie mich natürlich nur beruhigen. Alles Gerede. Ich weiß, wie es ihr wirklich geht.«

»Sie müssen daran glauben, dass sie wieder gesund wird.«

»Psycho-Kram. Es kommt auf die Ärzte an.«

»Sagen Sie ihr, dass Sie an sie glauben. Schaden kann es nichts.«

»Sie kann mich nicht hören.«

»Vielleicht doch«, gab Carla zu bedenken. »Ich hab gelesen, dass Koma-Patienten vielleicht doch was hören, wenn man zu ihnen spricht.« Sie berührte eine Hand des Mädchens. »Sie soll doch wissen, dass wir alle an sie glauben und ihr beistehen.«

Kinney brummte etwas, das sie nicht verstand. »Vielleicht sind Sie doch nicht so unsympathisch, wie ich dachte. Auf jeden Fall besser als diese Fanatiker, die jeden Baum umarmen und jede miese Kröte vor dem Ertrinken retten wollen.«

»Sie sind auch nicht so schlimm, wie ich dachte. Sie tun nur so.«

»Ach, was. Verschwinden Sie endlich!«

Sie wusste, dass er sie nicht beleidigen wollte, und kehrte zu ihrem Pick-up zurück. Die Huskys begrüßten sie mit einem Jaulkonzert. Anscheinend fühlten sie sich vernachlässigt. Sie tätschelte jeden einzelnen, erzählte ihnen von der kranken Sophia und dass die Arme ihren Zuspruch brauchte. Schließlich sagte sie: »Aber jetzt geht's nach Hause, und ich wette, Amy geht noch heute mit euch auf Tour.«

Sie verteilte einige Goodies, stieg ein und wurde auf einen Mann aufmerksam, der ein paar Reihen weiter aus seinem schwarzen Geländewagen stieg und einen Arztkittel anzog. Seltsam, dachte sie, die Ärzte haben doch einen eigenen Parkplatz. Warum parkt er hier bei den

Besuchern? Sie blickte genauer hin und erkannte Patrick Willerby. Sofort fühlte sie sich an einige Krimis erinnert, in denen ein Mörder einen Arztkittel anzog, um sich unauffällig einem Patienten zu nähern.

Carla stieg wieder aus und erreichte ihn, als er die Tür seines Wagens zuschlug. »Mister Willerby!«, rief sie. »Was tun Sie denn hier? Sind Sie unter die Ärzte gegangen?«

Der Manager fuhr erschrocken herum und wusste nicht, was er sagen sollte. »Ich … ich …«, stammelte er, bevor er seine Fassung wiederfand. »Das geht Sie überhaupt nichts an, Miss Gorman! Kümmern Sie sich um Ihren kranken Wolf!«

»Das habe ich bereits getan«, sagte sie ruhig. »Und der Arztkittel geht mich sehr wohl etwas an. Sie wollten zu Sophia in die Intensivstation, nicht wahr? Sie dachten, so hält man Sie für einen Arzt, und Sie bleiben unerkannt. Warum?«

»Ich bin Ihnen keine Rechenschaft schuldig.«

»Aber Lieutenant Moore und den State Troopers.«

Er gab klein bei. »Okay, also meinetwegen. Ich habe Mitleid mit dem Mädchen und möchte ihr gut zureden, wollte aber nicht, dass es an die große Glocke gehängt wird. Wenn wir Unternehmer was Gutes tun, wird man doch gleich verdächtigt, irgendwelche Hintergedanken zu haben. Sie werden mich doch nicht verraten?«

»Brauche ich gar nicht. Matt Kinney ist bei seiner Tochter und würde Ihnen die gleichen Fragen stellen wie ich. Ich komme gerade von Sophia und hatte nicht den Eindruck, dass er sie irgendwann allein lassen würde.«

Sie blickte den Manager fragend an. »Warum wollten Sie denn zu ihr? Sie liegt noch im Koma.«

»Die Sache macht mir zu schaffen. Ich habe sie nicht immer fair behandelt und sie ziemlich rüde abgefertigt, als sie mich in der Firma interviewen wollte. Ich habe etwas gutzumachen. Ich bin nicht so gefühllos, wie manche denken.«

»Mit dem Arztkittel bekommen Sie Ärger.«

Er zögerte sekundenlang, dann zog er den Arztkittel aus und warf ihn auf die Rückbank seines Wagens. »Okay, vielleicht haben Sie recht. Es war dumm von mir, es auf diese Weise zu versuchen.« Er stieg ein und brauste wütend davon.

Carla stieg kopfschüttelnd in ihren Wagen und rief Lieutenant Moore an. Willerby mochte die Wahrheit gesagt haben, aber sie wollte kein Risiko eingehen. In wenigen Worten berichtete sie dem Trooper, was der Manager vorhatte und wie er sich rausgeredet hatte.

»Das klingt nicht sehr glaubwürdig, das stimmt.«

»Obwohl ich mir nicht vorstellen kann, dass er Sophia was antun wollte.«

»Oh, da wäre ich mir nicht so sicher«, erwiderte der Lieutenant. »Wenn Sie wüssten, wen wir schon alles verhaften mussten, würden Sie staunen. Wir werden Willerby auf jeden Fall im Auge behalten, und ich werde einen Trooper vor der Intensivstation postieren lassen, auch wenn Kinney bei seiner Tochter bleibt.«

»Das beruhigt mich, Lieutenant. Bis bald hoffentlich.«

Carla startete den Motor und fuhr weiter, durch die Innenstadt von Fairbanks und über den Richardson Highway nach Südosten. Über ihr wölbte sich ein grauer Himmel, wolkenverhangen wie an den meisten Wintertagen. Im Wind tanzten vereinzelte Schneeflocken. Die Sonne ließ sich an diesem Morgen überhaupt nicht blicken, und dichte Nebelschwaden hüllten die Gipfel der fernen Berge ein.

Sie kam nur langsam zur Ruhe. Die Aufregung der vergangenen Tage lastete schwer auf ihr und schien sie nicht loslassen zu wollen. Weder ihre eingespeicherten Lieblingssongs noch die Vorfreude auf ihre Kolleginnen und Kollegen sowie ihre Wölfe konnten sie aufmuntern. Sie war ehrlich genug, sich den Grund dafür einzugestehen. »Jason!«, schimpfte sie. »Was hast du mit mir gemacht?«

Die Antwort hätte sie sich, ohne lange nachzudenken, selbst geben können, aber wer wollte schon die Wahrheit hören, wenn es Lügen gab, die man viel leichter verdauen konnte? Nur eine Närrin verliebte sich in einen Mann, der das tat, was man am meisten verabscheute. Der sie zwar sympathisch fand, aber nicht bereit war, einen Schritt auf sie zuzugehen. Einen kleinen vielleicht, als er den Wolf verschont hatte, allerdings erst, als sie ihm keine Wahl gelassen hatte.

»Schlag dir den Kerl aus dem Kopf!« Wenn sie unterwegs war, sprach sie manchmal mit sich selbst. »Den triffst du nie wieder, und das ist auch gut so.«

Sie erreichte Copperville am frühen Nachmittag. Zusammen mit Amy, die froh war, ihre Lieblinge wiederzusehen, versorgte sie die Huskys und versprach ihnen, gegen Abend eine Runde mit ihnen zu drehen. Als Carla von ihren Erlebnissen in Canterbury und ihrer morgendlichen Begegnung mit Patrick Willerby beim Krankenhaus erzählte, reagierte sie verwundert. »Du glaubst, er hat was mit der Sache zu tun?«

»Wäre immerhin möglich. Was gibt's hier Neues? Wie geht es Doc?«

»C.J. hat ihm einen neuen Namen gegeben. Doc Holliday.«

»Wie der berühmte Revolverheld im Wilden Westen?«

»Die gleichen stechenden Augen«, antwortete Amy lachend, »nur nicht beim Pokern und beim Schießen, sondern immer dann, wenn ihm jemand zu nahe kommt. Er muss sich erst an sein neues Leben gewöhnen, aber das kennst du ja.«

»Ich werde gleich mal nach ihm sehen. Und du?«

»Ich esse immer noch keinen Wolfburger, falls du das fragen wolltest.«

»Hatte ich auch nicht angenommen. Und sonst?«

»Ich fahre noch mal beim Iditarod mit.«

Carla brauchte einige Zeit, um die Nachricht zu verdauen. »Du machst was? Ich dachte, du steigst nur noch zum Spaß auf die Kufen, oder wenn du fürs Center unterwegs bist. Das Iditarod ist das härteste Hundeschlittenrennen der Welt.«

»Das brauchst du mir nicht zu erzählen.«

»Du bist über …«

»… über sechzig, auch das weiß ich selbst. Und fit genug, um es mit jedem dieser jungen Hühner aufzunehmen, die heutzutage beim Iditarod mitfahren.« Amy grinste. »Außerdem soll's auch einen Pokal für die älteste Teilnehmerin geben.«

»Du willst es tatsächlich noch mal wissen, was?«

»Und ob. Ich trainiere schon seit einigen Wochen.«

»Ohne dass du einem von uns davon erzählt hast?«

»Jetzt weißt du es«, sagte Amy. Sie amüsierte sich köstlich über Carlas Reaktion. »Ihr werdet euch noch wundern. Für die Top 20 reicht es immer noch.«

»Unsinn! Du schaffst es glatt in die Top 10.«

»Ich brauche kein Preisgeld.«

»Darum geht's doch gar nicht. Du sollst den Leuten zeigen, dass man mit sechzig noch nicht zum alten Eisen gehört, und außerdem wäre ein Platz in den Top 10 gut fürs Geschäft. Ist immer gut, einen Champion im Team zu haben.«

»Du meinst, dann benennen sie einen Müsliriegel nach mir?«

»Ma Barker könnte einen neuen Cheeseburger auf deinen Namen taufen. Ich sehe schon die Speisekarte: Brandneu und mit doppelt Käse – der Amyburger!«

»Ohne Fleisch?«

Carla freute sich über den Wortwechsel mit Amy. »Doppelt Fleisch! Wenn du wieder in den Ring steigen willst, musst du ordentlich essen. Mit dem gesunden Zeug kommst du nicht weit. Als Spitzensportlerin brauchst du viel Eiweiß und Eisen.«

»Ich schaff's auch mit Obst und Gemüse.«

»Okay, wenn du es unter die Top 10 schaffst, esse ich einen Monat lang kein Fleisch.«

»Die Top 20«, verbesserte Amy.

»Auch gut.«

Sie besiegelten die Wette mit einem Handschlag. Amy kehrte ins Büro zurück und kümmerte sich um einige Besucher, die sich den Einführungsfilm ansehen wollten. Carla ging an den Gehegen vorbei, bis sie C.J. Fletcher am Gitterzaun stehen sah.

Der Tierarzt hatte seine Schirmmütze in den Nacken geschoben und blickte mit den Händen in den Hüften auf den Wolf, den er Doc Holliday getauft hatte. »Carla«, begrüßte er sie, »du kommst gerade richtig. Dein Wolf mag uns nicht.«

»Vielleicht kann er seinen neuen Namen nicht leiden.«

»Glaube ich nicht«, erwiderte C.J. »So tatenlos steht nicht mal ein Linebacker der Dallas Cowboys herum.« Den Footballclub konnte C.J. am wenigsten leiden.

»Wie geht's seiner Verletzung?«

»Er humpelt wohl schon länger, daran hat er sich einigermaßen gewöhnt. Die Platzwunde war nicht so schlimm, wie wir dachten, die hab ich vernäht, und von dem Blutverlust hat er sich längst wieder erholt. Er hat was gegen den Zaun.«

»Das wundert mich nicht«, sagte Carla. Sie blickte durch den Gitterzaun auf Doc Holliday, der in einiger Entfernung im Schnee stand und fauchend seine Reißzähne entblößt hatte. »Er muss erst mal damit zurechtkommen, dass seine Welt nicht mehr bis zum Horizont reicht. Hast du ihm was zu fressen gegeben?«

»Heute Morgen, eine ganze Wanne voll Fleisch. Das hat er gefressen.«

»Und dennoch ist er wütend?«

»Er ist ein grimmiger Bursche.«

»Gib ihm etwas Zeit, C.J.«, sagte Carla. »Die Leute in Canterbury haben ihn gejagt wie einen tollwütigen Hund. Das muss er erst mal wegstecken. Dann der Angriff, wahrscheinlich von einem Elch … er hatte sicher genug von Eichhörnchen und Mäusen, sonst wäre er wohl schlauer gewesen und hätte sich zurückgehalten. Du wärst auch sauer, wenn du während der letzten Tage nur Pech gehabt hättest.«

»Ich bin sauer, wenn die Forty-Niners verlieren.«

»Da hast du's. Soll ich ihn mal rufen?«

»Nur zu.«

Sie trat näher an den Gitterzaun und rief mit gedämpfter, aber deutlich vernehmbarer Stimme: »Hey, Doc! Doc Holliday! Ich bin's! Ich hab dich aus den Bergen geholt. Ich weiß, um dein Revier zieht sich jetzt ein hoher Zaun, aber der ist nur zu deinem eigenen Schutz da, und wenn wir dich erst in eines der großen Gehege verlegen, triffst du dort auch andere Wölfe und hast mehr Auslauf.« Sie hielt sich am Zaun fest. »Was ist? Willst du mir nicht mal Guten Tag sagen?«

Der Wolf ließ sich nicht beeindrucken. Seine Reißzähne waren noch immer zu sehen, und er machte eher den Eindruck, als würde er sich jeden Moment auf sie stürzen. Sein Fauchen und Knurren hatte zwei andere Wölfe angelockt, die im Nachbargehege bis an den Zaun kamen und ihn neugierig musterten.

»Siehst du, deine neuen Freunde wundern sich auch schon. Sie wissen, wie gut es ihnen bei uns geht. Stell dir vor, wir nehmen dir sogar das Jagen ab. Ich weiß, du hast immer gern gejagt, und es tut uns in der Seele weh, dir diesen Spaß zu verderben, aber du humpelst leider und würdest sonst verhungern. Wir Menschen gehen auch in ein Heim, wenn wir nicht mehr können. Wenn es ein gutes Heim ist, macht das sogar Spaß, und wir sind ein gutes Heim, das verspreche ich dir.«

Sein Knurren verstummte, und nach einer Weile verschwanden auch seine Reißzähne. Näher kam er deswegen noch lange nicht. Er drehte sich ein paarmal um seine eigene Achse und blieb dann abwartend stehen. Obwohl er ein wenig verkrampft wirkte, bot er ein beeindruckendes Bild. Er war ein eleganter Wolf, der sich mit großer Anmut bewegt hatte, als er noch im Vollbesitz seiner Kräfte gewesen war, da war sie ganz sicher. Seine Augen leuchteten streng wie bei jedem guten Jäger, der eine Beute aus großer Entfernung ausmachen konnte.

»Hab keine Angst«, rief Carla ihm zu. »Du hast alle Zeit der Welt, um dich bei uns einzugewöhnen. Und du wirst sehen, es wird dir schon noch bei uns gefallen.«

Der Wolf humpelte jaulend davon, als hätte er genug gehört. Carla verübelte ihm sein Benehmen nicht. »Wir schaffen das, mein Lieber«, rief sie ihm nach.

Zu C.J. sagte sie: »Armer Kerl. Er tut mir leid.«

19

Carla freute sich, wieder bei ihren Wölfen zu sein. Wie für alle anderen Angestellten von »Wolf Aid« gehörten die Wölfe für sie zur Familie. Cody war bester Laune und ließ sich sogar von einem Besucher durch den Zaun streicheln, Ghost spielte wieder mal den Geheimnisvollen und trieb sich zwischen den Bäumen herum, Merlin und Kawa jagten Eichhörnchen und benahmen sich, als wären sie in freier Wildbahn. Nur die beiden Wolfshunde in einem Gehege abseits der anderen stritten mal wieder lautstark.

Eine der kleinen Touristengruppen, die an diesem Nachmittag das Wolfcenter besuchten, führte Carla selbst an den Gehegen entlang. Wie immer hielt sie zu jedem Wolf eine Anekdote bereit. »Ghost trägt seinen Namen nicht umsonst«, erzählte sie den staunenden Besuchern. »Manchmal glaube ich tatsächlich, dass es sich um einen Geist handelt. Kaum taucht er auf, ist er schon wieder verschwunden. Wir haben ihn nach einem Geisterwolf aus einer Comicserie benannt.« Und über Cody wusste sie: »Er hat am meisten Hunger von allen Wölfen. Angeblich soll er mal einen halben Elch allein verspeist haben. Aber das kann auch C.J., unser Tierarzt, erfunden haben. Er dichtet unseren Stammgästen gerne etwas an.«

Gegen Abend ging Carla ins Roadhouse gegenüber und bestellte einen Wolfburger. Genau das Richtige, wenn man seit dem Frühstück nichts gegessen hatte. Sie war keine besonders gute Köchin und aß gerne in Lokalen, besonders wenn das Essen so gut und die Preise so erträglich waren wie bei Ma Barker. Ihre Eintöpfe und der Wolfburger waren Legenden, und ihre Sandwiches und die Salate konnten sich ebenfalls sehen lassen. Die Diet Coke schenkte Ma Barker ihr ungefragt ein.

Carla hatte nur noch einige Pommes frites auf dem Teller, als Linda und ein älterer Herr das Lokal betraten. Er machte auf jugendlich, trug schwarze Jeans und einen weinroten, mit künstlichem Pelz besetzten Anorak, der mit dem Logo eines bekannten Skiherstellers versehen war. Sein Gesicht war natürlich gebräunt, und als er vor ihr stand, wehte Carla der Hauch eines sicher sündhaft teuren Duftwassers entgegen.

»Carla!«, freute sich Linda. »Ich wusste gar nicht, dass du zurück bist. Ich hatte heute frei und war den ganzen Tag unterwegs, meinem Schatz die Gletscher zeigen. Rudy hat uns auf einen Flug über die Berge mitgenommen.« Rudy veranstaltete Rundflüge über die Berggipfel des Wrangell-St. Elias National Parks.

»Klingt hervorragend.« Carla blickte den Begleiter ihrer Kollegin an, schätzte ihn auf Anfang sechzig. »Und dein Schatz kommt tatsächlich aus Frankreich?«

Linda kicherte wie ein Mädchen aus der Junior High. »Aber nein, Philippe war doch nur ein vorübergehender Flirt. Das ist Larry, mein zweiter Ex. Stell dir vor, wir sind wieder zusammen! Er hat das Foto gesehen, das mein Verlag von Philippe und mir veröffentlicht hat, und mich sofort angerufen. Ich wusste gar nicht, dass du eine solche Schönheit bist, hat er gesagt.« Sie himmelte ihren neuen alten Lover sichtlich an. »Das hast du gesagt, mein Schatz, stimmt doch?«

»Natürlich, und jedes meiner Worte war ehrlich gemeint.«

»Und Sie gehen nicht nach Chicago?«

»Nein«, antwortete Larry. »Ich bleibe in Anchorage.«

»Jetzt ist alles möglich«, sagte Linda.

Was wohl bedeutete, dass auch eine erneute Heirat vorstellbar war. Lass bloß die Finger von dem Mann, hätte Carla ihre Kollegin gern gewarnt. So wie ihn hatte sie sich immer einen alternden Playboy vorgestellt. Einer, der normalerweise nur jüngeren Frauen nachstellte, bei denen aber nicht mehr landen konnte und sich daher auf Bewährtes verlegte. Ein ketzerischer Gedanke, den sie natürlich nicht aussprach.

Sie wartete, bis die beiden bestellt hatten, und wollte gerade irgendetwas Belangloses sagen, als Larrys Smartphone klingelte. Er meldete sich mit einem leisen »Ja?« und wirkte so schuldbewusst, dass Carla sofort Verdacht schöpfte.

Sie warf Linda einen warnenden Blick zu, erntete aber nur ein Lächeln.

»Ach, du bist's«, fuhr Larry fort. »Tut mir leid, aber ich bin noch unterwegs. Wir haben gerade besonders viel zu tun. Ich melde mich in den nächsten Tagen.«

Die Person am anderen Ende ließ nicht locker.

»Ja, doch«, erwiderte Larry. Er stand auf und ging nach draußen, wollte offensichtlich nicht, dass Carla und Linda sein Gespräch mithörten. Als er kurze Zeit später wieder hereinkam, war er auffallend blass geworden und wirkte gleich ein paar Jahre älter. »Tut mir leid, Liebes, aber ich muss leider gehen. Ein wichtiger Geschäftspartner, den ich vollkommen vergessen hatte. Ich rufe dich an, okay?«

Er küsste sie flüchtig auf die Wange und war verschwunden, bevor Linda etwas sagen konnte. Gleich darauf hörte man den Motor seines edlen Geländewagens aufheulen. Als wäre der Teufel hinter ihm her, brauste er aus der Stadt.

»Der hatte es aber verdammt eilig«, sagte Carla.

»Du hast doch gehört, ein wichtiger Geschäftspartner.«

»Das klang eher nach Ehefrau oder Freundin.«

»Du meinst, er ist nur auf eine Affäre mit mir aus? Weil er eifersüchtig auf Philippe war, als er das Foto sah, und ihn unbedingt ausstechen wollte? Nur aus Eitelkeit? Das wäre doch …«

»Eine Schweinerei, sag's ruhig.« Carla winkte Ma Barker heran und hätte gar nichts zu sagen brauchen, so offensichtlich war der Gemütszustand von Linda. »Einen russischen Spezial-Wodka für Linda, Ma! Sie braucht jetzt was Starkes!«

Linda ergab sich in ihr Schicksal. Sie war die Achterbahnfahrt in ihrem Liebesleben gewöhnt und wunderte sich über nichts mehr. *Und ich habe mich auch nicht gera-*

de mit Ruhm bekleckert, musste Carla zugeben. Von allen jungen Männern in Alaska musste sie sich ausgerechnet in einen Wolfsjäger verlieben. Aus einer solchen Verbindung konnte ja nichts werden. Sie würde darüber hinwegkommen, hoffte sie. Wie war das mit den Müttern und anderen schönen Söhnen?

Im Augenblick hatte sie gar keine Zeit, sich Gedanken über ihr Liebesleben zu machen. Sie wollte, dass Sophia gesund wurde und der Verbrecher, der ihr das angetan hatte, endlich ins Gefängnis wanderte. Sie litt mit dem Mädchen, das sich ernsthaft für Wölfe interessierte und mit ihrer journalistischen Arbeit einen wichtigen Beitrag zu der Diskussion beisteuern konnte. Ihr traute sie sogar zu, ihren Vater zu überzeugen und den Artikel in der *Canterbury Gazette* abzudrucken.

Der Anruf kam einige Tage später. »Lieutenant Moore«, meldete sich die vertraute Stimme des Troopers. »Ich habe gerade einen Anruf vom Fairbanks Memorial erhalten. Die Ärzte haben vor zwei Tagen damit begonnen, Sophia aus dem Koma zu holen, und sie wäre morgen früh bereit, ihre Aussage zu machen.«

»Wunderbar. Dann wissen Sie noch nicht, wer sie gestoßen hat?«

»Ich habe einen Verdacht, aber keine Beweise. Um neun Uhr?

»Geht klar, Lieutenant.«

Am nächsten Morgen brach Carla in aller Herrgottsfrühe auf. Es war noch dunkel, als sie auf den Highway bog und nach Norden fuhr. Zum Glück war das Wetter einigermaßen, es schneite nicht, und auch der Wind hielt sich merklich zurück. Über den Berggipfeln flackerte grünes Nordlicht.

Um kurz vor neun erreichte sie das Krankenhaus in Fairbanks. Carla ging direkt zur Intensivstation und traf dort den Lieutenant und Sophias Vater, die gerade von einer Schwester hereingebeten wurden. »Lieutenant, Mister Kinney«, begrüßte sie die beiden Männer. »Freut mich, dass Sophia es endlich hinter sich hat.«

Kinney brummte nur. »Lassen Sie mich zuerst mit ihr sprechen.«

Das empfahl ihnen auch der verantwortliche Arzt und ließ den Zeitungsmann zuerst in das Krankenabteil. »Wenn wir jemanden aus dem Koma holen, ist das meist ein langwieriger Prozess«, erklärte er. »Selbst wenn alles nach Wunsch verläuft, dauert es einige Zeit, bis sich der Kreislauf stabilisiert und die Körperfunktionen wieder in Gang kommen. Mit am wichtigsten ist, dass die selbstständige Atmung wieder einsetzt. Anfangs ist der Patient meist verwirrt, das war auch bei Sophia der Fall, und auch jetzt möchte ich Sie bitten, das Mädchen keinem zu großen Stress auszusetzen. Mehr als drei Minuten kann ich Ihnen nicht geben.«

Matt Kinney saß tränenüberströmt neben Sophias Bett und hielt ihre Hand. Nichts erinnerte mehr an den zornigen Mann, der sämtliche Wölfe in Alaska für die Verletzungen seiner Tochter verantwortlich gemacht hatte. »Sophia wird wieder gesund«, sagte er. »Ist das nicht wundervoll? Meine Kleine hat es geschafft!«

Sophia machte einen gesünderen Eindruck, als Carla zu hoffen gewagt hatte. In ihrem Gesicht war sogar schon wieder etwas Farbe. Nur ihre Stimme klang noch leise und auch etwas heiser. »Carla! Ich hab gehofft, dass du kommst. Es dauert wohl noch einige Tage, bis ich dich in Copperville besuchen und einen Wolfburger mit dir essen kann.«

»Das wird wieder.« Carla umarmte sie vorsichtig. »Du bist stark.«

»Lieutenant Joseph Moore von den *Alaska State Troopers*«, stellte sich der Lieutenant vor. »Tut mir leid, was Ihnen passiert ist, Miss. Sehen Sie sich schon in der Lage, uns einige Fragen zu beantworten? Wir suchen nach dem Mann, der Ihnen das angetan hat, und sind dringend auf Ihre Hilfe angewiesen. Wer hat Sie über die Klippe gestoßen, Sophia? Sie müssen den Mann doch gesehen haben.«

Sophia wurde ernst. Ihre Miene umwölkte sich ein wenig, als sie an den Überfall zurückdachte, und einer der Apparate, an die sie angeschlossen war, schien etwas schneller zu piepen, wurde aber wieder langsamer, als die Ärztin, die zusammen mit einem Assistenten ihre Werte überwachte, mehrmals auf eine Taste drückte. Ihr warnender Blick signalisierte dem Lieutenant, vorsichtig zu sein.

»Ich wollte Sie nicht drängen, Sophia.«

»Schon gut«, erwiderte sie, »ich will ja auch, dass der Schuldige so schnell wie möglich verhaftet wird. Es ist …« Sie zögerte und blickte ihren Vater an, als wollte sie ihn um Erlaubnis fragen. »Es ist … Patrick Willerby. Er hat mich über die Klippe gestoßen. Er wollte mich umbringen!« Sie schien nur noch zu ihrem Vater zu sprechen. »Wenn ich nicht auf den Felsvorsprung gefallen wäre …«

»Patrick Willerby?« Ihr Vater blickte sie ungläubig an. »Du musst dich irren, Liebes. Willerby mag ein hartgesottener Geschäftsmann sein, der seine Verhandlungspartner nicht gerade mit Samthandschuhen anfasst, aber ein Mörder? Das bildest du dir sicher ein. Der Arzt sagt, dass es nach dem Wachkoma einige Zeit dauert, bis man wieder klar sehen kann. Patrick Willerby würde doch niemals versuchen, einen Menschen umzubringen. Er ist über jeden Zweifel erhaben.«

»Ich bin vollkommen klar im Kopf«, widersprach sie, »sonst hätte mir der Arzt doch niemals erlaubt, eine Aussage zu machen. Es war Patrick Willerby.«

»Patrick Willerby … bist du dir sicher? Bist du dir wirklich sicher?«

»Das kann ich beschwören.«

»Du weißt, was das bedeuten würde.«

»Natürlich weiß ich das, Dad.« Sie wandte sich an den Lieutenant. »Es war Patrick Willerby. Und ich bin selbst schuld, dass er die Kontrolle über sich verlor und mich in den Abgrund stoßen wollte. Ich habe ihm gesagt, dass ich Beweise dafür habe, dass er und sein Vater in einen Umweltskandal verwickelt sind.«

»In einen Umweltskandal?« Moore blickte Carla an.

»Sie haben die Papierabfälle der Fabrik als Kompostbeimischung an Großfarmer wie Robin Halterman verkauft. Im Papierschlamm sind Giftstoffe enthalten, die ins Grundwasser dringen und in hoher Konzentration auch für Menschen gefährlich werden können. Hab ich gründlich recherchiert. In New Jersey kam es vor einiger Zeit bei einem ähnlichen Fall zu einem Skandal. Die Umweltbehörden in Alaska hätten wohl ähnlich reagiert, wenn sie meine Story gelesen hätten.«

»Und Sie haben tatsächlich Beweise?«

Sophia blickte wieder ihren Vater an, bevor sie dem Lieutenant antwortete. »Eindeutige Beweise. Ich bin einem der Abfalltrucks von Community Recycling gefolgt. Von Lucas Willerbys Papierfabrik bis zu Haltermans Farm. Dort haben sie den Papierschlamm abgeladen. Ich habe einige Fotos mit meinem Smartphone geschossen. Leider sind sie nicht sehr deutlich, es war spätabends und schon dunkel.«

»Das reicht nicht«, sagte Matt Kinney.

»Ich weiß«, sagte Sophia, »aber ich habe noch mehr. Während der Truck den Papierschlamm abließ, tauchten Patrick Willerby und Robin Halterman an der Abladestelle auf. Ich hatte mich bei der Scheune versteckt und bekam mit, wie sie sich über ihren Deal unterhielten. Sie haben ihr Vergehen zugegeben!«

»Dann steht dein Wort gegen die Aussage der mächtigen Willerbys.«

Sophia lächelte. »Ich habe die Unterhaltung aufgenommen. Mit meinem iPhone. Es steckt in meinem Rucksack. Ich glaube, der liegt im Schrank dort drüben.«

Carla holte den Rucksack, kramte das iPhone hervor und reichte es dem Lieutenant. Der Akku war leer, und es schien unendlich lange zu dauern, bis sie es endlich einschalten konnten. Moore öffnete die Datei und startete die Aufnahme, die damit begann, dass sich Willerby und Halterman begrüßten und ein paar beiläufige Bemerkungen und Scherze austauschten, bis sie zur Sache kamen. »Sie wissen, dass unser kleiner Deal niemals bekannt werden darf«, sagte Willerby, und Halterman antwortete: »Wo denken Sie hin? Meinen Sie, ich binde irgendjemandem auf die Nase, dass ich Papierschlamm auf die Felder kippe? In Europa und in New Jersey hat es wegen so was massive Skandale gegeben.«

Der Lieutenant nickte zufrieden. »Vor Gericht werden solche Dateien selten als Beweismittel zugelassen, aber die Aufnahme reicht natürlich aus, um eine Story über den Skandal zu veröffentlichen. Jetzt wird mir auch klar, warum es Willerby darauf angelegt hatte, Sie mundtot zu machen, ein Verdacht, den Carla und ich übrigens schon einige Zeit hatten. Ich frage mich nur, warum Sie sich auf ein Treffen mit Willerby eingelassen haben, und dann noch an einem so entlegenen Ort. Sie mussten doch wissen, dass er Ihnen gefährlich werden könnte.«

»Er hat mich reingelegt«, erwiderte sie. »Entweder hat er mich mit verstellter Stimme angerufen oder jemand anderen anrufen lassen. Auf jeden Fall hat sich ein Mann bei mir gemeldet, der sich als Angestellter von Community Recycling ausgab. Er hätte wichtige Informationen für mich. Um sicherzugehen, dass man ihn nicht entdecken würde, wollte er mich auf dem Lookout Mountain treffen. Es war dumm von mir, mich darauf einzulassen, aber ich wollte unbedingt diese Story haben und hab nicht länger darüber nachgedacht. Bis Patrick Willerby auftauchte. Er hatte wohl den Verdacht, dass ich was gegen ihn in der Hand hatte, und wollte mir eine Lektion erteilen. Seine Worte. Den Rest kennen Sie, Lieutenant.«

»Und der Wolf?«, fragte Carla. »Der Wolf, der dich am Arm verletzt hat?«

»Den hab ich nicht gesehen. Ich war wohl bewusstlos. Aber ich hab geträumt, dass mich ein Wolf von dem Felsvorsprung ziehen wollte. Er wollte mich retten. Seltsam, nicht wahr? Wie käme ausgerechnet ein Wolf dazu, mich zu retten?«

»Vielleicht doch«, gab Carla zu bedenken.

Lieutenant Moore hatte inzwischen die Zentrale der *Alaska State Troopers* informiert. Zwei Trooper waren bereits unterwegs, um Patrick Willerby wegen versuchten Mordes zu verhaften. »Mag sein, dass sein Vater es schafft, die Umweltverschmutzung unter den Teppich zu kehren, aber für den Mordversuch muss Patrick Willerby büßen.« Moore lächelte dankbar. »Sie haben uns sehr geholfen, Sophia. Ich hoffe, Sie werden schnell gesund, und Ihre Leidenszeit ist bald vorüber.«

»Was für eine Story!«, staunte Matt Kinney. Nachdem es seiner Tochter besser ging, dachte er als überzeugter Zeitungsmann schon wieder daran, wie sich ihre Erlebnisse am besten vermarkten ließen. »Da machen wir eine Serie draus.«

»Die schreibe ich aber selbst«, erwiderte Sophia.

»Wer sonst?« Kinney war stolz auf seine Tochter.

»Und die Story über die Wölfe lässt du mich auch schreiben.«

»Meinetwegen. Jetzt steigt unsere Auflage sowieso.«

Der leitende Arzt erschien und bat die Besucher, Sophia allein zu lassen. »Ich hab Ihnen sowieso schon mehr Zeit gegeben, aber wenn sie wieder ganz gesund werden soll, braucht sie jetzt unbedingt Ruhe. Wir befinden uns immer noch auf der Intensivstation.«

Carla umarmte das Mädchen vorsichtig. »Mach's gut, Sophia. Sieh zu, dass du sobald wie möglich aus diesem Gefängnis rauskommst und wieder arbeiten kannst. Und wenn du wieder fit bist, kommst du nach Copperville, und ich lade dich zum größten Wolfburger ein, den es bei Ma Barker jemals gegeben hat.«

»Klingt verlockend«, freute sich Sophia. »Danke für alles.«

Carla verabschiedete sich von Matt Kinney, der nicht mehr ganz so grimmig brummte, als sie ihm die Hand schüttelte, und traf Lieutenant Moore im Flur. Er begleitete sie in die Empfangshalle und berichtete ihr auf dem Weg: »Ich wollte Sophia nicht noch mehr beunruhigen, aber die Küstenwache hat Jeffrey Stark gefunden. Er hatte sich tatsächlich auf dem Kutter seines Bruders versteckt. Von ihm wissen wir, dass Patrick Willerby ihn auf Sophia angesetzt hatte, weil er wohl vermutete, dass sie seinen Machenschaften auf die Spur gekommen war. Willerby hat Stark eine hohe Abfindung gezahlt und ihn zum Teufel gejagt, als er herausbekam, dass er sich mit Ihnen treffen und sich wahrscheinlich reinwaschen wollte. Nachdem wir Stark in Handschellen hatten, bot ihm der Staatsanwalt einen Deal an, und er plauderte bereitwillig alles aus. Dass Patrick Willerby ein Mörder ist, wusste er allerdings nicht.«

»Sophia hatte großes Glück«, sagte Carla. Sie verabschiedete sich von dem Lieutenant, der ihr versprach, sie sobald wie möglich im Wolfcenter zu besuchen. »Wie ich feststelle, weiß ich immer noch zu wenig über Wölfe. Eine Schande für einen Alaska State Trooper, der sich alle paar Tage in der Wildnis rumtreibt, finden Sie nicht auch, Carla?«

»Und ob«, erwiderte sie grinsend.

Carla ging zu ihrem Wagen und fuhr quer durch die Stadt zum Highway. Sie war froh, dass die Sache ein so gutes Ende genommen hatte und es vor allem Sophia wieder besser ging. Jetzt wurde es höchste Zeit, dass sie ihre Arbeit im Wolfcenter wieder aufnahm und C.J. half, den geretteten Wolf an seine neue Umgebung zu gewöhnen. Jeder Neuankömmling reagierte nach seiner Rettung unterschiedlich, und sie wurde das Gefühl nicht los, dass Doc Holliday seinem Namen alle Ehren machen und sich als besonders schwieriger Patient erweisen würde. Ein Wolf wie er, der in grenzenloser Freiheit gelebt hatte, mochte keine eingezäunten Gehege.

Am Stadtrand fiel ihr ein, dass sie noch tanken wollte. Sie war so in Gedanken, dass sie beinahe Patrick Willerby übersehen hätte, der vor den Zapfsäulen in seinen Geländewagen stieg und auf den Highway fuhr. Sie folgte ihm, wählte die Nummer des Lieutenants und bekam ihn sofort an den Apparat. »Ich bin's … Carla«, meldete sie sich aufgeregt, »ich fahre über den Richardson Highway, ein paar Meilen südöstlich von Fairbanks. Patrick Willerby … er fährt direkt vor mir!«

»Sind Sie sicher?«

»Ich habe ihn deutlich erkannt.«

»Okay«, sagte Moore, »bleiben Sie hinter ihm und lassen Sie das Handy eingeschaltet, damit wir Sie orten können. Aber fahren Sie nicht zu dicht auf! Keine Alleingänge! Ich will nicht, dass Ihnen was passiert. Willerby ist zu allem fähig, wenn er sich in die Enge getrieben fühlt, das hat er ausreichend bewiesen.«

»Geht klar, Lieutenant.«

»Ich alarmiere inzwischen unsere Leute.«

Carla folgte Willerby nach Südosten. Er hatte sicher erfahren, dass Sophia aus ihrem Koma erwacht war und an diesem Morgen ausgesagt hatte. Glaubte er wirklich, seiner Verhaftung auf diese Weise entgehen zu können? Sie blieb in seinem Windschatten, ohne dass der Manager etwas merkte, und atmete erleichtert auf, als ein Hubschrauber der *Alaska State Troopers* am Himmel auftauchte.

Willerby entdeckte ihn im gleichen Augenblick und drückte in seiner Panik das Gaspedal durch. Er überholte einen Pick-up und einen Lieferwagen und bog in einen Waldweg ab. Dort lag der Schnee so hoch, dass er noch in Sichtweite in einer Schneewehe stecken blieb. Er wollte auf den Highway zurück, aber Carla war schon heran und versperrte ihm den Weg. Sie konnte von Glück sagen, dass er keine Waffe dabeihatte und nervlich so fertig war, dass er nichts gegen sie unternahm und weinend im Wagen sitzen blieb.

Wenige Minuten später landete der Hubschrauber, und zwei Trooper legten ihm Handschellen an und führten ihn ab.

Sie blickte dem jammernden Mann nach und empfand nicht einen Funken Mitleid für ihn. Wer ein junges Mädchen über eine Klippe stieß und ihren Tod in Kauf nahm, hatte eine möglichst lange Gefängnisstrafe verdient. Nicht einmal sein einflussreicher Vater und dessen Anwalt würden ihm die ersparen können.

Moore bedankte sich bei Carla, hielt aber auch mit Kritik nicht zurück: »Ich hab Ihnen doch gesagt, Sie sollen keine Alleingänge unternehmen. Das hätte leicht ins Auge gehen können. Sie hatten Glück, das wissen Sie hoffentlich.«

»Ich konnte nicht anders, Lieutenant.«

»Ich weiß.« Er lächelte schon wieder. »Grüßen Sie mir Doc Holliday.«

»Woher kennen Sie seinen Namen?«

»Ich bin ein Trooper, schon vergessen?«

Sie fuhr lachend weiter, rief im Wolfcenter an und teilte Amy mit, dass die Troopers den Täter verhaftet hatten und sie bereits auf dem Heimweg war. »Warum der Wolf das Mädchen retten wollte, weiß ich auch nicht«, sagte sie. »Könnte ein Reflex gewesen sein. Vielleicht klärt Linda den Fall in ihrem neuen Buch.«

»Die hat im Moment ganz andere Sorgen.«

»Ich will nichts davon hören«, sagte Carla schnell.

Sie hatte gerade aufgelegt, als sie am Waldrand einen Wolf stehen sah und so fest auf die Bremse trat, dass ihr Wagen ins Schleudern geriet und in den aufgehäuften Schnee am Straßenrand raste. Sie stieg aus und trat leise fluchend gegen das linke Vorderrad. Nach dem Wolf, wenn es ihn wirklich gegeben hatte, suchte sie vergeblich. »Wahrscheinlich sehe ich schon Gespenster!«, ärgerte sie sich.

»Brauchen Sie Hilfe, Miss?« Ein junger Mann hatte auf der anderen Straßenseite geparkt und schickte sich an, die Straße zu überqueren. »Zur Not hab ich ein Abschleppseil dabei.«

Ein Truck fuhr vorbei und verdeckte ihr für wenige Sekunden die Sicht, doch sie hatte ihn längst erkannt. Beinahe gegen ihren Willen huschte ein Lächeln über ihr Gesicht. »Jason! Wo kommst du denn plötzlich her?«

»Ich hab in der Gegend zu tun«, antwortete er vieldeutig. Auch er lächelte jetzt. »Wer weiß? Vielleicht hab ich auch nach dir gesucht?«

Sie war selbst überrascht, wie sehr sie sich über sein Auftauchen freute, versuchte aber, sich nichts anmerken zu lassen. Wenn es noch einen Funken Hoffnung für sie gab, würde sich das Schicksal schon melden.

»Und jetzt?«, rutschte es ihr heraus.

»Ich hab Hunger«, antwortete er, »und wenn ich's mir recht überlege, bist du mir einen von diesen legendären Wolfburgern schuldig.«

»Das lässt sich machen«, erwiderte sie lachend.

Nachwort und Danksagung

Wenn ich nicht schreibe, bin ich unterwegs. Schon meine Eltern und Großeltern waren »Wanderer«, immer rastlos, immer »on the road«, um neue Menschen kennenzulernen und neue Eindrücke zu sammeln, auch um nachzusehen, ob das Gras auf der anderen Seite grüner ist. Reisen bildet, sagt man. Mir hilft es vor allem bei der Recherche für meine Bücher. Ich möchte einen Schauplatz mit allen Sinnen erfassen, das Land, die Menschen, die Stimmung, um besser darüber schreiben zu können. Um den Leserinnen und Lesern das Gefühl zu geben, alles so zu erleben, als wären sie wirklich dort.

Alle Romane meiner neuen Reihe »Northern Lights« spielen in Alaska, einem meiner Lieblingsländer. Eine riesige Wildnis, immer noch! Fünfmal größer als Deutschland und nur 740 000 Einwohner. Die Hälfte davon lebt in Anchorage, der größten Stadt. Mit schneebedeckten Bergen, scheinbar endlosen Wäldern, der weiten Tundra und der Arktis, majestätischen Flüssen wie dem Yukon River, stillen Seen und Dörfern, die man nur mit dem Buschflugzeug erreicht. Mit Bären, Wölfen und Elchen, nicht nur in den Nationalparks, und einer überwältigenden Natur wie in keinem anderen Bundesstaat der USA.

Ich bin alle zwei, drei Jahre in Alaska und habe dort unvergessliche Eindrücke gesammelt. Auf einer Insel im Beringmeer habe ich unter Inuit gelebt und bin mit ihnen auf die Jagd gegangen, einer meiner abenteuerlichsten Aufenthalte im hohen Norden. Den Augenblick, als der Inuk meine drei Freunde und mich für zwei Stunden auf dem zugefrorenen Meer allein ließ, weil er etwas im Dorf vergessen hatte, und um uns herum nur eine endlose Eisfläche war, werde ich nie vergessen. Ich war mit Buschpiloten unterwegs, bin mit ihnen in der Wildnis und auf Gletschern gelandet, habe kleine Siedlungen besucht, um mit Fallenstellern und Indianern zu sprechen, habe moskitoverseuchte Sommer in der Tundra und eisige Winter in den Bergen erlebt. Ich war mit dem Geländewagen, der Eisenbahn, auf dem Snowmobil, zu Fuß und sogar mit dem Hundeschlitten unterwegs, immer auf der Suche nach neuen Abenteuern und Geschichten, die ich in meinen Romanen verarbeiten kann.

In meinen Alaska-Romanen stehen meist starke Mädchen und Frauen im Mittelpunkt. Nicht nur, weil es mir Spaß macht, über sie zu schreiben. Tatsächlich wissen sich auch Girls und Ladys in der Wildnis zu behaupten. Bestes Beispiel: das Iditarod, eines der härtesten und längsten Hundeschlittenrennen der Welt. Über 1000 Meilen führt der Trail von Anchorage nach Nome, durch teilweise menschenfeindliche Wildnis, die den Mushern alles abverlangt. Unter den Teilnehmern sind zahlreiche Frauen. Damit sind Hundeschlittenrennen eine der wenigen Sportarten, bei der Frauen und Männer gleichberechtigt um den Sieg kämpfen, und tatsächlich haben schon mehrere Frauen dieses Iditarod gewonnen. Mit einigen dieser erfolgreichen Frauen, darunter Diana

Moroney, eine erfahrene Husky-Züchterin und Iditarod-Teilnehmerin, und Abbie West, eine junge Musherin aus Two Rivers, war ich auf dem Trail, stellte mich beim Lenken eines Hundeschlittens nicht gerade geschickt an, erhielt aber zahlreiche Informationen über die Huskyzucht und Hunderennen aus erster Hand.

In meiner neuen Reihe »Northern Lights« spielt Carla Gorman die Hauptrolle, eine Wolfsexpertin bei »Wolf Aid«, einem fiktiven Zentrum, das über Wölfe aufklärt und verletzten oder verlassenen Wölfen in seinen Gehegen eine neue Heimat bietet. Bei Problemen und Fragen, die mit Wölfen zu tun haben, werden Carla und ihre Kolleginnen und Kollegen gern hinzugezogen. Das Vorbild für Carla könnte Darlene Kobobel sein, die ein solches Zentrum, das *Colorado Wolf & Wildlife Center*, leitet und es sich zur Lebensaufgabe gemacht hat, verletzte Wölfe zu retten, über Wölfe zu informieren und ihr ramponiertes Image in großen Teilen der Öffentlichkeit zu verbessern. Ich hatte die Gelegenheit, mehrere Stunden mit Darlene in ihrem Wolfcenter zu verbringen und wertvolle Informationen über ihre Arbeit mit den Wölfen zu erhalten. Ebenso interessant war mein Aufenthalt im Wolfcenter von Ely. Dort durfte ich ausführlich mit der Wolfsexpertin Adriane Morabito sprechen und Wölfen auf Augenhöhe begegnen. Vor etlichen Jahren war ich bei der Verlegung von kanadischen Wölfen in den *Yellowstone National Park* dabei und führte ein langes Interview mit dem damaligen Wolfsexperten Doug Smith.

Ich möchte mich an dieser Stelle herzlich für die Hilfe

bedanken, die ich auf meinen Recherchereisen in Alaska, Colorado, Wyoming und Minnesota erhielt. *Thank you very much, Diana, Abbie, Carla, Adriane, Darlene und Doug. Your help is highly appreciated!* Einen Dank auch an meine Leserinnen und Leser, die mir schon so lange die Treue halten. Auch nächstes Jahr erleben wir wieder spannende Abenteuer mit der Wolfsexpertin Carla in Alaska.

Thomas Jeier

Christopher Ross

Der Wanderwolf
Folge deinem Herzen

256 Seiten
Hardcover
ISBN 978-3-7641-7078-3

ebook **Auch als E-Book erhältlich!**

Eine Ausreißerin und ein Wolf

Zwei Getriebene, deren Wege sich in den Wäldern Nordamerikas kreuzen: Shadow ist ein sogenannter Wanderwolf. Er hat sein Rudel verlassen, überquert Straßen und Autobahnen und legt Tausende von Kilometern zurück, um eine neue Partnerin zu finden. Als Alana eine Autopanne hat, muss sie sich zu Fuß durch die Wildnis durchschlagen. Dort begegnet sie Shadow, der inzwischen zahlreiche Ranger und die Medien in helle Aufregung versetzt. Sofort fühlt Alana eine tiefe Verbindung zu dem Tier. Schafft sie es, genauso unbeirrt die Hindernisse in ihrem Leben zu überwinden? Und finden am Ende beide ihre große Liebe?

www.ueberreuter.de
www.facebook.com/UeberreuterBerlin